박
하

박하

허수경

장편소설

문학동네

차례

1
박하 향기의 기원

나에게,
내가 이 글을 읽을 때 나는 이미 모든 것을 잃고 난 뒤일 것이다.
너에게,
나는 다시 태어나고 싶다, 너에게로 가기 위해.

나는 사십대 중반의 남자이고, 감상적인 편이다. 그래 어쩔래, 하는 심정으로 말하자면 말이다. 그렇다고 해도 이런 말을 하기란 쉽지 않다. 하남이라는 말을 입에 머금은 채 고개를 조금 숙이고 있으면 박하차 한 모금을 머금은 것 같다고.

이런 말을 들으면 감상적이라며 낯이 뜨겁다 할 사람들도 있을 것이다. 홍대 앞 카페에 앉아 있으면 사방에서 눈총을 받기도 할 나이대에 이른 남자의 생각이라니. 그런데 그렇다. 그 이름을 들으면 나는 무작정 박하향을 떠올리게 되는 것이다. 나이를 불문하고 감상적인 사람들은 언제나 감상적일 수밖에 없다. 이게 정상이다. 그렇지 않다면 우리는 허깨비다. 어떤 사람들은 자신의 슬픔을 말로 표현하지 못한다. 이미 슬픔의 이유가 온몸에 꽉 차 있는데도 말이다. 특히 감상적인 사십대 중반의 남자들이 바로 그런 부류에 속한다. 그러나 나는 용기를 내어 얼굴이 붉어지면서까지 이렇게 말한다. 하남이라는 말을 입에 머금은 채 고개를 조금 숙이고 있으면 박하차 한 모금을 머금은 것 같다고.

"우리 같이 살아버리자."
"같이 죽자는 소리 같아."
"아니, 진짜. 같이 붙어서 살자고."
그날, 내가 아내에게 그렇게 말했던 날, 기억난다. 5월이었고, 우리가 앉아 있던 곳은 통영 앞바다의 한 섬이었고, 섬으로 들어오기 전에 도시락으로 산 충무김밥이 우리 무릎에 놓여 있었다. 나는 남해의 코발트빛 물결 속에서 반짝이던 작은 물고기들이 가끔 수면 위로 튀어오르는 것을 보았다. 아내는 무슨 옷을 입고 있었던가? 하늘빛 티셔츠에 하얀 스커트? 아니면 푸른 스커트? 머리칼은? 당연히 아내의 머리칼은 길었겠지. 우리가 연애를 하던 그 시절, 아내의 머리칼은 길었다. 내 딴에는 용기를 다한 청혼이었다. 아내는 바다를 천천히 바라보다가 아직도 바닷빛이 어려 있는 얼굴로 웃었다.

여기는 앙카라의 아나톨리아 문명박물관 앞 벤치.

8

내가 아내에게 청혼을 하던 바로 그때, 그곳으로부터 이토록 멀어졌다. 거두절미하고 딱 그 장면만 생각난다. 기억은 세월을 따라 얼마간 변형되었겠지. 변형되지 않았으면 임의로 변조되었거나, 그도 아니라면 나 역시 기억하고 싶은 것만 떠올리는 이기적인 슬픔의 소유자이거나. 아마도 내 기억에 그 장면이 각인된 것은 내가 그때 어떤 영원의 모습을 보았다는 착각 때문일 것이다. 그때 내 아내의 젊은 얼굴에는 영원히 나에게 잊히지 않을 그 무언가가 있었다. 무엇일까, 그건. 모르겠다. 하지만 그 얼굴…… 그 얼굴에는 그래, 나라는 인간을 언제나 위로해줄 거라는 약속 같은 게 들어 있지 않았을까.

나는 지금 이무라는 어떤 사람의 기록을 좇아 여기까지 와 있다. 아는 사람이 단 하나도 없는 이 도시. 할 수 있는 말이란 '메르하바(안녕)' 그리고 '촉 테셰퀴르 에데림(정말 감사합니다)' 정도뿐. 터키라는 낯선 나라의 수도, 앙카라의 박물관 앞 벤치에 앉아 나는 이무의 노트를 들여다보며 세 시간가량 버스를 타면 도착한다는 하투사에 갈 준비를 하고 있는 것이다.

왜 나는?

이유는 조금 황당하다. 착각 때문이다.

이무의 노트에 의하면…… 어쩌면 나는 백여 년 전 그 노트에 직접 글을 적었던 이무, 혹은 칸일지도 모른다. 그러니까 착각이 나를 이곳으로 보낸 것이다. 착각이라는 건 얼마나 커다란 힘을 가졌는가. 사람을 지구 이편에서 저편으로 움직이게도 한다. 혹, 그것이 착각이 아니라 진실이라면 어쩌겠는가.

노트를 나에게 건네준 이는 마주니 형이었다. 진짜 이름은 마준이었으나 나는 그를 마주니 형이라고 불렀다. 형은 나와 대학 동기였지만 나보다 세 살이 많았다. 형의 고향은 부여였다. 그곳에 형의 어머니가 홀로 살고 계셨지만 잘 내려가지 않는 눈치였다. 형은 밤에 다방에서 디제이를 하고 낮에는 가정교사를 하면서 학비를 벌었다. 그런데도 연일 대학 교정을 꽉 채우던 데모대에 늘 끼어 있었다. 학습에 모임에 야학까지, 짭새들에게 쫓기면서도 어쩌면 그렇게도 많은 아르바이트를 해치울 수 있었던 건지. 나는 진심으로 형을 좋아했다. 형이 아무리 난장을 부려도, 시답잖은 소리를 하며 나를 들들 볶아도, 나는 그런 형이 참 좋았다.

당구장에서 밤을 새우며 말라가는 짜장면을 창문턱에 두고 당구를 함께 친 사람도 형이었고, 형이 그렇게 사랑해 마지않던 연미씨와 헤어졌을 때 자취방에서 강소주를 마시다 정신을 잃은 그를 병원으로 업고 간 것도 나였다. 나는 형이 술을 마실 때마다 콩나물국을 끓여주곤 했다. 형은 휴교중이라 굳게 닫힌 대학 정문을 뚫고 동아리 방에 있던 김지하와 김남주의 시집을 기적적으로 찾아, 야학을 끝내고 자취방에 돌아와 라면을 먹던 내게 돌려주기도 했다. 형에게서는 언제나 최루탄 냄새가 났고(아마 내게서도 그런 냄새가 났겠지. 그때 그 냄새를 피해 갈 장사는 아무도 없었을 테니) 내게서는 늘 형을 위해 끓이던 콩나물국, 혹은 라면 냄새가 났다. 넌 혁명이 뭔지 모르지? 형이 물을 때마다 나는 이렇게 대답하곤 했다. 형, 우린 뭘 알까? 우리든 그다음 세대든 누구든, 우리는 뭘 안다고 혁명이나 전사나 혹은 당신이라는 말을 함부로 내뱉는 걸까? 하지만 이 가난한 음식의 냄새…… 형, 이 냄새 속에 우리의 청춘이 배어 있지 않아? 우리들의 취기와 낭만과 뭐랄까 그 짠한 노을 같은 거.

죽어도 포기할 수 없는 그 무엇이 있을 거다 싶었던 그때. 그것이 우리에게는 영원히 도달할 수 없는 그 무엇이다 싶었던 그때. 그러면서 좋았던 그때. 내가 너를 위하여 어떤 불구덩이에 뛰어들어서라도 네가 사랑하는 그 무엇을 구하고만 싶었던 그때. 바람이 많이 불어도 좋았고, 눈이 많이 내려도 좋았고, 비가 올 때 들리는 음악은 또한 얼마나 환상적이었나. 그리고 네가 거리에서 전경의 몽둥이에 맞아 쓰러질 때 너에게로, 너에게로 내 몸 다 주어서라도 가고 싶었던 그때. 그리고 그때.

우리의 웃음이 그 환한 박하꽃에 아주 가까이 다가간 별이었던 그때.

대학을 졸업하고 형은 독일로 유학을 떠났다. 그래도 우린 자주 연락을 주고받았다. 왜 귀국하지 않는 거냐고 물어보면 이제 세월이 너무나 흘러 갈 곳이 없다는 게 그에게서 돌아오는 답이곤 했다. 한번 와, 습관처럼 그가 메일 끝에 이 말을 남길 때면 나도 익숙한 듯 이렇게 적었다. 형도 참, 팔자 좋은 소리 하네. 돈 잡아먹는 애들이 난 둘씩이나 된다고. 어쨌거나 너, 네 인생만 생각한다면 말이지…… 형, 나 애가 둘이라니까. 애들 데리고 집 근처 유원지에라도 움직일라치면 최소한 십만 원은 작살이 나. 형에게 편지를 쓰고 난 어느 날 기지개를 켜는데 사무실 창 너머로 해가 지고 있었다. 뭔지 모를 오싹함이 몸 전체를 뒤덮는 것 같았다.

나로 말하자면 이렇다.

대학을 나와 취직을 하고 보니 90년대 중반이었고, 결혼을 하고 아이를 둘이나 낳고 보니 세기가 바뀌어 있었다. 그러다 다니던 출판사가 망해 실업자가 되었고, 하루아침에 나는 도서관으로 출근하는 신세가 되어버렸다.

출판 밥을 먹은 지 십수 년이나 되었지만 일자리를 잃자 선뜻 오라고 부르는 회사가 없었다. 그리 많은 월급을 주는 출판사도 아니었건만 아내가 아이를 키우느라 직장을 그만두고 난 뒤 내 월급이 우리 수입의 전부였다. 나는 아내와 아이들에게 직장을 잃었다는 말을 쉽게 꺼낼 수가 없었다.

그렇게 서너 달이 흘러 더이상 집에 돈을 가져다주지 못할 정도가 되었을 때 하는 수 없이 나는 아내에게 고백했다. 아내는 아무런 말도 하지 않은 채 옷장에서 바느질 상자를 꺼냈다. 그러고는 오랫동안 미뤄뒀던 일이라며 구멍 난 내 양말을 기웠다. 일요일 오후의 일이었다. 두 살 터울의 아이들은 아파트 주차장에서 뛰어노느라 집을 비운 뒤였다. 아내가 깁고 있는 양말을 보자 나는 울컥 눈물이 날 것만 같아 그만 버럭 하고 소리를 질렀다.

"그놈의 양말 갖다버려. 새로 사면 될걸!"

그때 아내가 날 올려다보며 빙긋 웃었다.

"당신 발이 들어 있었잖아. 이걸 어떻게 버려…… 그나저나 오늘 저녁에 우리 뭐 먹을까?"

"……"

"그럼 쇠고기 전골 끓여서 애들이랑 땀 흘리면서 먹을까?"

그날 아이들은 정말 땀을 흘리면서 맛있게도 먹었다. 녀석들은 고기만 골라 먹었고, 우리 부부는 국물과 채소를 건성건성 먹었다. 마지막 남은 국물에 밥까지 볶아 먹고 나서야 아이들은 자기들 방으로 뛰어들어갔다. 큰 녀석이 뒤를 돌아보며 말했다. 아빠, 배가 볼록하게 나와도 난 좋아요.

설거지를 하는 아내의 뒷모습을 보며 차를 마시다가 그녀의 등이 굽은 게 눈에 밟혔다. 이연씨 나 오늘 괜찮아 보여? 이 치마 컬러 예쁘지? 이연씨, 우리 오늘은 등산 갈까? 김밥 싸서? 그래, 이연씨가 오늘은 좀 아프구나. 오늘은 내가 낼게. 이연씨가 참 근사해 보여서 내가 내고 싶은 거야. 꽃 한 송이 받으면 좋겠다, 프리지어…… 그런데 이연씨는 양말을 뒤집어 신는 게 취미야? 뭐, 나빠 보여서 그런 건 아니고 맘이 그냥 그래.

연애를 할 때부터 그녀가 내 옆에 있으면 참 든든했다. 아무리 추운 날이라도 그녀가 옆에서 종알종알 이런저런 것들을 챙겨주면 그렇게 따뜻할 수가 없었다. 나는 아내를 안아주고 싶은 마음을 꾹 눌렀다. 갑자기 다가가 아내를 안으면 불안한 내 속내를 금방 들켜버릴 것 같아서였다.

아이들이 잠들고 우리도 누웠을 때 불쑥 아내가 내게 물었다.

"〈아라비아의 로렌스〉라는 옛날 영화, 기억나?"

"그럼. 피터 오툴이라는 배우가 나오는 그 사막 영화. 아마도 장장 세 시간이 넘는 긴 영화였지? 주제음악도 얼마나 멋진데. 그런데 그 영화 얘기는 왜?"

"우리 그냥 폭삭 늙은 것 같아서. 그 영화 볼 때 그런 사막에 가서 살아도 좋겠다는 낭만적인 생각을 한 적도 있었거든. 그런데 어느 순간 다 사라져버렸어. 내 가슴이 사막이지, 뭐. 휴, 어쨌든 따로 사막에 가지 않아도 되니까 좋긴 하다. 그치?"

나는 아내의 젖가슴에 손을 가져다댔다. 그러자 아내가 갑자기 내 품으로 쏟아지듯 들어왔다. 나는 아내의 몸이 말하는 언어를 알아들을 수 있었다. 그저 딱 한마디. 우리 앞으로 어떡하지…… 그랬다. 정말 앞으로 어떡하느냐고. 그래, 우리는 앞으로 어떡할 수 있을까. 이만큼 살아왔으니 또 저만큼 살아갈 수 있지 않을까.

아니다…… 막막했다.

애초에 출판사에 취직한 건 정말 좋은 책을 만들고 싶어서였다. 하지만 좋은 책이라고 해서 다 잘 팔리는 건 아니었다. 내가 기획해서 만든 책들의 대부분은 초판도 나가지 않았다. 마지못해 억지로 만든 책 가운데에 베스트셀러까지는 아니지만 꽤 팔린 경우도 있어 더러 상사들에게 칭찬을 받기도 했다. 그러나 그때 내가 즐거웠는가, 하면 아니다. 아니었다.

인문 팀에서 참고서 팀으로 발령이 났을 때 정말이지 나는 출판사를 그만두고 싶었다. 하지만 꾹 참았다. 참고서가 좋은 책이 아니어서가 아니었다. 나보다 참고서를 더 잘 만들 수 있는 사람이 따로 있다는 생각에서였다. 그보다 나는 좀 색다른 종류의 책을 만들고 싶었다. 그렇다면 네가 진짜 만들고 싶은 책은 뭔데? 종종 삐딱하게 나는 나 자신에게 묻곤 했다. 한 사람의 성공담이나 여행기나 명상록 같은 책을 말하는 건가? 글쎄, 어떤 책이 한 인간의 인생 행로를 바꾸어놓을 수 있을까…… 잘 모르겠다. 다만 분명한 건 세상에 그러한 책이 있다면 이를 가장 간절히 기다리는 사람이 바로 나란 사실일 거다.

아내의 가슴이 사막으로 변했다면 나의 가슴은 무엇으로 변했을까? 아마도 심해가 아니었을지. 끝없이 막막하고 깊은 바다, 그 안에서 무엇이 어떻게 헤엄치고 있는지 도저히 알 수 없는 검은 바다. 아내에게 미안했다. 그보다 우선은 걱정이 앞섰다. 제 가슴속이 사막이라던 아내는 지금껏 허한 속내 한 번 들키지 않은 채 묵묵히 아이들을 키우고 집안일을 하고 월급을 쪼개 적금을 부어왔던 것이 아닌가.

아내가 시골에 있는 처갓집에 다녀오겠다고 했을 때 나는 말했다.

"장인어른이 우리 귀농 계획에 부담을 가지실지도 몰라."

"아버지는 좋아하실 거야. 이연씨도 잘 알잖아. 우리 아버지가 당신 얼마나 챙기는지. 아버지가 먼저 말씀하셨어. 그냥 오라고. 농사짓느라 고개 숙이고 살다보면 세상에 좋은 책 생각나지 않겠냐고. 걱정하지 마, 이연씨. 그리고 귀농이 안 되면 우리 캐나다라도 가."

아내는 어린아이를 어르듯 내 어깨를 살살 쓸어내리더니 보일 듯 말 듯한 미소를 지으며 말을 이었다.

"엘크가 있잖아. 단풍 시럽도 있고. 애들이 얼마나 좋아할까. 그리고 이연씨가 존경해 마지않는 박상륭 작가도 계시고, 미국이랑 가까우니 마종기 시인도 우연히 만날 수 있지 않을까. 아무 걱정 마. 우리, 다시 아기자기 잘 살 테니."

이연씨. 연애 시절부터 아내는 나를 그렇게 불렀지.

"그래도 귀농을 하면 더 좋을 거야. 내가 심고 싶은 건 양하야. 이연씨는 모르지? 양하 장아찌가 얼마나 맛있는지."

"양하? 그게 뭔데?"

"인터넷에서 검색 좀 해봐. 그게 뭔지. 우리 집 마당 한구석에서 자라곤 했어. 그걸로 장아찌를 만들어 먹기도 해. 우리 할머니 솜씨 최고였는데."

그때는 미처 몰랐다. 그것이 나와 아내가 지상에서 나눈 마지막 말이었다는 걸.

검색을 해보니 양하는 생강과에 속하는 식물로 제주도나 호남 같은 남쪽에서 잘 자란다고 했다. 뿌리가 옆으로 뻗어나는데 그 끝에 달리는 꽃봉오리를 꽃이 피기 전에 따먹는다고 했다. 사진도 몇 장 있기에 확대해서 보았다. 뿌리에서 핀 꽃 색깔은 연분홍이었다. 아내가 자주 입던 스웨터를 생각나게 하는 그런 빛.

그러나 이제 와 고백하건대,

내가 언제나 아내에게 성실한 남편이었던 것만은 아니었다. 아내 몰래 가끔 사랑에 빠지기도 했으니까. 직장 생활을 하다보면 우연찮게 참 많은 사람들을 만나게 되는데 변명 같지만, 때론 그들 가운데 운명처럼 마음이 가 멎는 사람도 더러는 있었다.

결혼 생활 15년 동안 아내 아닌 다른 여자에게 마음을 준 것은 두 번 남짓이었다. 한 사람은 나처럼 결혼을 한 이였고, 다른 한 사람은 미혼이었다. 두 번 다 그리 길지는 않았다. 그중 미혼이었던 이와의 관계는 아주 짧았다. 애초에 내가 감당하기에 너무 벅찬 그녀였다. 나보다 열 살가량 어린 그녀는 자주 두통을 앓았다. 사무실에서 교정을 보던 그녀가 자리를 좀 오래 비운다 싶으면 또 머리가 아픈가보다, 하고 남몰래 지켜볼 정도였다. 그때마다 그녀는 화장실에서 찬물로 세

수를 하고 나오곤 했다. 아무것도 해줄 것이 없는 나는 그저 인상을
구긴 채 복화술을 하듯 지나가며 한마디 던질 뿐이었다.

"아프면 조퇴하고 집에나 가지, 너도 참 궁상이다."

그녀는 이름을 대면 다 알 만한 집안의 딸이었다. 2년 전부터 집을
나와 혼자 살고 있던 그녀는 이상하게도 나랑 자고 나면 거짓말처럼
두통이 사라진다고 했다. 그렇게 우리의 관계는 반년 동안 계속되었
다. 한 달에 한 번 정도 나는 그녀의 오피스텔로 가 밤 9시와 10시 사
이, 그 한 시간 동안 그녀를 안았다. 내가 그녀 안으로 깊숙이 들어갈
때면 나지막하게 들려오던 그 말, 아 좋아…… 두통이 사라져……
나는 내 엉덩이를 움켜쥐는 그녀의 힘이 너무 세서 이 힘은 분노구나,
하고 말한 적도 있었다. 그래, 분노.

"나는 돈이 많은 우리 집 때문에 힘든 적이 많았어."

"그래?"

돈이 많아 힘들다니, 그건 대체 어떤 상황에서 뱉을 수 있는 말일
까. 나는 물끄러미 그녀를 처다봤다.

"내가 처음 어떤 남자랑 같이 잤는데 글쎄, 그 남자가 우리 자는 모
습을 비디오로 찍어 울 아버지한테 보낸 거야. 딱 5천만 원만 달라고
하면서. 혹시 오빠도 우리 자는 거 찍어? 나중에 어디선가 나타나서
울 아버지한테 내밀고 그러는 거 아니겠지?"

어리니까 천진하니까 어리광을 부리듯 내뱉은 말이겠지 하면서도
아니다, 이건 아니다 싶은 치욕이 날 침대 위에서 벌떡 일어나게 했
다. 그녀와 더는 나란히 살을 맞댄 채 누워 있을 수가 없었다. 순간 머
릿속이 하얗게 번지면서 말로는 설명하기 힘든 모멸감이 끓어올랐다.

분노, 아마도 분노라고 내가 말한 적이 있었던가. 대체 지금껏 내가 여기서 무슨 짓을 했던 거지. 집에 아내를 두고, 아이들을 두고…… 갑자기 싸늘하게 변한 나를 멍하니 쳐다보는 그녀를 뒤로한 채 나는 오피스텔을 빠져나왔다. 그게 다였다.

그리고 또 한 번의 그녀, 유부녀였던 그녀와 나는 자주 만났지만 잠을 자지는 않았다. 대신 우리는 퇴근 후에 이곳저곳을 함께 걸었다. 홍대, 정동, 경복궁, 덕수궁, 청계천이 우리가 걷는 단골 코스였다. 서울 외곽으로 빠져나가서도 우리는 꼭 차를 세우고 발이 닿는 대로 걷고 또 걸었다. 그러다 그녀가 이야기를 시작하면 나는 묵묵히 듣기만 했고, 내가 이야기를 시작할 때면 그녀 역시 나처럼 묵묵히 들어주곤 했다.

저녁이 오고 밤이 깊을 때까지 걷고 또 걷다 지치면 어디 허름한 분식집 같은 데 들어가 토핑을 잔뜩 얹은 라면을 먹곤 했다. 술을 함께 마시지는 않았다. 술이 우리를 어디로 끌고 갈 것인지는 아무도 몰랐으므로. 그녀가 라면 사발에 머리를 깊이 파묻고 젓가락으로 면발을 말 때면 나는 노란 단무지를 그 위에 얹어주곤 했다. 그녀는 내 앞으로 단무지 그릇을 옮겨주며 작게 웃었다.

"왜 웃어요?"

"그냥요, 꼭 남편이랑 연애할 때 같아요."

"그게 지금 생각이 나요?"

"미안한데요, 이연씨랑 같이 있으면 꼭 이십대로 다시 돌아간 것만 같아요. 어디 먼 곳으로 떠났던 내 과거가 다시 날 찾아와 내 옆에서 걷고 있는 기분이 들어요. 묘해, 참."

그러나 그것이 우리의 한계였다. 그녀도 나도 서로 만나 찾으려 했던 건 사랑이 아니었다. 멀리 떠나버린 어떤 시절과의 재회, 그 느낌을 다시금 확인하고픈 마음은 필시 욕심이니까. 앞을 보며 걷고 또 걸었다지만 우리는 그만큼 뒷걸음치고 있던 것이 분명했다.

관계가 정리된 후에 우리는 몇 번 더 만났으나 예전처럼 함께 걷지는 않았다. 라면을 후후 불어 함께 먹는 일도 없었다. 찻집에서 커피를 시켜놓고 마주 앉아 일 얘기만을 나누었다. 그게 다였다.

두 번에 걸친 나의 연애. 아내는 짐작이나 하고 있었을까.

모르겠다. 그러나 내가 아는 한 가지 사실은 이렇다. 아내 역시 결혼 이후 한두 번의 연애를 경험했다는 거. 물론 눈앞에서 이를 의심케하는 어떤 광경을 목격한 것은 아니지만 짐작할 수 있었던 건 바로 아내의 염주 때문이었다. 아내는 나와 연애를 시작한 그 첫 달에도 내내손목에 염주를 차고 있었다.

어느 날 아내의 컴퓨터 앞에 놓여 있던 새 염주 하나를 보았다. 그로부터 서너 달 뒤 염주는 사라지고 없었다. 다시금 염주를 발견한 건그만큼의 시간이 흐르고 난 뒤였다. 염주, 염주라…… 그리고 또다시염주가 사라졌을 때 붉은빛이 도는 검은빛으로 머리카락을 물들인 아내는 부엌에서 부추를 다듬고 있었다. 나는 선뜻 아내에게 다가갈 수없었다. 대신 아내 몰래 그녀를 오래 훔쳐보았다. 부추를 다듬는 아내의 손놀림은 무뎠고 자주 멈칫거리고는 했다. 아내는 나지막하게 노래를 불렀다.

목련꽃 그늘 아래서

베르테르의 편질 읽노라……

아, 멀리 떠나와 이름 없는 항구에서……

돌아온 4월은 생명의 등불을……

빛나는 꿈의 계절아

눈물 어린 무지개 계절아

노래는 자꾸만 끊겼다. 박목월의 시, 〈4월의 노래〉였던가. 가사를 잊었는지 그냥 멜로디만 흥얼거리며 지나갈 때가 많았다. 아내의 옆모습은 아주 단정했다. 약간의 미소를 머금고 있었는데 그건 웃음기라기보다 뭔가를 참아내는 표정에 가까웠다. 질투가 없었다면, 끓어오르는 분노조차 없었다면 그건 분명 거짓일 터. 그런데 이상하리만치 차분해지는 마음과 더불어 아내에 대한 미움이 털끝 하나 생겨나지 않는 것이었다. 나보다 한 살 아래인 아내와 한 지붕 아래 두 아이를 낳고 함께 밥을 먹고 한 이부자리에서 잠든 시간 동안 우리 둘 사이를 이어온 건 어쩌면 사랑보다는 의리에 가까운 감정일지 모른다. 나의 외로움만큼 그녀의 쓸쓸함을 이해한다…… 그렇다면 그건 남편으로서 아주 무책임한 발언일까.

정작 질투를 느낀 것은 아내와 똑같은 염주를 찬 남자를 보았을 때였다. 그는 나보다 한참 어린 연배로 우리 출판사에서 시집을 출간한 적이 있는 한 시인이었다. 나는 아내가 시를 좋아해 몇 번인가 그의 시낭송회에 다녀온 것을 알고 있었다. 그가 내 아내와 같은 염주를 찬

것은 그래, 어쩌면 우연일 수도 있을 것이다. 하지만 그 염주를 낀 시인의 손목이 눈에 들어오는 순간 울화가 치밀어 하마터면 그놈의 머리를 갈겨버릴 뻔했다. 그뿐이었다. 오랜만에 출판사에 들른 그와 편집자 몇이 저녁을 먹으러 간 뒤, 나는 홀로 자리에 앉아 투고된 원고를 읽었다. 집중이 되지 않아 안경을 몇 번이나 닦아야 했다. 그뿐이었다.

집으로 가는 전철 안에서 『호밀밭의 파수꾼』을 천천히 읽어나갔던 기억이 난다. 스물두 살 때 읽고는 잊고 지내던 책. 처음 이 책을 읽었을 때 나는 입대 직전의 청춘이었다. 거의 3년이나 되는 텅 빈 시간 속에 격리되리라는 공포가 날 짓누르고 있을 때 손에서 놓을 수 없었던 바로 그 책. 그렇다면 지금은? 글쎄, 책이 주는 격렬함에서 이제 조금은 거리를 두게 되었다고나 할까. 아니면 삶이 주는 격렬함에서 거리를 두었다고나 할까.

그래, 우린 나이가 들어가고 있지만, 다들 그러고들 사는 거 아니겠어.

그날, 나는 아내와 아이들을 남부터미널에 데려다주었다. 아내와 나는 우동을 한 그릇 시켜 둘이 나눠 먹었고 먹성 좋은 아이들은 둘이서 물만두를 3인분이나 시켰다. 오물오물 볼이 메도록 만두를 먹어치우는 두 녀석의 모습은 무척이나 사랑스러웠다.

아이들은 내가 어떤 책을 만드는지 내용을 알지는 못했지만 새 책이 나와 집으로 가지고 오면 와아, 새거다! 하며 서로 먼저 보겠다고 티격태격하곤 했다. 어른들이 읽어도 골치가 지끈지끈 아플 인문학

책들을 펼쳐, 아이들이 가장 먼저 하는 건 또박또박 소리를 내어 문장을 읽어나가는 일이었다. 무슨 말인지 이해가 되니? 물으면 아이들은 히히거리며 머리를 긁었다. 모르지만 아빠가 만든 책이니까요.

밤톨 같은 아이들의 머리가 차창 너머로 보였다. 아내는 오래오래 손을 흔들었다. 아이들의 작은 손이 흔들리는 것에 눈이 부셔 나는 오전 9시 20분에 출발하는 버스 앞에서 잠시 눈을 감았다. 사랑해, 나의 작은 예쁜이들……

마주니 형이 오랜만에 서울을 찾았기에 그를 만날 약속으로 나는 처갓집 방문길에 동행할 수가 없었다. 불광동에서 형을 만났다. 그가 묵고 있는 호텔에서 가까운 일본식 선술집에서였다. 나를 본 그가 안 아줄 듯 급히 다가오다 멈춰 서더니 앉자, 라고 말했다. 자…… 그러고 더는 말을 잇지 못하는 형의 목멤에 가슴이 시려 나는 이렇게밖에 말을 할 수가 없었다. 형, 알겠으니까 우리 오늘은 좀 마시자. 그러나 마주니 형의 술잔은 쉽사리 비워지지 않았다.

"실은 네게 할 말이 있어서 온 거야. 네게 맡길 게 있어서 말이지. 너도 알다시피 우리 마누라 뮌헨 출신의 교포 3세잖아. 우리말은 여전히 서툴다고. 혹, 내가 만일 어떻게 되면……"

"어떻게 되다니, 뭐가?"

"아니, 그런 게 아니라 혹시…… 아무도 모르는 사이에 인생을 결정적으로 바꾸어놓을 그 무엇이 올 수도 있는 거잖아. 왜 알면서……"

"몰라. 모른다고. 알고 싶지도 않고."

고개를 단호하게 흔들어대는 내 앞에서 마주니 형은 컵에 생수를 담아 벌컥벌컥 들이켰다. 그는 우리 앞에 놓여 있던 어묵탕 그릇에 숟가락을 넣다 말고 다시금 내려놓았다.

"이것 좀 볼래? 벼룩시장에서 우연히 발견한 거야. 프랑크푸르트 마인 강변에 서는 벼룩시장이 꽤 유명하거든. 토요일에 일하러 나갔다가 잠깐 짬이 나서 들렀는데 거기서 이걸 본 거지. 요즘 독일도 예전과는 달라. 벼룩시장에 새 물건들이 그렇게 쏟아진다니까. 내가 유학을 갔던 그 무렵에는 말이야……"

나는 마주니 형의 말을 막아섰다.

"형, 그것도 벌써 20년이 다 된 얘기잖아."

"벌써 그렇게나 되었나. 하긴 조지 해리슨도 죽었으니까."

"조지 해리슨?"

"내가 조지 해리슨 팬이라는 걸 벌써 잊었냐? 수줍은 비틀, 조용한 비틀스의 조지 아니야. While my guitar gently……"

"젠틀리 뭐?"

"weeps던가. 흔들릴 때, 아니면 떨릴 때, 울 때. 기억 안 나네, 이거."

"형도 이젠 다 됐네. 오십 줄이 그래서들 무서운 건가봐."

"이래 봬도 마음은 언제나 거친 들판이라고. 늙으려면 너나 늙어라. 내 마음은 아직도 이십대 후반이니까. 그런데 있지, 이상하게 서울로 돌아오면 왜 꼭 서울을 떠나던 그 나이로 돌아간 것 같을까."

마주니 형은 슬그머니 창문으로 눈길을 돌렸다. 대로변에 있는 선술집 창문 너머로 셀 수 없이 많은 차들이 지나갔다. 마주니 형이 마지막으로 서울을 찾았던 건 4년 전이었다. 그때 형은 상중이었다. 장례를 마치고 피곤한 목소리로 형이 전화를 걸어왔고 그날 우리는 만났다. 점심을 먹자 해서 매운탕을 시켜놓고는 손도 대지 못하는 형이 안쓰러워 나는 진탕 낮술만 마셔댔었다. 엉망으로 취해버리고 났을 때는 고작해야 저녁이 될 무렵이었다. 이 저녁, 참 천천히 오는구나, 서울은…… 나는 만취한 형을 호텔까지 데려다주었고 서울을 떠나기 전 형은 공항에서 전화를 걸어왔다. 고맙다, 네가 서울에 있어서. 너 없으면 내가 여기 와 누굴 만나겠니. 다음에 올 땐 네가 꼭 내고 싶을 만한 책을 한 권 가져다줄게. 그렇게 말하는 형의 얼굴엔 약간 위악적인 웃음이 스치고 지나갔다.

"그건 그렇고, 이 노트 좀 볼래? 원래 독일어로 쓰인 건데 내가 우리말로 번역을 해두었어. 너 한번 읽어보라고. 검토해보고 책으로 낼 수 있는지 봐봐."

책을 만든다…… 나는 아직 마주니 형에게 출판사가 망했다는 얘기를 하지 못했는데.

마주니 형이 내민 노트는 두 개였다. 그중 하나는 이미 색이 바랜 두툼한 종이들을 가죽 끈으로 묶어둔 것이었다. 낡은 표지 역시 제 빛깔을 잃은 지 오래였으나 손으로 쓴 제목 글자 뒤로 불그스름하게 남은 포도주색이 이 책의 처음 모습을 짐작하게 했다. 그러나 지금은 쓰지 않는 옛 알파벳이라 내용을 전혀 짐작할 수가 없었다. 다른 한 권의 노트는 푸른빛을 띠었는데 책 가운데 제목인 듯 검은색 활자가 단단히 찍혀 있었다.

이무(李無) 혹은 칸 홀슈타인의 기록

—1902년 봄에서 1903년 겨울까지

마준 옮김, 2009

"그러니까 이걸 형이 번역했다는 말이지? 그런데 이무가 누구야?"

"성격도 급하긴, 읽어보면 알 거 아니냐."

형은 소주를 한 잔 입에 털어넣고는 다시 창밖으로 눈길을 던졌다. 나는 일단 노트를 넘겨보기 시작했으나 선술집 안이 너무도 어수선한 탓인지 읽기에 집중이 잘되지 않았다.

"집에서 찬찬히 살펴볼게. 여기서는 무리다 싶어."

"그래, 아무래도 좀 그렇겠지? 오늘은 그냥 술이나 마시자."

폭음까지는 아니었으나 우리들은 적당히 취할 만큼씩은 술을 마셨다. 나는 마주니 형에게 묻고 싶은 게 많았으나 자신에 대한 얘기라면 극도로 말을 아끼는 그라는 걸 잘 아는 탓에 아무런 물음도 던지지 않았다. 외국에서 나이 들어가는 삶은 어떤지, 서울에 다시 돌아와 정착할 생각은 없는지, 독일에서의 생계유지에는 무리가 없는지, 고고학 박사 학위까지 따놓고서 왜 대학에 자리를 잡지 않는 건지……

선술집 앞에서 우리는 헤어졌다. 호텔 앞까지 데려다주고 싶었으나 그가 손사래를 치며 극구 만류했다.

"나 술도 안 취했고 호텔도 가까워. 이래 봬도 나 서울에서 살 만큼은 살고 떠난 놈이야. 넌 매번 왜 이렇게 날 애 취급하는 거냐?"

"형은 언제나 그러더라. 오랜만에 만나 잘해주고 싶어 그러는 거잖아. 그럼 그냥 모르는 척 적당히 받아주는 것도 미덕이라고."

"이연아, 네 마음이야 내가 모르겠냐. 나보다 내가 준 노트나 잘 챙

거, 인마. 곧 연락 또 하자고. 너도 잘 들어가라. 즐거웠다."

키가 큰 마주니 형. 나보다 어림잡아 10센티미터는 더 큰 마주니 형. 나이가 들수록 마주니 형은 점점 구부정해지는 것 같았다. 나는 형의 뒷모습을 오래 바라보다가 전철역으로 향했다.

전화벨이 울린 건 아파트 현관을 막 들어설 때였다. 뭔가 불길한 예감과 함께 등골이 오싹했다. 집 전화기 액정화면에 장인의 전화번호가 선명하게 찍혀 있었다.

"여보세요."

"……사고가 났네."

그랬다. 사고가 났다.

차 안에는 아내와 작은 처남, 그리고 아이들이 타고 있었다. 살아남은 사람은 아무도 없었다. 하루아침에 장인은 두 아이와 손자들을 잃었고, 나는 아내와 두 아이를 잃었다. 아내와 아이들, 그리고 처남의 장례를 수목장으로 치렀다. 말을 잃은 장인은 거의 실신 지경이었다. 장모가 돌아가신 것이 6년 전, 이제 장인에게 남은 핏줄이란 처남이 남긴 아이 하나, 그리고 아내의 오빠인 손위 처남뿐이었다. 그렇다면 나에게 남은 것은? 아무것도 없었다. 다만, 나무에 달린 이름표, 아내와 아이들의 이름표.

장례를 마치고 집으로 돌아오니 겨울이 시작되고 있었다. 펑펑 내리기 시작한 눈을 베란다에서 한참 쳐다보고 있으려니 이대로 눈 속에 섞여버리고 싶다는 생각이 점점 간절해졌다. 연일 자살한 사람들의 소식이 들려왔다. 언제부터인지 유행처럼 번지고 있는 자살의 기운…… 나 역시 그들의 행렬에 끼어 뒤도 돌아보지 않고 사라져버린들 그게 다 무슨 소용일까.

그래, 언제나 나는 비겁하게 살았지. 촛불집회에 나가본 적이 한 번이라도 있었던가. 아니었다. 용산에서 사람들이 죽어갈 때 그들과 함께 뜨거운 눈물을 흘려본 적이 한 번이라도 있었던가. 아니었다. 비겁한 순간을 생각하면 끝도 없을 것이다. 아내 모르게 연애를 한 것도 비겁한 짓이 아니었던가. 아내 모르게 누군가에게 돈을 빌려준 것도 비겁한 일이라면 비겁한 일일 것이다. 갚지 않는 게 아니라 갚을 수 없다는 걸 아는데 어떻게 빚 독촉을 할 수 있단 말인가. 그것도 직장에서 해고된 용접공 고향 친구에게 어떻게 닦달을 할 수 있겠냐는 말이다. 그러나 따지고 보면 그도 비겁한 일이 아니었을까.

나이 마흔 중반을 넘기면 안팎으로 안정이 될 줄 알았다. 자식들 커가는 거 흐뭇하게 바라보면서 가끔은 예술의전당에 공연을 보러 다니는 여유도 부리게 될 줄 알았다. 그런데 모든 걸 잃고 꼬박 두 달이 넘도록 나는 우리가 살던 36평짜리 아파트에 틀어박혀 있었다. 술병만 입에 물고 살았다. 대신 눈을 뜨면 결벽증이다 싶을 정도로 집 안을 정돈했고 쓸고 닦는 데만 신경을 썼다. 그러나 아이들의 방은 예외였다. 차마 그 방문을 열고 들어갈 용기가 나지 않았다. 아내의 옷장도 열어볼 수가 없었다. 아내와 함께 쓰던 침대에 누워 잠을 청할 수도 없었다. 나는 줄곧 거실에서만 맴맴 돌았다. 전에 없이 나는 왜 이렇게 청소에 집착하는 걸까…… 뭔가 정리를 하고 싶은 느낌이 계속 들어서였다. 언제든 가뿐하게 떠나려면 어떤 식으로든 준비가 되어야 한다는 생각이 계속 들어서였다. 그리고 텔레비전, 오디오, 컴퓨터…… 음성 지원이 되는 모든 가전제품의 전원 스위치를 꺼두었다. ……떠나고 싶었다.

그렇게 두 달쯤 지났을까. 마주니 형이 주고 간 두 권의 노트를 발견한 건 차라리 우연에 가까웠다. 노트는 현관 신발장 위에 놓여 있었다. 라면과 소주를 사러 가기 위해 신발을 꺼내려는데 툭 발아래로 뭔가가 떨어졌다. 나는 거실 쪽을 향해 노트를 집어던졌다.

라면을 사서 돌아와 노트를 펼쳐들었다. 마주니 형이 번역을 한 노트의 시작은 이랬다.

나에게,
내가 이 글을 읽을 때 나는 이미 모든 것을 잃고 난 뒤일 것이다.
너에게,
나는 다시 태어나고 싶다, 너에게로 가기 위해.

이 두 줄의 문장이 노트 가운데 덩그렇게 놓여 있었다. 글씨체에서 백 년 동안이나 숨어 있던 묵은 바람이 묻어나는 듯했다. 가슴이 덜컹 내려앉았다.

뭐라고? 이게 대체 무슨 말이지?

내가, 이 글을 읽을 때, 나는, 이미, 모든 것을, 잃고 난, 뒤일, 것이다?

나는, 다시 태어나고 싶다, 너에게로 가기 위해, 라고?

삼류 영화의 광고 카피 같은 두 문장에 헛웃음이 났으나 어딘가 묘

했다. 어떻게 된 셈인지 이 두 문장은 나를 잡고 쉽게 놓아주지 않았다. 한참을 들여다보고 있으려니 눈앞이 뿌옇게 흐려졌다. 모든 것을 되돌릴 수만 있다면 나는 무조건 처음으로 돌아가고 싶었다. 아내가 있다면, 아이들이 내 앞에 있다면…… 나는 노트를 던져버리고는 라면을 끓였다. 그러나 반도 채 먹을 수가 없었다. 소주병을 땄다. 그렇게나 또, 눈이 내리고 있었다. 나는 소주잔을 들고 베란다로 향했다. 9층 내 아파트에서 뛰어내린다면 즉사할 가능성이 아주 높겠구나. 아파트 주변 곳곳에 세워둔 차들이 내리는 눈에 매장되고 있었다. 나 역시 이렇게 눈에 덮일 것이다. 순간 장인…… 생각이 났다. 부모님은 5년 전과 3년 전에 차례로 세상을 떠나셨기에 엄밀히 말하자면 나는 고아였고, 내게 남은 유일한 부모는 장인이었다. 장인 생각을 하면서 나는 거실 쪽으로 시선을 거뒀다. 그러고는 다시금 노트를 집어들어 서문을 읽기 시작했다.

나는 부모를 모르는 한 미약자로, 내 탄생지에 대한 아무런 기억이 없는 버려진 자로, 가슴 밑바닥에 도사리고 있는 낭만의 습성을 털지 못하여 서투른 문장과 나약한 심장으로 그대를 기록한다. 19세기 동안 마음의 병을 앓았던 사람들은 곧잘 프랑스 혁명의 실패가 이 병을 가져다주었다고 하지만 나의 병은 정치나 어떤 사회 현상으로 비롯된 것은 아니었고 영원한 나만의 병이었다. 나는 하남을 찾는 사람이었다. 그리고 하남을 찾으면서 그대, 하남을 만났다. 또한 그대를 잃어버린 곳도 하남이었으니 이 우연이 나에게 영원의 병을 주었고 또한 기록을 남기게 한다. 이런 우연은 참을 수 없는 우연이다. 모든 것을 다 잃은 자가 말까지 많아지면 추한 법인데…… 그러나 어쩌랴, 나는 다시 태어나고 싶다. 하남으로 가기 위하여. 몇십 년이 지나더라도, 다시 태어나서 내가 나라는 걸 알지 못하더라도. 어쩌면 다시 태어난 나는 이 기록을 읽으며 자신이 나라는 걸 알게 될지도 모르겠다. 우주에 나는 길들이 어디 하나뿐이랴. 다시 태어난 나여, 이 기록을 읽고 나의 사랑, 하남을 찾아가라.

사람은 상황에 따라 이렇듯 황당한 글에 마음을 빼앗기기도 한다. 요즘 시대에도 말이다. 나는 독일어 원문을 펼쳤다. 당연히 내가 읽을 수 있는 글이 아니었다. 하지만 원문을 펼쳐들자 손이 떨려왔다. 나에게라고? 내가 이 글을 읽고 있을 때면 나는 모든 것을 잃고 난 뒤일 거라고?

잉크로 꾹꾹 눌러 쓴 글자는 누렇게 종이를 물들인 세월 속에서도 비교적 선명했다. 나는 종이 가장자리가 부서질까봐 조심조심 책장을 넘겨나갔다. 노트에 꽉 찬 글자들이 마치 비스듬하게 누운 물결처럼 보였다.

문득 이 모든 상황이 우연만은 아닌 것 같다는 생각을 했다. 아니지, 아마도 우연일 것이다. 아니라면 내가 서서히 미치고 있는 건가? 아내와 자식을 한꺼번에 잃은 사십대 중반의 남자가 이런 글에 매료되는 건 사실 또 그렇게 이상한 일도 아니지.

아직도 눈이 내리는가, 내리는 눈을 보면서 소주를 한잔 더 마시기 위해 나는 다시금 베란다로 나갔다. 여전히 눈이 내리고 있었다. 무정하리만큼 내리고 또 내리는 눈이 차들도 놀이터도 다 묻어버리고 있었다. 나는 마주니 형에게 전화를 걸기로 마음을 먹었다. 아내와 아이들을 보내고 누군가에게 연락을 취해볼 생각을 한 건 이번이 처음이었다.

형은 아무것도 모르고 있었다. 아주 짧게 아내와 아이들을…… 그간의 상황을 이야기했다. 수화기 너머로 오랜 침묵이 흘렀다.

"한번 와라."

"……"

"이연아!"

"생각해볼게. 그런데 형, 그 노트 말이야…… 좀 이상해."

"뭐가?"

"이 말, 내가 이 글을 읽을 때 나는 이미 모든 것을 잃고 난 뒤, 라고 하잖아."

"그거야 지금 네 맘이 허하니까 유독 눈에 들어오는 거고 그렇게 읽히는 걸 거야. 차라리 여기 좀 와 있을래? 아니면 내가 갈까?"

"……"

마주니 형과 전화를 끊고 난 뒤 나는 정말 비행기 티켓이라도 끊어야겠다고 생각했다. 그러고 보니 아내와 아이들은 유럽에 한 번도 가본 적이 없었다. 아내는 그렇게도 노르웨이에 가고 싶다고 했었는데. 영화 〈바베트의 만찬〉을 본 뒤였다. 그 황량한 해변에서 허브를 찾아다니던 바베트에게 반했다고 했다. 바베트가 거닐던 바다가 정말 노르웨이에 있는 북해였을까? 건성으로 영화를 본 탓인지 내겐 별 기억이 남아 있지 않았다. 세계지도를 펼쳐 아내가 그토록 가고 싶다던 바다가 어디쯤인지 찾아보았다. 북쪽에 있는 차가운 바다였다. 지중해처럼 따스한 바다에 가고 싶어했다면 얼마나 좋아…… 아내 없이 홀로 유럽에 가려고 하다니, 아이들이 한 번도 가보지 못한 곳을 혼자 가려고 하다니, 정말 나는 많은 것을 잃어버렸구나.

비행기 티켓을 끊은 것은 그로부터 두 달 뒤였다. 전화통화만 하면 당장 달려오겠다며 애정 어린 위협을 가하는 마주니 형에게 어느 날 덜컥 가겠다고 해버렸다. 가기로 작정 하고 나니 마음이 편했다. 몸무게를 달아보니 그새 10킬로그램 넘게 빠져 있었고, 수염과 머리카락은 자랄 대로 자라 있었다. 그래, 딱 3개월만 떠나 있자. 그리고 돌아오자.

하남을 찾으라고? 그런 이름을 가진 곳은 어디에 있을까? 중국? 아니면 서아시아 어디쯤? 아니면 몽고? 영화 카피 같은 두 줄의 문장이 여전히 나를 붙잡고 있었다. 이런 나 자신이 우습기도 했지만 한편으로는 어쩔 수 없다고도 생각했다. 무엇보다 더는 비장하게만은 살 수가 없었다. 그러면 죽을 것 같았으니까. 아이들이 꿈에 나타나 환하게 소리 내어 웃을 때면 나는 울었다. 그러나 이렇게 울고만 살 수는 없는 노릇이었다.

수염을 깎았다. 머리를 잘랐다. 거리로 나와 오늘은 라면이 아닌 사람들로 꽉 찬 식당에 들어가 콩나물국과 함께 아주 매운 낙지볶음을 먹었다. 혼자 그걸 다 먹겠다고 하니 식당 종업원은 난감해했지만 나는 무슨 용기가 났는지 말했다. "팔 거예요, 말 거예요?" 술 없이 뭔가를 먹어보는 것도 아내와 아이들을 보내고 처음 하는 일이었다. 커피숍으로 가 커피를 마셨다. 막 뽑아낸 커피는 기적처럼 향기로웠다.

그 순간 내가 잘못 살고 있다는 느낌이 울컥 치밀었다. 그날 아내와 아이들과 함께 장인에게 갔다면, 그날 처남이 아니라 내가 그 차를 운전했다면, 어쨌거나 그날 나도 그 차에 함께 타고 있어서 한날한시 이 세상을 떠났더라면……

커피의 향을 느끼는 내 코와 혀는 지금 이 지상에 속해 있다. 창 너머를 바라보았다. 4월이 다가오는 거리는 화창했다. 찬란한 빛 속에서 사람들은 차를 타고 지나가거나 쇼핑을 하거나 거리를 맘껏 오갔다. 처음에는 그들이 허깨비 같았으나 시간이 흐르면서 점점 내가 허깨비라는 생각이 들었다. 그래, 아무럼 어떠냐. 나 아니면 너, 그렇게 우리 모두 이 거리의 허깨비일지도 모르는걸. 혹은 세월의 허깨비일지도.

인천공항에 도착해 장인에게 전화를 걸었다. 장인은 전화를 받지 않으셨다. 다시 한번 더. 역시 신호만 갔다. 마지막이다 싶은 심경으로 짐을 부치고 난 뒤 다시금 시도를 해보았다. 드디어 전화기 너머로 장인의 목소리가 들려왔다. 아파트를 처분하는 문제를 놓고 짧지만 깊은 대화를 나누었다. 독일에 가서 몇 달 지내고 오겠다는 말도 덧붙였다.

"그려. 잘했네. 나도 한번 가보고 싶다만 보다시피 여기 일이 많아."

"너무 무리하지 마십시오. 그보다 여기 일은 애들한테 맡기시지요. 아버님도 이젠 연세가……"

"맘에 안 드니 문제지, 뭐. 내가 해야 직성이 풀리는 일도 좀 있고. 그래, 잘 다녀오게. 그나저나 독일은 지금 무슨 계절이지?"

"우리랑 같아요. 봄이라죠."

"그곳도 봄인가…… 좋지, 봄. 여기 다 잊고 가게나. 다 잊거들랑 돌아와. 그렇다고 나까지 잊지는 말고. 나는 자네를 내 사람이다, 여기고 사네."

"예, 아버님. 저도요."

전화가 끊겼다. 우리 둘의 사이는 항상 좋았다. 처음 인사를 드리러 아내 집에 갔을 때부터 장인은 나를 맘에 들어하는 눈치였다. 책 만드는 일을 하고 있다니까 장인은 말했다. 그 직업 참 좋아. 우리는 같이 앉아서 바둑을 두거나 마을 이발소에 함께 가는 건 물론이거니와 새벽이면 장인이 가꾸는 비닐하우스에 내려가 오이나 토마토를 따오기도 했다. 장인이 쪼그리고 앉아 딴 어린 상추 잎은 너무도 연하고 향긋했다.

집안이 어려워 중학교도 겨우 졸업한 장인은 어릴 때 한문을 배워서 한자투성이인 책들을 잘 읽으셨다. 나는 장인이 『서경』을 읽어주시는 그 밤이 좋았다. 장인이 가지고 있는 『서경』은 시인 김관식 선생이 번역을 하고 주를 단 것이었다. 장인의 목소리는 우렁차서 『상서』의 어느 부분을 읽어주실 때면 서늘한 것이 목 뒤를 지나가는 듯했다. 시인들은 거참, 번역도 이렇게 옴팡지게 한다니까. 나는 장인에게 김관식 선생 말고도 아는 시인이 있는지 여쭈어보았다. 뜻밖에도 장인은 이성복 시인도 알고 계셨다. 아내가 방학이면 꼭 시집을 들고 집에 내려왔다는 것이다. 시를 그렇게나 많이 읽으셨어요? 아니, 아주 조금. 다 옛 버릇이지. 『사서삼경』을 읽으면서 자랐으니, 그 가운데서도 『시경』은 내가 젤로 좋아하는 책이었으니, 그걸 언제나 소리 내어 읽었으니. 낭독은 중독이야, 자꾸 읽게 만든다니까. 나는 가끔 장인께 이런 시도 한번 읽어보세요, 하고 이천년대에 나온 젊은 시인들의 시집을 드리기도 했다. 신기했다. 장인은 그 시집들을 비닐하우스에 나갈 때도, 논에 물을 댈 때도, 애지중지하시는 '모릉'이라는 이름의 일소를 먹이러 언덕에 오를 때도 들고 나가셨으니 말이다.

비행기 안에서 나는 마주니 형이 번역한 노트를 다시 펼쳤다. 서문을 읽고 난 뒤 더는 책장을 넘기기가 두려워 가만 덮어두었던 바로 그 노트. 비행기 안에서라면 읽겠지, 하고 미뤄뒀던 참이었다. 비행기 좌석은 절반 정도만 차서 여유롭고 편안했다. 마침 내 옆자리도 비어 있어 나는 담요를 두 개나 무릎에 걸쳤다. 이야기는 두번째 장에서부터 시작되었다. 장인이 옆에 계셨더라면 책을 읽어달라고 말해봤을지도 모르겠다. 아직도 나는 누군가 글을 읽어줄 때 가만 앉아 듣는 것을 좋아하는 아이인데, 그런 아이에서 하나도 자라지 않았는데…… 장인이 혼자 가꾼 마늘로 가득한 여름 들판에 서서 흔들리는 마늘 잎에서 나는 알큰한 냄새를 맡은 적이 있었다. 장인의 주름 속으로 아득하게 저물어가던 그 냄새를 나는 너무도 사랑했다. 그의 딸을 업어와 각시로 삼을 만큼. 지금, 내 가슴엔 너무나도 큰 구멍이 뚫려 있고 장인에게는 그저 죄송한 마음뿐이었다. 미안합니다. 지켜드리지 못했습니다. 아버님, 저는 언제나 모자랐지만 제 방식대로 사랑했어요. 지켜드리지 못했습니다. 너무나 죄송합니다……

2
하남이라는 도시

하남은 누구에게도 알려지지 않은 고대 도시이다. 찾는 사람 하나 없었다. 알려지지 않았으니 찾을 사람이 있을 리 만무했다.

그 무렵 나를 붙잡고 있었던 것은 지난여름 황제가 행한 연설이었다. 그리고 또 하나, 황당하게도 밤거리에서 두 명의 남자에게 거의 실신 직전까지 얻어맞은 사건이었다. 습격을 당한 것은 이번이 세번째였다. 황제의 연설 때문이었을까? 황제의 연설문 부분을 인용하면 다음과 같다.

"……관용도 없고 포로도 잡지 마라. 천년 전에 아틸라의 통수로 유럽에서 이름을 떨쳤던 훈족처럼, 구전 속에서 민담 속에서 훌륭한 이름을 남겼던 그들처럼, 다시는 중국인 누구도 독일인을 감히 흘겨보기조차 할 수 없도록, 그대들을 통하여 독일인의 이름이 중국에서 천년 넘게 지속되도록 하라."

1900년 7월 27일이었다. 황제 빌헬름 2세는 의화단의 난을 진압하기 위하여 중국으로 원정 군단을 보내면서 군인들에게 연설을 했다. 물론 그해에는 황제의 연설 말고도 다른 중요한 일들이 있었다. 그해에 축구협회가 라이프치히에서 조직되었고, 국회에서는 해군의 병력을 두 배로 강화시킬 수 있는 법령이 통과되었으며, 파리에서는 올림픽이 열렸다. 레닌은 마이어라는 이름을 써서 불법적으로 뮌헨에 들어왔고, 함부르크에서는 부두 노동자들의 동맹파업이 일어났다. 또한 인구조사가 있었는데 총 인구는 56,345,014명으로 추정되었으며 그해, 니체가 죽었다. 그리고 나의 독일인 양아버지인 헬무트도 세상을 떠났다. 나는 양아버지의 죽음에 이 연설문을 겹쳐두었다. 황제의 군대는 아버지가 나를 발견한 그곳으로 간 것이었다. 두려웠다. 이곳에서 계속 살아갈 수 있을까?

영국이나 프랑스보다 훨씬 늦게 식민지 개발에 뛰어든 제국은 황제의 손가락이 가리키는 아프리카와 중국을 향하여 조급하게 발을 움직이고 있었다. 황제의 연설문은 카페에서, 살롱에서, 학교에서, 선술집에서, 커피를 마시고 술을 마시는 사람들의 입과 입을 통해 전해졌다. 그 연설의 참혹한 공격성 앞에서 세상은 음울한 새 세기의 그림자를 보는 것처럼 술렁댔다. 하지만 그뿐이었다. 여전히 아프리카로, 동양으로 떠나고 싶어하는 정치가와 은행가, 그리고 장사꾼은 한 기관이 되어 움직였고, 학자들은 그들의 군대와 돈에 의지해서 새롭게 펼쳐져가는 이 세계를 설명해내기 위해 길을 떠났다. 밤은 사라지고, 빛이 밤을 지배하는 이 세계를 위해 분주한 사람들의 시간은 마치 영원처럼 지속되고 있었다. 제국의 노동자들은 더러운 도시의 우울한 구석에서 폐병을 앓으며 탄광으로, 철강 공장으로, 부두로,

일을 하러 나갔고 부랑자들과 거지들은 가지고 있는 모든 것을 작은 수레에 싣고 거리를 쏘다녔다. 저녁이 와서 제국의 도시마다 가스등이 켜지면 기차역으로 나가거나 들어오는 증기기관차의 호흡이 가스등의 빛까지 스며들어 헐떡거렸다. 극장과 오페라하우스, 음악 홀에는 언제나 수많은 사람이 모여들었다. 공장 역시 수많은 사람들이 분주히 움직였고, 대륙을 잇는 철도를 위해 철강을 만들었으며, 철강 공장을 위하여 탄광은 밤에도 석탄을 캐고 있었다.

그 무렵 나는 중부에 있는 한 대학도시에서 4년째 박사 논문을 쓰고 있었다. 거리를 지나가다 누군가와 눈이 마주치면 얼른 고개를 숙였다. 황제의 연설이 입에서 입으로 전해지면서 나를 바라보는 사람들의 시선이 달라졌음을 느꼈기 때문이다. 이 작은 대학도시에서 동양인은 몇 되지 않았다. 일본에서 온 유학생이 약간 있기는 했다. 그들도 진기한 구경거리이긴 마찬가지였다. 많은 이들은 나를 법학이나 경제학 등을 공부하러 온 일본인 정도로 여겼다. 그러나 연구소가 있는 골목 약국의 약사는 나를 중국인으로 바라봤고, 그 옆의 빵집 여인은 나를 훈족이라고 생각했다. 가끔 소시지와 거위 기름을 사러 들락거렸던 정육점 주인은 독일어를 유창하게 하는 나를 귀족들이 데리고 온 동양 여자의 아들이 유럽에서 태어나 자란 정도로만 추측하는 듯했다.

황제의 연설은 이 작은 대학도시에까지 전해졌다. 나에게 집을 빌려준 헤켈 씨는 지난 일요일 예배가 끝나고 난 뒤 얼큰하게 취한 채 우리 집 문을 두드렸다. 그는 우선 모자를 벗고 정중하게 인사를 했다. 그러나 뭔가 난처한 말을 품고 있는지 문 앞에서 주춤거렸다. 들어오라는 말을 하려는 찰나 그가 먼저 말문을 열었다. 선량한 기독교인으로 맹세하건대 나는 당신에게 아무런 유감이 없다, 그러나 당신이 기독교인이 아닌 것은 조금 유감이다, 사람들이 말하기를 제국의 함대가 중국으로 떠났고 황제는 손에 잡히는 중국인이란 중국인은 다 죽여도 좋다고 말했다, 중국에서 독일 선교사가 두 명이나 죽임을 당하지 않았는가, 그러므로……

그가 말을 다 끝내기 전에 나는 집세를 올려주겠다고 말했다. 그는 쓴웃음을 지으며 문제는 집세가 아니라며 집세는 올려주지 않아도 되니 이참에 교회에 나오는 게 어떻겠냐고 했다. 그리고 그는 이렇게 얼버무렸다. 다행히 유대인보다는 훈족이 낫다는 게 교회 사람들의 의견이기는 하니……

그가 다녀간 뒤 나는 다시 책을 들여다보았다. 세 번, 이 도시의 남자들에게 밤거리에서 얻어맞고 나니 더는 이곳에서 지내기가 힘들겠다는 생각이 들었다. 여름의 오후는 길었고, 저녁이 찾아와도 빛이 살아 있어서 아주 오랫동안 공부를 할 수 있으니 다행이긴 했다. 더웠다. 읽을 책은 많았으나 시간은 많지 않았다. 노을이 질 무렵 책을 덮고 어두워지기만을 기다렸다. 그리고 어둠이 내려앉았을 때 나는 바깥으로 나가는 대신 촛불을 켰다. 포도주와 마른 빵, 선반에서 꺼낸 치즈를 책상 위에 놓았다. 한 잔 두 잔 하다가 포도주를 거의 한 병 다 비웠을 무렵 거리에는 가스등이 켜져 촛불 없이도 방 전체가 환했다. 촛불을 껐다. 가스등 불빛이 광장과 교회, 시청까지 으스름하게 밝혀주고 있었다. 논문을 완성하기 전에 나는 길을 떠나게 될 것이다.

지난주에 형인 마틴이 나를 찾아와서 양아버지 헬무트의 장례 소식을 전해주었다. 양어머니는 내가 그의 장례에 참석하는 것을 극도로 꺼리셨기에 나는 마틴이 찾아주기만을 기다리고 있었다. 마틴은 나보다 열다섯이 많았다. 그는 나를 좋아했다. 큰 키에 금발에다 파란 눈동자를 가진 마틴은 스웨덴 출신인 그의 어머니와 꼭 닮아 있었는데 유독 구부정한 뒷모습만은 양아버지를 연상시키기에 충분했다. 빈에 있는 정신과 의사들에게 히스테리 치료를 받으러 다니던 양어머니는 애초부터 나를 몹시 싫어했다. 그녀는 헬무트의 장례식 일정이 정해지고 난 뒤 마틴을 이렇게 위협했다고 했다. 걔가 장례식에 나타나면 난 입에 거품을 물고 쓰러져버릴 거다, 라고. 그녀는 아편 중독자였고, 빈의 의사들이 히스테리 치료를 위해 곧잘 사용하는 코카인에도 어느 정도 중독 증세를 보였다. 마틴은 나에게 짧은 편지를 보내왔다.

사랑하는 내 동생, 칸에게.
아버지의 운명이 이미 정해졌다는 얘기, 너도 들었으리라. 폐병은 가난한 노동자의 병이나 어쩌다 아버지에게도 찾아왔구나. 폐병도 위급하지만 복부에 물이 고이는 것을 의사들도 더는 어쩌지 못하겠다고 한다. 어머니가 저렇게 위협적인 반응을 보이시니…… 당분간 너는 이곳에 모습을 드러내지 않는 것이 좋을 것 같구나. 미안하다. 장례식이 끝나고 난 뒤 내가 찾아가마. 의논해야 할 중대한 문제도 있긴 한데 무엇보다 네가 보고 싶구나. 일단 아무 생각 없이 논문에 집중해라. 아버지의 소망이셨다. 그리고 잊지 마라. 너의 박사 학위가 그의 가슴을 한없이 설레게 할 것이니.

사랑과 함께 너의 신실한 형, 마틴.

그는 약속대로 나를 찾아왔다. 오십에 접어든 그는 한없이 피곤한 얼굴로 역 앞에 서 있었다. 우리는 역 근처에 있는 식당에서 밥을 먹으면서 술도 한잔씩 나눴다. 잠시 후 그는 아버지의 유언에 대해 말을 꺼냈다. 비단 장사를 그만두고 난 뒤 시작한 철강업으로 양아버지는 엄청난 돈을 벌어들였다. 그가 남긴 유산은 공장 외에도 수많은 부동산과 진기한 골동품들과 미술품들, 주식과 금, 보석 등이었다. 그리고 놀라운 건 유언장에 내 몫까지 아주 두둑하게 챙겨주었다는 얘기였다. 박사 학위를 끝내고 혹여 대학에서 자리를 얻지 못한다 해도 평생 호사를 누리며 살 수 있을 만큼의 큰 액수였다. 그러나 마틴은 아버지의 유언을 전하는 내내 불안한 표정이었다. 마틴은 쉽게 제 얼굴을 들키는 사람이 아니었다. 그는 교회와 사회가 당연시하는 이성애자가 아니었다. 동성애자로서 살아남아야 했으므로 냉철하고도 섬세한 감각으로 자신의 비밀을 지켜나가야 했다. 그의 비밀을 아는 사람은 나뿐이었다. 십여 년 전 그가 나에게 사랑을 고백했을 때 나의 충격은 이루 말할 수 없었다. 그러나 나는 그를 조용히 안아주는 것으로 우리의 형제애를 다시금 확인시켰다. 그는 울었고, 나의 의사 또한 존중해주었다. 진심으로 나는 그가 고마웠다.

따지고 보면 아버지의 유언은 나에게 하남을 찾으러 나서는 연구여행을 보다 구체적으로 추진하게 만든 계기인지도 모른다. 아버지는 내가 상하이로 돌아가기를 원했다고 했다. 아버지가 나를 발견한 곳은 상하이의 한 거리였다. 나는 아버지의 뜻을 어느 정도는 짐작하고 있었다. 파리에서 연구 자료를 모으던 시절, 그러니까 바로 2년 전, 나는 에밀 졸라가 신문에 발표한 '나는 고발한다'라는 제목의 공개 서한을 읽었다. 드레퓌스 사건으로 파리가 들끓고 있을 때였다. 드레퓌스가 반역자이자 독일 간첩으로 몰린 이유는 그가 알자스 출신의 유대인이었기 때문이었다. 아버지는 내가 이 중부 유럽에서 이방인으로 살기를 바라지 않는다고 했다. 돌아가라고 했다.

나는 피식 웃음이 나왔다.

그런데 어디로?

그 호텔 맞은편 은행 계단으로?

그곳이 그가 나를 발견한 장소라고 했다. 상하이 인터내셔널 구역의 어느 호텔 맞은편 은행 계단. 나는 아무것도 기억할 수가 없었다. 추정 나이는 네 살, 1870년이었다.

양아버지 헬무트는 내가 계단에 앉아 있었다고 했다. 그는 영국 비단 회사의 에이전트로 중국을 여행하는 중이었다. 그가 묵고 있던 호텔 건너편에 한 아이가 실신 직전의 상태로 앉아 있었다고 했다. 그는 오후의 티타임이 시작되기 전 서둘러 호텔로 들어가려다 잠시 뒤를 돌아봤고, 거기서 강렬한 오후의 햇살 아래 누더기 뭉치같이 앉아 있던 한 아이를 보았다. 도시로 들어와 구걸하는 거지들은 많았지만 그 아이는 왠지 달랐다고 했다. 그 순간 그는 멜랑콜리에 사로잡혔다. 황급히 거리를 가로질러 아이에게 다가갔을 때 이미 계단에서 굴러떨어진 아이는 벌렁 누워 있었다. 거리를 지나는 많은 사람들 중 그 누구도 아이에게 관심을 두지 않았다. 후에 헬무트는 이 아이를 왜 유럽까지 데려왔는지에 대해 오래 생각했다.

그건 멜랑콜리였어.

세상을 살면서 단 한 번 있을 것 같은 순간을 본 듯한 느낌…… 때문이었어.

그는 늘 그렇게 말했지만 나는 항상 그의 수집벽에 혐의를 두고 있었다. 그가 인도와 아프리카와 오리엔트를 떠돌아다닐 때, 동남아시아와 일본과 몽골을 여행할 때, 그는 언제나 방문지에서 본 진기한 물건을 독일로 가져오곤 했다. 인도에서 가져온 검은 상아로 만든 화장품 통. 일본에서 가져온 음화가 그려진 도자기와 병풍. 중국 남경에서 가져온 명나라 시대의 개와 말과 닭의 그림들. 라오스에서 가져온 목제 불두와 물고기의 머리. 이라크에서 가져온 바빌론의 사제들이 점성을 위해 사용했다는 양의 간 모양 테라코타. 우즈베키스탄에서 가져온 색유리로 만들어진, 머리는 용이고 몸통은 사자인 짐승. 이집트에서 가져온 죽음의 노래가 적혀 있다는 석판. 시리아에서 가져온 놋쇠 물병과 그 뚜껑 위에 새겨진, 자음만으로 세계를 표현한다는 비밀문자. 이스탄불에서 가져온 비잔틴 시대의 성물화. 마드리드 시장에서 사온 남아메리카 잉카족이 만들었다는 아이를 낳는 여신의 부조. 몽골에서 가져온 철제 고문 기구. 중앙아시아 여러 유목민의 족장들이 입었다는 외투와 모자와 바지. 청나라 귀족 여인의 옥으로 만든 빗. 중앙 아나톨리아 지방에서 가져온 흑요석 거울. 매머드의 턱뼈, 해골, 유럽에서는 자라지 않는 식물과 곤충의 표본 등 그의 서재를 가득 채우고 있는 각종 물건들로부터…… 나는 혐의를 굳혀 갔다.

『아담 이전의 인간들이 만들었을 확률이 높은, 돌로 만든 도끼를 근거로 연구한 인간의 시간』이라는 긴 제목을 가진 17세기 영국의 민속학자가 쓴 책. 절판되어 어디에서도 살 수 없는 런던 에멜스달톤 출판공사의 1700년 판 『셰익스피어 전집』. 그리고 『시경』. 세계가 창조된 것이 기원전 4004년 10월 23일 오전 9시라는 주장이 담긴 1642년 케임브리지 대학에서 발간된 책자의 사본. 12세기 독일 빙엔에 있는 수도원의 수녀장이자 예언자였던 힐데가르트가 남긴 여러 가지 약초의 효능을 담은 책의 라틴어 사본. 프로이센의 프리드리히 2세가 1781년에 발간한 독일어 통일 방안의 내용이 담긴 『독일의 문학에 대하여』라는 책. 시인 하이네의 『하르츠 여행』. 중세 베네치아 수도사들이 발간한 지도 등등과 같은 문서들……

그리고 나.

헬무트는 책이나 물건들을 모으듯 상하이 길거리에 쓰러진 나를 수집했는지도 모른다. 중국어가 아니라 조선어로 띄엄띄엄 말을 하는 날 보고 통역자로 동행했던 중국인이 이 아이는 중국인이 아니라 조선인이라고 말해주었을 때 헬무트는 이 이국적인 아이를 유럽으로 데려와 자신의 빌라에 전시하고 싶었을지도 모른다(빌라에 전시된 모든 물건은 어쩌면 그의 멜랑콜리에 걸려든 것인지도).

헬무트의 도움으로 나는 가정교사 밑에서 공부를 했고, 보모 밑에서 자랐으며, 말을 타는 법을 배웠고, 그와 함께 런던이나 마드리드 혹은 파리나 로마로 여행을 떠나기도 했다. 이렇듯 아무런 어려움 없이 유년 시절과 청소년기를 보낸 내가 대학에서 오리엔트학을 전공하고자 했을 때 헬무트는 너무나 반기며 고대 언어와 문자를 배우라고 권하기도 했다.

반면, 어린 시절 내내 나를 따라다닌 양어머니의 시선은 너무나 차가웠다. 사실 그건 나 때문만은 아니었다. 헬무트에게는 여인들이 많았다. 살롱을 들락거리던, 고급 창녀나 다름없는 여인들이 한 계절이나 두 계절 그의 곁에 머물다 가곤 했다. 헬무트가 처음 나를 데리고 나타났을 때 양어머니는 혹 동양에서 온 여인이 있는지 내 뒤부터 살폈다. 그녀는 내가 정말 주워온 아이인지 헬무트에게 물었다. 내가 진짜 헬무트의 아들이었다면, 그랬다면 내 마음은 얼마나 가벼웠을까.

마틴이 가고 난 뒤 나는 다니엘 크뢰거와의 여행 계획을 오래 생각했다. 그래, 하남으로 가리라…… 마음은 이미 정한 것이나 다름없었다. 양아버지가 세상을 떠났으니 더이상 이곳에서 머뭇거릴 이유도 없었다.

다니엘은 사십대 중반의 골동품상이었고, 헬무트의 오랜 친구의 아들이기도 했다. 그는 내게 헬무트 홀슈타인이 상하이에서 데리고 온 양아들이 아니냐며 처음 말을 걸어왔다. 라이프치히에서 열린 동방학학회의 휴식 시간이었다. 그는 이라크와 시리아 등지를 떠돌면서 바자에서 골동품을 구해 그걸 유럽에 가져와 파는 일을 했다. 그는 자주 학자들을 찾아가 감정을 부탁했고, 학자들은 비싼 감정비를 받고 그의 물건들을 감정해주곤 했다. 짐작건대 그가 접근한 것도 나에 대한 호기심이 아니라 나의 스승이신 프룸 교수 때문이었을 것이다.

프롬 교수는 소아시아 지방의 고대 역사와 건축 전문가였다. 다니엘은 아주 중대한 일로 프롬 교수를 만나야 한다고 했다. 나는 만난지 얼마 되지 않은 골동품 상인인 그를 선뜻 프롬 교수에게 소개시켜줄 수가 없었다. 프롬 교수는 골동품상이라면 딱 질색을 했기 때문이다. 장물이나 도굴품을 파는 협잡꾼이라며 골동품상의 감정 의뢰는 모조리 다 거절해왔다. 다니엘은 골동품 때문에 프롬 교수를 만나고 싶은 것이 아니라고 했다. 나는 계속 난색을 표했다. 그러자 그가 난데없이 하남이라는 옛 도시를 아느냐고 묻는 것이었다. 프롬 교수는 분명 하남에 대해 알 것이며 관심을 보일 거라는 덧붙임도 함께. 하남?

그때 나는 하남이라는 도시 이름을 처음 들었다. 그 이름을 들었을 때 헬무트가 나에게 들려준 말이 갑자기 떠올랐다.

그건 멜랑콜리였어.

세상을 살면서 단 한 번 있을 것 같은 순간을 본 듯한 느낌…… 때문이었어.

하남이라는 이름을 듣는 순간, 이 지상에 단 한 번 있을 것 같은 순간이 나에게 온 느낌이 들었다. 휴식 시간이 끝나고 난 뒤 다음 주제 강연을 듣기 위해 학회장으로 몰려드는 사람들 속에서 나는 멍하니 서 있었다. 꿈꾸기만 했을 뿐 한 번도 얼굴을 본 적 없는 이상형이 눈앞에 나타나기라도 한 것처럼 다니엘이 내게 박하사탕을 건네지 않았더라면 나는 무한정 그렇게 서 있었을 것이다.

프롬 교수는 학회가 열리는 회장 한구석에 앉아 있었다. 다니엘 얘기를 하자 그는 고개를 절레절레 저었다. 그때 내가 하남, 이라고 발음하자 움찔, 그의 눈썹이 치켜올라가는 듯싶더니 다시금 고개를 절레절레 젓는 것이었다. 증거가 있다는데요. 나는 다니엘의 마지막 말을 전했다.

미끼, 라며 나직하게 발음하던 프롬 교수가 파이프를 입에 물었다. 그러고는 아직도 그런 낭만적인 고대 도시 찾기에 마음을 빼앗기느냐며 나를 힐책했다. 머쓱해진 나는 입을 다물었다. 그러나 속으로는 내내 이렇게 따져 묻고 있었다. 당신도 그런 낭만 때문에 이 지루한 공부를 시작하지 않았느냐고, 그래서 그렇게 많은 연구 여행을 반복했던 것 아니냐고. 그는 시리아 여행중에 얻은 간염으로 사경을 헤맨 적도 있었고, 스텝 지역에 사는 파리가 옮기고 다닌다는 알레포 종기에 걸려 발에 구멍이 움푹 파이기도 했다. 게다가 그 연배에 여직 총각이었다. 낭만이 없었더라면…… 그가 이 험난한 여행을 어떻게 치러낼 수 있었단 말인가.

한동안 생각에 잠겨 있던 프롬 교수가 파이프를 탁탁 털더니 지나가는 말로 이렇게 말했다. 오늘 저녁에 호텔 식당에서 식사나 같이하지. 그건 분명 나만을 지목해서 내뱉은 말이 아니란 걸 바로 알아차릴 수 있었으므로 나는 다니엘을 데리고 호텔로 향했다.

음식 냄새와 술 냄새, 그리고 여자와 남자들의 향수 냄새와 담배 냄새가 섞이고 섞인 밤 10시경의 호텔 식당에서 우리는 하남 이야기를 시작했다. 오래된 상업도시 라이프치히에 밤은 없다는 말, 세계의 절반은 됨 직한 많은 나라에서 다양한 인종들이 모여든다고 하니 과연 그랬다. 나의 동양적인 외모도 이곳에서는 그리 눈에 띄지 않았다. 드문드문 또다른 동양인이 보였고, 시중을 드는 사람들 가운데 하나는 터번을 쓴 흑인도 있었다. 그런 느슨한 분위기에서 한 골동품 상과 고대학 교수와 그의 동양인 제자가 한자리에 앉아 송아지 고기 와 라이프치히 알러라이라고 알려진 삶은 채소를 먹는 장면은 온갖 냄새가 뒤섞인 가운데 곧잘 어울렸다.

　다니엘이 프랑스인 모험가이자 화가이기도 한 장 미셸레의 여행 보고서에 나오는 하남에 대한 이야기와 크리스토프 휴고가 하남을 찾기 위해 길을 떠났다가 결국 찾지 못하고 돌아왔다는 이야기를 하 자, 프롬 교수는 뭔가 흡족한 표정을 지었다. 골동품상이긴 하지만 학계에서 벌어지는 일들을 잘 알고 있다며 그를 향해 몇 마디 던지 기도 했다. 다니엘은 몇 개 국어를 능숙하게 구사할 줄 알았으며 그 가 쓰는 세련된 프랑스어는 알자스 출신인 프롬 교수를 더욱 안심하 게 했다. 상업에 종사하는 사람들이 이 시대의 귀족이 된 것은 벌써 백여 년 된 일이 아니냐며 프롬 교수가 나에게 넌지시 말했을 때 다 니엘은 쓴웃음을 지었다. 프롬 교수는 늙은 총각답게 아이 같았고 거 침이 없었다. 유일하게 무서워하는 것이 있다면 그건 아직 읽지 않은 책이라는 게 그의 한결같은 답이기도 했다. 프롬 교수는 호기심을 숨 기지 못한 채 다니엘에게 앞서 말한 새로운 증거가 뭐냐고 물었다.

　다니엘이 그에게 내민 것은 가죽 장정 노트였다. 다니엘이 내민 노 트를 보고 프롬 교수는 뭐지? 하는 표정으로 그를 바라보았다. 다니 엘이 표지를 열었다.

　여행일지, 1877년에서 1878년
　남이라크에서 방문한 도시와 채집한 유물에 대한 기록

한스 에라곤 폴 디터 폰 마인호프

　순간 프롬 교수의 얼굴이 굳었다. 폰 마인호프, 우리는 이 이름에
대해 잘 알고 있었다. 그리고 그가 여행중에 실종되었다는 사실 또한
잊지 않고 있었다. 프롬 교수는 어떻게 된 일인지 영문을 알 수 없다
는 표정으로 다니엘을 바라보았다. 다니엘은 프롬 교수가 말을 꺼내
기 전 먼저 입을 열었다.
　"제 동생이 마인호프 박사의 연인이었습니다. 그 여행에 동행했지
요. 혼자 돌아왔습니다. 이 기록만을 가지고요."
　프롬 교수의 얼굴이 전보다 더 굳어졌다.
　"테레지아가 바로 당신 동생입니까?"
　다니엘이 고개를 끄덕였다.
　"예, 제 동생입니다. 동생의 말에 따르면 마인호프 박사가 베두인
족에게 살해를 당했다고…… 소문이 많은 건 나도 압니다. 소문은
소문일 뿐이란 것도."
　프롬 교수가 다니엘의 말을 잘랐다.
　"테레지아는 지금, 어디에 있습니까? 이 기록을 건네줄 때 유럽에
있었나요?"
　다니엘은 고개를 가로저었다. 테레지아는 지금 이스탄불에 있다고
말했다. 지난번 이스탄불에 갔을 때 만났다고 했다. 그리고 이 기록.
　나도 테레지아라는 이름을 들어본 적이 있었다. 그녀는 오리엔트
지역 곳곳을 여행하며 연구와 수집을 업으로 삼고 있는 여성으로 널
리 알려져 있었다. 여성이 혼자 오리엔트에 머무는 것은 아주 드문

일이었다. 그녀는 약혼자와 함께 오리엔트 여행을 시작했으나 그가 서부 터키의 작은 마을에서 개에 물려 죽자 혼자서 그 여행을 계속하고 있었다. 여행 말고 그녀가 유명세를 떨치게 된 것은 수많은 연애 사건 때문이었다. 약혼자를 잃고 난 뒤 그녀는 미친 듯이 연애를 벌였다. 유럽에서 오리엔트로 간 상인이나 외교관, 기술자 등은 말할 것도 없고 연구 여행을 하러 온 여러 학자들과도 자유롭게 연애를 즐겼다. 마인호프 박사가 남이라크를 여행할 당시에 테레지아는 그의 연인이었던 것이다.

"테레지아가 이 기록을 프롬 교수님께 전해달라고 말했어요. 당신만을 믿는다고 하더군요. 제가 교수님을 찾아온 이유도 바로 이겁니다. 읽어보면 아시겠지만, 학계에서 아주 반가워할 만한 보고가 많이 담겨 있습니다. 유감스럽게도 마인호프 박사가 수집한 물건들은 베두인 습격 사건 때 거의 다 도난을 당했습니다. 그렇지만 하남에 대한 새로운 정보를 알려줄 돌판에 대한 기록이 워낙에 상세하게 기록되어 있어서요. 자, 여기."

다니엘이 노트를 펼쳤다. 그가 가리키는 페이지에 어떤 돌판 하나가 그려져 있었고, 그 돌판 위에 오십여 년 전부터 해독되기 시작한 쐐기문자가 곁들여져 있었다. 프롬 교수가 조끼 주머니에서 안경을 꺼냈다. 오랫동안 돌판 그림을 들여다보던 그가 일순 자리에서 일어나더니 방으로 돌아가겠다고 말했다. 그러고는 다니엘에게 오늘 하루만 이 노트를 빌려주면 안 되겠냐고 물었다. 다니엘은 고개를 끄덕거렸다.

"맘껏 보세요. 테레지아가 교수님께 드리라고 한 노트인걸요."

프롬 교수는 잔에 반 이상 남아 있던 와인을 단숨에 들이켜고는 자리를 떠났다.

우리는 프롬 교수가 떠난 자리에 남아 계속 와인을 마셨다. 다니엘은 나에게 하남을 찾아 떠나는 길에 동행을 하겠냐고 물었다.

"동행이요?"

"프롬 교수는 저 돌판에 적힌 쐐기문자를 해독하고 나면 분명 하남을 찾아나설 겁니다. 내가 보장하지요. 저 돌판에 적힌 내용은 지금껏 알려지지 않은 새로운 정보거든요. 하남이 정말 존재했다는 증거 말이에요. 바빌론을 정복했던 히타이트 왕인 무르실리가 남이라크까지 내려갔다가 저 돌판을 남겼다고 해요. 그가 하투샤에서 태어난 게 아니라 하남에서 태어났다고 밝힌 거죠. 히타이트 왕국의 수도 하투샤가 아니라 하남이라니. 그런데 그 하남을 자신도 본 적이 없다고 써놨어요. 대신 하남을 찾으려면 글과 그림이 새겨진 바위 신전을 찾아야 한다고 했으니까요. 그러니까 하남은 정말 존재했던 도시가 맞아요."

나는 점점 와인에 취해가는 듯했다. 그래서인지 불쑥 다니엘에게 묻고 말았다.

"프롬 교수가 테레지아를 만난 적이 있나요?"

그때 다니엘의 얼굴에 장난기 어린 웃음이 지나갔다.

"테레지아를 만나고도 그녀와 연애를 하지 않은 최초의 남자가 아마 프롬 교수일 겁니다."

나는 피식 웃었다. 하남, 하남이라…… 그곳으로 가는 길을 짐작조차 할 수 없었으나 나는 마치 하남으로 가는 배 위에라도 오른 심정이었다.

배를 타고 나는 이곳, 독일로 왔다. 잘 기억나지 않는 뱃길. 상하이에서 광둥과 홍콩, 싱가포르를 거쳐 도착한 인도양 해안의 실론 지방. 그리고 다시 증기기관선을 타고 아덴의 항구와 수에즈 운하를 지나 당도한 지중해. 거의 두 달 가까이 걸려 배는 함부르크 항구에 도착했다. 비가 내렸고, 추웠고, 바람이 세게 불던 날이었다.

둘러온 그 많은 항구들을 하나하나 기억하지는 못했다. 나는 헬무트가 없을 때면 지도를 펼쳐 자주 그 항로를 따라가보곤 했다. 그렇지, 여기에서 저기로. 지도를 짚고 있는 손이 남쪽으로 내려가면 숨을 멈추게 하던 더운 바람을 뺨으로 느꼈다. 손가락이 북쪽으로 올라갈수록 차갑고 습한 바람이 귀밑을 시리게 하는 듯했다. 배 안에서 나던 매캐한 담배와 럼주 냄새, 어두운 불빛 아래에서 헬무트가 보여주던 독일의 저택 사진, 그리고 알파벳 연습을 위한 종이와 펜과 잉크병. 지도를 따라 손가락을 움직일 때면 내 안의 기억들이 손끝을 타고 온몸으로 퍼지는 것 같았다.

대학에 들어가 공부를 시작하면서 나는 자주 이곳저곳을 돌아다녔다. 더러는 그리스 원형극장의 폐허이기도 했고, 사원의 흔적이기도 했으며, 스텝 지역이 끝나는 곳에 세워진 오아시스 도시이기도 했다. 오래된 도시들을 돌아다닐수록 목이 마르고 피로했다.

와인에 취한 까닭이었을까. 하남으로 가는 여정이 그렇게 험난하지는 않겠지, 하며 막연하게나마 긍정적인 마음으로 잠이 든 새벽,

프롬 교수가 내 숙소의 방문을 두들겼다. 준비는 그리 오래 걸리지 않았다. 여행 경비는 프롬 교수와 나, 그리고 다니엘이 한데 모아 마련했고 마침내 우리는 이스탄불로 가는 배에 올라탈 수 있었다. 프롬 교수가 내게 말했다.

"오리엔트에는 뭐든 좋은 게 있을 거야…… 우린 분명 그 좋은 걸 찾아가는 거겠지? 그렇지 않은가, 칸?"

완연한 봄인지 바닷바람은 그리 차갑지 않았다. 나는 모자를 눌러 쓴 채 헬무트와 마틴을 생각했다. 그들 두 사람 모두 하남을 찾아 떠나는 이 여행에 대해 알았다면 반대하지는 않았을 것이다. 다만 한 가지, 논문을 마치지 않고 이렇게 긴 여행을 나선 것이 마음 한구석에 걸리는 일이긴 했다. 나는 논문과 관련된 모든 기록을 갈색 트렁크 안에 집어넣고 자물쇠를 채워 마틴에게 보냈다. 내가 돌아올 때까지 그는 이 갈색 트렁크를 보관할 터였다. 1902년 5월 4일이었다. 제국의 날씨는 화창했고 대륙의 항구에는 거대한 기계를 실은 배들이 끊임없이 들락거리고 있었다.

이무의 기록 읽기를 나는 일단 중단했다. 그랬다. 책장을 넘기면서도 나는 깊이 집중하지 못하고 있었던 것이다. 나 홀로 비행기에 올라 독일로 향하고 있다는 사실이 문득문득 실감나지 않았다. 아내와 아이들과 함께였다면, 그렇게 우리 가족 모두의 여행이었다면 얼마나 좋았을까. 아마도 나는 아이들에게 기내식을 다 빼앗겼겠지. 아이들은 아직 어려 어디든 우리와 함께 다니는 걸 좋아했다. 아내가 살아 있다면 이렇게 말했을 것이다. 몇 년 지나면 같이 가자고 애원을 해도 들은 척도 안 할 녀석들일 텐데 말이에요. 그럼 나는 녀석들의 머리를 쓰다듬으면서 그래, 지금이 좋은 시절이지, 하고 말했을 텐데. 나는 기내에 불이 꺼지고 난 뒤부터 담요를 뒤집어쓴 채 간신히 울음을 삼키고 있었다.

아빠, 이 책은 너무 머리가 아파요. 아빠, 학원에 가기 싫어요. 대신 수영장에 가고 싶어요. 아님 우리 소풍 갈까요? 아빠, 왜 이렇게 늦게 왔어요, 기다리다가 깜빡 잠이 들었잖아요. 큰애는 내가 퇴근해서 집에 돌아올 때까지 안 자고 기다릴 때가 많았다. 내가 돌아오면 녀석은 부스스 웃으며 아빠, 안녕! 하고 다시금 제 방으로 돌아갔다. 작은애는 초저녁잠이 많아서 내가 집에 돌아와보면 늘 잠이 든 채였다. 그러나 아침잠은 없어 일찍 일어나서는 종종 내 침대 위로 쳐들어오곤 했다. 녀석은 내 귀에 대고 늘 어떤 말들을 속삭였다. 아빠, 자는 모습 참 밉다. 아빠, 오늘은 학교 가기 너무 싫어. 용희 자식이 내 뒤에서 자꾸만 날 빵빵 찬다고요. 아빠, 오늘 일요일인데 우리 어디 안 가요? 북한산 가면 안 돼요? 아니, 등산은 말고요, 그냥 산만 쳐다보고 와요. 올라가려면 힘들잖아요.

차라리 아내와 아이들의 사진을 가져올걸. 빈손인 것이 점점 후회가 되었다. 짐을 싸면서 마지막까지 넣을까 말까 손에 들고 망설였던 그것, 그 사진. 봄 소풍이었다. 아이들이 그네 위에 앉아 있었고 아내는 아이들의 그네를 힘껏 밀어주고 있었다. 사진 속에 나는 없었다. 내가 사진을 찍었으니까. 그해 아내는 퍽 여위었다. 독감을 앓고 사흘간 병원에 입원하기도 했다. 아내가 집에 돌아왔을 때는 지천으로 개나리가 피어 있었다. 우리는 김밥을 싸들고 나갔다가 아직 물러가지 않은 추위를 피해 일찍 집으로 돌아오기도 했다. 기억난다, 차가워진 김밥을 집에 돌아와 아이들이랑 나누어 먹었지. 그때 따뜻한 국물을 끓이던 아내가 내게 말했지. 여보, 우리 다음에 다시 가자. 꽃샘추위라더니 진짜네. 꽃들이 다 얼어버리는 거 아닌지 몰라.

그리고 지금, 아내가 그 말을 했던 그 계절에 나는 홀로 비행기에 올라 있다. 꽃들이 다 얼어버리는 거 아닌지 몰라…… 수목장 내내 나는 아내가 내뱉은 그 말을 떠올렸다. 아내와 아이들의 재가 이대로 다 얼어붙지는 않을까…… 아팠다.

마주니 형은 날 보자마자 단번에 껴안았다. 공항에서 형을 보니 나도 안심이 되어 형의 어깨에 그대로 기대었다. 프랑크푸르트 공항에서 기차로 약 네 시간이 걸리는 도시가 형의 근거지였다. 네가 오니까 이상해, 유쾌하고도 쓸쓸해…… 형은 그렇게 말했다. 나는 속으로 중얼거렸다. 형, 날 죽음으로부터 멀리 도망치게 해주어서 고마워. 기차가 라인 강을 낀 채 돌고 있다고 형이 말해주었지만 어둑어둑 어스름이 내릴 무렵이어서인지 강은 잘 보이지 않았다. 하이네의 시에 나오는 로렐라이가 라인 강변에 있던가. 형은 기차의 식당 칸에서 맥주 두 캔을 사왔다. 그래도 나 보니 좋지? 건배를 하며 형이 물었다. 그럼, 그렇고말고, 형…… 정말이지 좋았다. 좋았으니까. 그런데 나무 밑에 누워 있는 아내와 아이들은 내가 지구 이 반대편에 와 있다는 걸 알기나 할까. 밤이 내리는 창밖으로 오렌지색 등불들이 색색으로 반짝거렸다.

형이 사는 도시 뮌스터에 도착했을 때는 밤 10시 무렵이었다. 역에서 10분 남짓 택시를 탔다. 형의 집은 숲 건너에 있었고 불이 꺼진 채였다. 형은 내 트렁크를 밀며 앞서 걸었다. 형수는? 내 질문에 형의 답은 간단했다. 우리 별거해. 벌써 2년이 다 되어가. 여기는 이혼하려면 돈이 엄청 들잖아. 그래서 이혼은 일단 미뤄뒀어. 시기 봐서 하려고. 나는 멍해졌다. 형은 그 말을 처음 했다. 별거라고? 나는 그 말을 꿀꺽, 삼켰다.

2층에 있는 다락방에 형은 이미 내 잠자리까지 봐둔 참이었다. 대충이나마 짐을 풀고 부엌으로 내려갔을 때는 저녁상도 거뜬하게 차려놓은 뒤였다. 길고 긴 비행에 입맛이 있을 리 없다는 걸 진즉 예상했는지 형은 내게 와인잔을 내밀었다. 한 손에 잔을 받아 쥔 채 나는 의자에 앉았다.

"이연아. 우리 어디 좀 다녀올까?"

"그러지 뭐. 형이 좋아하는 곳으로 가."

"천천히 생각 좀 해보자. 혹시 너 터키에 가볼 생각은 없나?"

"터키?"

"이무가 하남을 찾기 위해 간 곳 말이다. 여기서 그곳으로 가는 건 그다지 어려운 일이 아니거든."

뜻밖이었다. 어리둥절해진 내가 그를 바라보자 마주니 형이 고개를 끄덕였다. 그냥 해보는 말이 아니야. 같이 가보자니까. 날씨도 좋을 거야, 그곳은. 너무 춥지도 너무 덥지도 않을 거야.

난데없이 터키라니, 독일에 온 첫날, 아직 첫 밤도 맞이하지 않은 난데 여기서 또 어디론가 가자고?

시차 때문인지 잠이 드는가 싶더니 곧 다시 깨어났다. 이무의 기록을 계속 읽어나갈 생각이었으나 집중이 잘되지 않았다. 서울과 달리 너무 조용한 바깥 공기가 실은 약간 두렵기까지 했다. 이무의 기록이 지루해서가 아니었다. 내 안에 그득 차오른 슬픔이 아슬아슬해서 그 어떤 곳을 향해서도 마음의 발길이 쉽사리 떼어지지가 않았을 뿐이었다.

물을 마시려고 부엌으로 가니 형은 여전히 와인을 마시고 있었다. 아직 안 자고 술이야? 마주니 형은 의자에 와 앉으라고 손짓했다. 내일 별일 없나보지, 형은? 형은 나를 문득, 바라보더니 입을 뗐다.

"혹시 너, 내가 쌍둥이라는 거 누구에게든 들은 적 있어?"

"뭐?"

"내 쌍둥이 여동생이 독일로 입양된 거 모르겠구나, 너는."

"그랬어? 당연히 모르지. 나야 알 수가 있나."

"그게 우리 부부가 갈라서게 된 이유 중에 하나야."

대학 이후로는 웬만해선 자기 얘기를 하지 않은 형인데…… 나는 조금 놀랐다. 우리 관계에 있어서 늘 말을 하는 사람은 나였고 듣는 쪽은 형이었으니까. 오랜 세월을 함께해왔으나 정작 형의 사생활에 대해서는 아는 게 거의 없는 나였다. 형이 자신의 이야기를 서슴없이 늘어놓는 것이 벌써 두번째다. 별거는 그렇다 치더라도 쌍둥이라니. 나는 가슴을 한 번 쓸어내리고는 형의 맞은편 의자에 가 앉았다. 술을 더 마셔서는 안 될 것만 같았다.

"짐 모리슨 알지? 언젠가 파리의 페르 라 셰즈에 갔었어. 왜, 파리에서 가장 큰 공원묘지 있잖아. 유명한 사람들이 많이 묻혀 있는 곳. 거기 짐 모리슨이 잠들어 있다고 해서 갔던 거야. 내 청춘의 밴드가 도어스니 짐 모리슨의 무덤은 한번 봐야겠다 싶더라고. 근데 찾을 수가 없는 거야. 헤매고 또 헤매도 도저히 모르겠더라고. 그때 조그만 강아지 한 마리를 데리고 산책을 나온 어떤 할아버지가 다가오더니 이러는 거야. 혹시 짐 모리슨의 무덤을 찾느냐고. 그래서 어떻게 아셨냐고 물었더니 나처럼 이 공원묘지를 넋 놓고 정신없이 헤매는 사람들은 꼭 짐 모리슨의 무덤을 찾더래. 20년 가까이 이곳을 산책하면서 알게 된 거라나. 도어스의 키보더 레이가 얼마 전 인터뷰에서 그랬대. 여기에 그 사람의 무덤이 있긴 하지만 짐 모리슨은 아직 살아 있노라고. 아프리카에 있는 어느 섬에서 짐은 잘 늙어가고 있다고."

"다들 그러잖아. 엘비스도 살아 있고 마이클 잭슨도 살아 있고. 그러니 짐 모리슨이라고 죽었겠어? 살아 있다고 한들 놀라운 일이겠어? 그런데 형은 정말 그 무덤을 찾긴 한 거야?"

"그럼 그 영감님 덕분이지. 너무나 작은 무덤이었어. 예전에는 짐 모리슨의 흉상이 무덤 덮개로 되어 있었다는데 누군가 훔쳐 갔대. 영감님이 천천히 설명을 해주는데 그때 묘하게도 그 영감님이 혹시 짐 모리슨이 아닐까 싶은 거야. 그래서 난 그 영감님에게 물었지. 뜬금없이 지푸라기라도 잡는 것처럼, 제 동생도 아직 살아 있을까요? 제 쌍둥이 동생이요."

"형, 조금 이상하구나."

"조금이니? 나, 아주 미친 거지."

마주니 형이 한국으로 돌아오지 않는 게 독일에서 결혼을 한 탓이라고만 생각해왔다. 그런데 그것만이 아니었다니. 저런 무덤을 가슴에 묻고 있었으니.

"그 영감님이, 아니, 모리슨 씨가 그러더라. 기다리지 말라고. 기다림은 가장 지독한 마약 가운데 하나라고. 그게 버릇이 되면 기다리는 것만으로도 삶의 내용이 완성되어버린다고."

그 말을 하고 형은 조금 웃었다. 얼마동안 침묵이 흘렀다.

"정말 그 영감님, 모리슨 씨 같다, 형. 마약의 효능도 잘 아시는 거 보니 정말 그러네."

마주니 형이 하하, 웃었다. 웃음소리가 형이 몸에 걸친 헐거운 옷 같았다.

"이연아, 그런데 문제는 여기에 있어. 처음 그 이야기를 어머니에게 들었을 때 나는 이미 독일로 갈 준비를 하고 있었어. 우리 어머니 우시면서 그러시는 거야. 한번 찾아봐달라고. 그땐 너무 못살아서 그랬대. 찾지 않겠다는 각서를 쓰고 젖도 안 뗀 아기를 보냈대. 어머니에게 무슨 말을 하겠니. 그때 그 가난에 죽을 것 같았으면 나도 그러지 않았을까. 그리고 여기로 왔지. 한 5년쯤 지났는데 친구 하나가 그러는 거야. 자기 고향 도시에 동양인 여자가 약사로 있는 약국이 하나 있는데 그 여자가 날 참 많이 닮았다고. 한달음에 달려갔지. 기차를 타고 세 시간이 걸리는 그 도시까지 정신없이 달려갔지. 독수리약국. 진통제 하나 주세요, 그러는데 그 여자 약사가 날 빤히 쳐다보면서 그러는 거야. 누구세요?"

"귀신이에요……"

나는 쿡쿡 웃으며 형을 쳐다보았다. 그러나 형은 표정 없이 말을 이었다.

"저는 마준인데요. 누구세요? 라고 했더니 전 마리타인데요, 한국에서 오셨어요? 그러는 거야. 얼마나 놀랐는지. 나랑 정말 닮은 여자가 내 앞에 서 있는 거야. 그길로 마리타는 약국 문을 닫고 날 따라나왔어. 어디로 갈까요? 내가 물었지. 마리타가 그랬어. 우리, 허브 농장에 가요. 그곳에 가면 한국에서 온 허브도 팔아요. 마리타가 운전하는 차를 타고 허브 농장으로 가는데 나도 모르게 자꾸만 그녀의 옆모습을 쳐다보게 되더라. 그때 마리타가 휴게소에 차를 세우더니 날 쳐다보는 거야. 그러더니 오늘은 허브 농장에 못 가겠네요. 마음이 너무 이상해요. 그냥 여기에 잠시 있다가…… 돌아가요. 그런데 정말 저와 많이 닮았네요. 섬뜩해요. 그러더라고."

"형, 동생이 맞는 거야?"

"몰라, 그게 문제라니까. 그 아이가 어디에서 태어났는지 뉘 집 아무개의 딸인지 증명할 수 있는 서류가 아무것도 없어. 한국에서 입양될 때의 서류가 남아 있지 않대. 그런데 그녀가 너무 좋은 거야. 첫눈에도 너무 좋아서 손을 막 잡고 싶은 거야. 그런데 동생일 수도 있으니까. 근친상간일 수 있다는 생각이 드니까 겁이 나는 거야. 그런데도 마리타가 자꾸만 여자로 보이고……"

"생일을 물어보면 되잖아. 마리타의 생일. 그나저나 자기랑 닮은 여자가 여자로도 보일 수 있구나."

"생일이야 지어낼 수도 있는 거고, 또 입양될 때 받은 날짜일 수도 있고. 생긴 건 문제가 아니야. 그냥 좋은데 이를 어떻게 하냐."

마주니 형은 오래 침묵했다. 나는 묘안이 떠올랐다는 듯 다소 호들 갑스럽게 그에게 말했다.

"DNA 검사 한 방이면 끝나잖아. 당장 해보지그래."

"야 이놈아, 마리타가 정말 내 동생으로 판명 나면 어쩔 건데?"

"뭐야, 그래서 안 했다는 거야? 동생이면 잘해주면서 평생 곁에 머물면 될 거 아냐."

마주니 형은 말없이 잠자코 술을 들이켰다. 복잡하고도 미묘한 감정들이 그의 얼굴을 스치고 지나갔다. 나는 화제를 바꾸었다.

"그런데 형은 어떻게 먹고살아?"

"나? ……고스트 라이터야."

"유령작가?"

"작가까지는 아니고 그냥 남의 논문이나 회고록 같은 거 대신 써주면서 살아. 수입이 꽤 괜찮아. 먹고살만 해. 왜 그런 눈빛으로 날 보니? 나, 망가졌니?"

형과 나는 거의 밤을 새웠다. 비틀거릴 만큼 취한 형을 부축해서 잠자리에 눕혔다. 마치 대학 시절 늘 그랬던 것처럼. 쉽사리 잠이 오지 않았다. 마주니 형이 한국에 돌아오지 못한 것은 마리타 때문이 아니었을까. 그런데도 형은 왜 결혼을 했을까. 근친상간일까봐 손도 쉽게 잡을 수 없었던 여자, 동생일지도 모르는 여자를 쳐다만 보면서 보낸 긴 세월을 뒤로한 채 무슨 맘을 먹고 결혼을 한 걸까.

살짝 잠이 들었다 깨고 보니 목이 아팠다. 비행기 안의 공기가 조금 시리다 싶더니만 감기 기운이 느껴졌다. 부엌으로 내려갔더니 형은 없었다. 아침 9시. 바깥을 내다보니 안개비가 내리고 있었다. 창가로 가 내리는 비를 하염없이 바라보았다. 독일은 비가 잦은 곳이라더니 첫날부터 비 구경을 하는구나. 아내와 함께였다면 그녀는 분명 인상을 찌푸렸을 것이다. 아내가 사랑한 건 햇살 가득한 날이었다. 아무것도 하지 않고 가만 앉아 햇살 목욕만 하더라도 행복해지는 날, 아이들 머리를 빗겨주기에도 좋고 손톱과 발톱을 깎아주기에도 좋은 날. 아내의 눈가에 웃음기가 떠나지 않던 그런 날이면 아내는 꼭 일찍 퇴근하라는 전화를 걸어오곤 했다. 아내는 함께 재래시장에 가서 부추나 홍합, 바지락을 사는 걸 좋아했다. 좋아했다, 그 삶의 모든 모서리조차 반짝였던 그런 날들을. 지금쯤 아내의 나무도 아내처럼 햇살이 출렁거리는 그런 날을 좋아하게 되지 않았을까.

갓 구운 빵을 들고 형이 집으로 돌아왔다. 자전거를 타고 나갔다 온 형의 머리칼이 젖어 있었다. 형의 머리숱은 예나 지금이나 빽빽하다. 환한 얼굴로 나타난 형은 커피를 끓이고 달걀을 삶고 식탁에다 이것저것을 올려두었다. 커피 향이 기분 좋게 풍겼다. 하얀 주방기구가 꽉 들어찬 마주니 형의 부엌이 내 집처럼 익숙했다. 나는 어제 이곳에 도착했을 뿐이었는데 말이다.

"여기 말이야, 정말 비가 자주 내려?"

"비가 내리지 않으면 교회에서 종이 울리고, 교회 종이 울리지 않으면 비가 내린대, 이 도시는. 그리고 그 둘이 한꺼번에 일어나면 그날은 일요일이라는 말이 있을 정도야. 그 정도로 자주 내린다는 얘기지. 오늘은 기온이 내려가서 진눈깨비가 올지도 모르겠다."

"비 오는 날이 많으면 쓸쓸한 날도 많겠구나, 형."

마주니 형은 씩 웃는 걸로 답을 대신하더니 시내로 나가자고 말했다.

"아니, 오늘 하루 더 쉬자. 피곤하네. 아직 시간 많은데, 뭘. 그런데 형, 나 묻고 싶은 게 있는데."

빵 위에 잼을 바르던 내가 참지 못하고 불쑥 말을 꺼냈다.

"근데 왜 안 하던 얘기를 막 하는 거야? 그런 사람, 아니었잖아. 당황스럽게."

마주니 형은 달걀을 파먹다가 하하, 웃었다.

"음, 내가 말이 없긴 했지. 네가 마음 쓸까봐, 라면 거짓말일 테고. 음…… 그냥 좀 하고 싶었나봐. 맘속에 더 품고 있다가는 큰일이 날 것도 같고 말이야."

"그동안 그렇게 쟁였어도 잘만 살았잖아. 무슨 큰일은."

"너 보니까…… 네가 겪은 걸 보니까……"

그러고 보니 형은 지금껏 내게 묻지 않았다. 아내와 아이 둘을 보내고 난 내 마음에 대해서, 어떻게 견디고 있는지에 대해서. 하긴 우리 나이가 그렇지 않은가. 무엇을 묻기에도 무엇을 답하기에도 참 부질없다 생각되기 쉬운 중년의 우리들. 처음 내가 형을 만났을 때는 참 많은 걸 그에게 물었었다. 어떤 책을 읽을까부터 시작해서 어떤 음식을 먹을까 같은 사소한 질문까지. 더러 며칠 못 돌아오지? 잠적해버리는 게 낫지 않을까? 김형사가 아직도 형, 노리지? 그런 물음 아닌 걱정까지도.

하지만 지금 생각해보니 그때도 그랬다. 어머니는? 형, 아버지는 언제 돌아가셨어? 연미씨랑은 왜 헤어졌어? 등록금은 있어? 그러나 그 이상은 묻지 못했다. 뭐랄까, 그보다 더 가까워지면 서로의 인생에 끊임없이 간섭하게 될 것 같았으니까. 그러고 나면 우정이 끝장 날 것 같은 기분. 두 사람 사이에 놓여 있던 마지막 다리는 끝내 건너지 말아야겠다는 다짐 같은 거. 이무의 기록을 형이 내게 건네주던 그날, 공교롭게도 바로 그날 아내와 아이들이 떠나버렸고 나는 우리 사이에 놓여 있던 그 마지막 다리 위로 첫 걸음을 디딘 것만 같았다. 제기랄, 마흔이 넘어서야 그 다리 위를 걷게 되다니, 나도 곧 형에게 내 얘기를 털어놓게 될 것만 같았다.

"이 호수에 백조가 한 마리 살았는데 이름이 페트라였어. 근데 그 백조는 같은 백조를 사랑하는 게 아니라 백조처럼 생긴 보트를 사랑한 거야. 보트 곁을 떠나지 않고 언제나 그 옆에서만 헤엄을 쳤지. 겨울이 와도 보트 곁을 떠나지 않으려고 해서 사람들이 그 보트와 백조를 나란히 동물원에 옮겨주었어. 그런데 한 1년 전쯤 페트라가 사라져버렸어. 보트는 있는데 페트라만 사라진 거야. 아무리 페트라를 찾아도 페트라는 돌아오지 않았어."

"좀 이상한 백조 아냐?"

"많이 이상하지. 하지만, 동물의 세계에도 이상한 놈들은 꼭 있어. 사람들만 그런 건 아니라고. 사자 새끼를 키우는 양이라던지 두 수컷 펭귄이 버려진 펭귄 새끼를 키운다거나 하는 그런 이야기들이 얼마나 많니?"

"형, 난 다 실감이 안 나. 내가 여기에 앉아 있는 것도 형이 페트라 이야기를 하는 것도. 그나저나 마리타 말이야, 마리타는 어디에 살아?"

"따지고 보면 개도 조금은 이상한 애야. 약국을 처분하고 지금은 요가 선생을 하고 있어. 제 양오빠에게 요가를 가르치면 네오 나치 그룹에서 나오지 않을까, 뭐 그런 이상한 소리를 하면서 말이지. 내 가 발굴을 하러 떠날 때면 꼭 내게 말해. 싸우지 말고, 너무 많은 것을 찾으려 하지 말고, 또 너무 많은 것을 알려고도 하지 말고, 말고, 말 고…… 아니, 싸우지 않으면, 찾으려 하지 않으면, 알려고 하지 않으 면, 그건 당장 공부를 집어치우라는 얘기 아니야? 개도 실은 무서워 해. 우리 DNA 테스트하러 가자, 내가 그렇게 말할까봐."

"형, 정말 할 말 많았구나. 난 그저 마리타가 어디에 살고 있는지 궁금해서 물었는걸."

"여기에서 약 20킬로미터 떨어진 작은 마을에 살아. 저녁에 양로원 의 빈방을 빌려 요가 교실을 하면서. 마리타가 기르는 개를 산책시키 면서 그 애를 기다릴 때도 많았지. 마리타가 저녁 수업을 마칠 때까 지 나는 개를 데리고 양로원 정원 벤치에 앉아 있곤 했어. 마리타가 나오면 나는 개줄을 넘겨주고 차를 몰고 집으로 와. 그렇게 산다, 나. 어떤 때는 마리타가 페트라처럼 사라질까봐 차를 되몰아서 마리타가 사는 집까지 간 적도 있었어. 집에 불이 켜진 걸 보고 다시 그 불이 꺼 지는 걸 보고 안심을 하며 도로 돌아온 적도 많았지. 뮌스터에서 마리 타가 사는 마을로 이어지는 도로 양쪽은 거의 밭이야. 어느 날엔 유채 꽃이 피고 어느 날엔 밀이 익고, 또 어느 날엔 감자알이 굵어지고 옥 수수가 자라기도 하지. 가끔 차를 세워놓고 난 한참이나 밤에 물든 들 판을 보기도 하지."

형이 돌맹이를 호수로 던졌다. 물수제비를 그리면서 돌맹이는 이내 사라졌다.

"고고학은 왜 집어치웠어?"

"…… 글쎄, 학문의 엄격함을 이겨낼 재간이 없어서랄까. 자꾸 흥분을 하지 뭐야. 그러면 논리가 망가지거든. 논리의 골격조차 제대로 세우지 못하면서 끙끙대는데 긴 세월을 두고 학문이라는 거, 내가 해낼 수 있을까 싶어서."

"형, 이무라는 사람, 실존했던 자야? 아니면 형이 그 기록의 고스트라이터인 거야?"

"이무, 혹은 칸. 그 사람, 진짜 있던 사람이야. 그런 일이 있다. 내가 논문을 쓸 때 자주 들었던 이야기 가운데 하나가, 소실되었다고 믿었던 많은 자료들이 거짓말처럼 벼룩시장에서 발견되곤 한다는 거야. 너도 이무의 오리지널 기록을 봤잖아."

그래, 보았지. 하지만 아무런 실감도 나지 않던 그의 기록. 내가 읽을 수 있는 것은 마주니 형이 번역한 문장들뿐. 결국 내가 본 건 마주니 형의 기록이 아닌가.

"왜 이걸 번역하고 싶다는 생각을 한 거야? 책으로 꼭 내고 싶다고 했잖아."

"멜랑콜리, 때문이었어. 마치 이무를 거리에서 발견한 헬무트처럼, 그리고 하남이라는 말을 듣고 멜랑콜리에 사로잡힌 이무처럼. 첫 부분을 읽었을 때 이건 20세기 초에 흔히 쓰인 어느 젊은 학자의 연구 여행 보고는 아니구나 싶었어. 누가 그저 연구 여행을 가는데 첫머리에다 그렇게 알쏭달쏭한 두 문장을 적어두었겠니? 왜 갔을까, 그곳으로. 그리고 하남은 아직도 발견되지 않은 옛 도시야. 아마도 이무가 그 당시에 보았다는 도시는 하남이 아니라 하튜샤일 거야. 그 기록에 적혀 있는 폐허 유적지가 히타이트 왕국의 수도인 하튜샤랑 닮았거든. 읽어봐, 다 말하기는 싫다."

오후가 깊어가는 호수에 슬금슬금 또다시 비가 내렸다. 오전에 잠시 그쳤던 비가 다시금 내리는 것이었다. 옷이 젖을락 말락 오가는 비. 마주니 형이 내 어깨를 툭 쳤다.

"우리 밥 먹으러 가자."

"어디로? 좋은 식당이라도 아는 거야?"

"그럼. 나만 따라와."

저녁이 다 될 무렵 나는 그렇게 마리타를 만나게 되었다. 그러니까 형이 날 데리고 간 식당이 마리타의 부엌이었던 것이다. 마리타는 어릴 때부터 독일에 파견을 나온 한국의 간호사들에게 한국어를 배우고 그녀들의 작은 공동체에 끼어 자주 놀았다고 했다. 그건 양부모의 뜻이기도 했는데, 그녀들은 입양아인 마리타가 안쓰러웠는지 자주 데려다가 밥을 먹이고 한국 동요를 가르쳐주었다고 했다. 마리타는 그때가 참 좋았다고 했다. 그녀는 놀라울 만치 정확하게 한국어를 말하고 쓸 줄 알았다. 웬만한 한국인보다 낫다 싶을 만큼 풍요로운 어휘력을 구사했고 무엇보다 한국사에 대한 지식이 폭넓었다. 그러나 그녀의 말에는 어딘가 모르게 애잔한 고독 같은 게 묻어 있었다. 마리타는 다른 한국인들을 대할 때의 습관 때문인지 영어로 내게 말을 걸었다.

"자, 마리타, 그만하고 밥, 밥 먹자."

"잘났어, 몇 마디 하게 두지."

형이 마리타의 말을 잘랐다. 나는 그런 형의 말을 잘랐다. 마리타는 웃으며 우리를 바라봤다.

"여긴 한국 쌀 없어요. 베트남 쌀만 있어요. 그거 옛날 이름이 안남미라고요. 그래도 다른 건 다 있어요. 오징어볶음, 깍두기, 시금치 그리고 오늘, 준이 퉁퉁 부어오른 이마로 온다고 해서 만든 갈비탕. 내 양오빠에게 맞았다고 하더라고요. 나쁜 놈, 이렇게 늙어가는 준을 때리다니……"

마리타는 형처럼 키가 크고 구부정했다. 형처럼 시원한 눈, 그리고 보조개까지. 서로 너무나 닮았으나 그럼에도 너무 다른 두 사람. 지난 시간 동안 자신을 단련해온 방법이 달랐던 것일까? 형은 기분이 우울할 때면 거리에 나가 빨간 운동화도 살 수 있는 사람이었다. 마리타는? 마리타는 그 빨간 운동화를 신고 달리면 얼마나 쓸쓸할지 그걸 아는 사람 같았다. 그래서 그런 빨간 운동화를 절대로 못 사는 사람. 그녀가 입은 연분홍빛 스웨터, 아내가 이 세상을 떠나기 전 내게 말한 그 양하 빛깔이다.

마리타가 만든 반찬은 뭐랄까, 좀 어색한 느낌을 줬다. 입에 맞다, 맞지 않다, 뭐 그걸 따질 수 있는 음식이 아니었다. 그녀의 음식은 다만 흉내였다. 이 맛은 이럴 거고 저 맛은 저럴 거라는 추측으로 어디에선가 보고 따라 한 그런 음식. 무에서는 설탕 맛만 났다. 그녀가 정성을 다해 끓였을 것이 분명한 갈비탕은 맞지 않는 박자처럼 기름과 소금이 뒤엉켜 혀가 따가울 지경이었다. 그럼에도 나는 한 그릇, 거뜬하게 비웠다. 마주니 형은 부어터진 이마를 갈비탕 그릇에 처박은 채 열심히, 마치 새마을운동을 하는 공무원처럼 성실하게 국을 비웠다.

마리타가 우리에게 따라준 와인은 슈퍼마켓에서 5유로면 산다는 그저 그런 테이블 와인이었으나 그녀의 미묘한 갈비탕과 이상하게 잘 어울렸다.

"이연, 뮌스터는 마음에 들어요? 곧 하얀 아스파라거스가 시장에 나와요. 인터넷으로 알아본 건데 이쯤 한국에서는 냉이나 달래, 씀바귀 같은 봄나물이 나온다지요. 아, 먹어보고 싶어."

마리타는 내 빈 밥그릇에 밥을 더 담았다. 베트남 쌀이라더니 날아갈 듯 깃털처럼 가벼웠다. 묘한 경고 같았다. 빨리 먹어, 안 그러면 나 날아간다! 그럴까봐 나는 얼른 숟가락을 놀려서 갈비탕 국물에 밥을 잠수시켰다. 밥알이 마치 개구리 알처럼 국물 안에서 빤히 날 쳐다보는 듯했다. 배가 불렀다. 함께 곁들인 와인 기운이 기분 좋게 올라왔을 때 마리타는 후식으로 생강 향이 나는 케이크를 가지고 왔다. 생강 향이 스멀스멀 올라오자 나는 양하가 떠올랐다. 생강과 식물의 양하. 생강 향의 은은한 기운 속에 아내의 미소가 언뜻 비치는 듯했다.

"마리타, 한국에 가본 적 있어요?"

"예. 세 번이요."

"어땠어요?"

"시끄럽고 마음 아픈 사람들이 많이 사는 곳. 이연, '휘췬'이라는 터키 말을 알아요? 저는 오르한 파묵이 쓴 『이스탄불』이라는 책을 읽고 알았어요. 그 말이 생각나는 나라."

"무슨 뜻이에요, 그 말?"

"대충 말하면, 터키어로 멜랑콜리. 원래는 아랍어래요. 그런데 멜랑콜리랑은 조금 달라요. 파묵의 말에 의하면 휘췬은 한 도시에 물들어 있는 슬픔 감정. 오스만 제국이 망하고 난 뒤 이스탄불이 집단적으로 앓고 있는 병이래요. 서울은 그런 것 같았어요. 어쩌면 그렇게 밥집이랑 술집이 많아요? 노래방에서 노래하는 사람들도 많고 고래고래 소리 지르는 사람도 많고. 그리고 또 너무나 착한 사람들도 많고 너무나 쓸쓸한 사람들도 많고. 서울의 멜랑콜리는 대한제국이 망해서 그런 걸까요?"

우와, 나는 그만 씹고 있던 생강 케이크를 입에서 뿜을 뻔했다. 대한제국을 어떻게 알지? 그 말을?

"준 오빠가 나에게 한국의 역사를 공부시켰어요. 그러니까 왜일까요? 식민지 시대 때문에요? 아니면 분단 때문에요? 그도 아니면 그 도시에서 살고 있는 가난한 외국인 노동자 때문에요?"

마리타는 형보다 훨씬 유쾌한 사람이었다. 걸음걸이도 그렇고 부엌에서 일을 할 때의 손놀림도 그렇고 그녀가 듣는 음악도 경쾌했다. 마주니 형이 듣는 음악이 슈베르트의 〈겨울 나그네〉 같은 거라면 마리타의 음악은 레게였다. 경쾌한 레게의 밑바탕에 은은히 깔려 있는 슬픔의 동그라미 속으로 그녀는 빠져본 듯했다. 밥 말리가 흐르는 거실에서 여전히 비가 내리는 창밖을 쳐다보았다. 마리타가 나에게 작은 코끼리 신 목각상을 선물로 주었다. 행운을 가져다준다는 가네샤였다. 이거 나 지난번 인도 여행에서 가져온 건데 이연에게 필요할지 모르겠어요. 준 오빠가 몽둥이로 얻어맞은 것을 보고 충격 받았을 텐데.

마주니 형은 아무런 말 없이 마리타가 설거지하는 것을 도와주었다. 그리 좁지 않은 부엌임에도 둘은 자주 부딪쳤다. 마주니 형이 마리타를 피하려고 왼쪽으로 몸을 움직이면 마리타도 반사적으로 왼쪽

을 향해 몸을 움직였다. 형은 그때마다 슬며시 웃었다. 좋다는 웃음인
지 아프다는 웃음인지 모를 그런 웃음.

마리타가 차에 오르는 나를 보며 말했다. 자주 들러요. 혼자 와도
좋아. 준 오빠는 바쁠 때가 많아요. 남의 글 쓴다고. 다음에는 한국 쌀
사놓을게.

나는 마리타에게 말했다. 만나서 반가웠다고.

마리타는 다시 말했다. 이무의 기록, 다 읽었어요? 준 오빠가 이연
에게 주었다는데. 난 다 읽어보았어요. 아마도 그 기록을 읽다보면 또
다른 여행을 하고 싶다는 생각이 들지도 몰라요.

마리타의 긴 머리칼이 비에 젖을까 마주니 형은 얼른 차를 움직였
다. 마리타는 집 앞에 오랫동안 서서 손을 흔들어주었다. 나 역시 그
녀가 보이지 않을 때까지 손을 흔들었다.

"형, 마리타도 터키에 간 적이 있어? 그러니까 하투샤인지 하남인
지 말이야."

"응."

형의 대답은 짧았다.

3
아주, 아주 먼 여행

    한 대륙이 끝나고 새로운 대륙이 시작되는 그곳에 오스만 제국의 수도 이스탄불이 있다. 다니엘과 프롬 교수는 그 도시를 콘스탄티노플이라고 불렀으나 오스만 제국이 이곳을 점령한 1453년 이후로 줄곧 이스탄불이었으므로 나는 꼬박꼬박 이스탄불이라고 불렀다. 이곳은 터키인과 그리스인, 아르메니아인, 유대인 그리고 여행자들로 들끓는 곳이며 도서관과 서점, 거대한 바자와 옛 교회였으나 지금은 모스크로 바뀐 수많은 사원들이 있는 곳이다. 기도 시간이 되면 애절한 이맘의 목소리가 해변을 떠돌고 그 시간이 끝나면 손님을 부르는 장사꾼들의 목소리가 도시를 메웠다. 이 오래된 제국의 수도를 방문할 영광을 나는 지금껏 누리지 못했다. 그리고 지금에서야 수많은 여행자들의 기록으로 전해진 이 도시에 발을 디디게 된 것이다. 보스포루스 해협이 가장 좁아지는 곳의 베벡이라는 마을, 그곳에 테레지아가 살고 있었다. 그곳이 우리의 첫 목적지였다.

5월의 보스포루스는 물결 위로 끊임없이 오가는 배들로 북적거렸다. 말로만 들었으나 한눈에 알아볼 수 있을 것 같은 블루 모스크와 갈라타 탑, 그리고 오래된 많은 건물들이 짙어가는 저녁노을 속으로 서서히 잠겨들고 있었다. 제국은 러시아와의 계속되는 분쟁으로 더 없이 위급한 중병을 앓고 있었다. 압둘 하미드 2세는 교육 제도를 혁신하는 한편 아나톨리아 철로와 히자스 철로를 놓아 제국의 중심과 주변부를 연결할 만큼 당찬 술탄이었다. 그러나 불행히도 그는 제국을 통제와 감시 속으로 몰아넣었다. 오리엔트의 거대한 영토는 제국의 쇠망과 더불어 뿔뿔이 제 갈 길을 찾으려고 제국의 군대에 맞서 저항했다. 보스포루스에 저녁이 찾아든 것을 바라보면서 이건 제국의 노을이 아닐까 하는 생각이 들었다. 지진과 잦은 화재를 대비하여 목재로 지은 집들이 가득 들어찬 이스탄불. 좁은 골목마다 자리한 커피 하우스에서는 남자들이 하릴없이 앉아 물담배를 피웠고, 거리의 노점상들은 구운 고기나 생선을 끼워 만든 빵과 아이스크림으로 쉴 새 없이 사람들을 불러모았다. 거리는 사람들로 북적거렸다. 가득히 짐을 싣고 가는 수레가 정신없이 지나다녔고, 아이들은 커피잔이 가득한 쟁반을 들고 미로 같은 골목을 헤매다녔다.
　베벡으로 들어가는 길에 다니엘이 돌마바흐체라는 제국의 새 궁전을 가리켰다. 유럽풍의 이 궁전은 1856년부터 술탄의 주 관저로 사용되었다고 했다. 그리고 그 궁전을 설계한 사람은 제국에서는 소수민에 속하는 기독교인인 아르메니아 사람이라고 했다.
　마차에서 내려 선착장에서 다시 보트를 타고 도착한 그곳에 테레지아의 빌라가 있었다. 얄르라 불리는 목재로 지어진데다 창이 많은

2층으로 된 전통 가옥이었다. 얄르는 이스탄불에 사는 귀족층과 부자들의 여름 별장에 흔히 사용된다고 했다. 테레지아는 봄이 완연한 5월에 이미 이곳으로 거처를 옮긴 모양이었다.

해풍에 시달린 탓인지 목재는 시꺼먼 빛을 띠고 있었다. 보트 정박지에서 보니 집을 둘러싼 나무들이 바람에 흔들리면서 외관의 시꺼먼 빛을 다 가려주는 듯했다. 나는 흔들리는 보트에 앉아 북쪽을 바라보았다. 해협의 북쪽 곡선이 가물거리는 저편에 흑해가 있고 흑해가 아직 시작되지 않은 바다에 나는 떠 있었다. 잠시 찾아온 경이감이 곧 짙은 어둠 속에 저물어들었다.

테레지아는 응접실에서 우리를 기다리고 있었다. 저 사람이 바로 전설 속의 테레지아구나. 말과 시종 몇을 데리고 혼자 사막에서 텐트를 치고 자는 여자. 오리엔트 전 지역을 다니며 사진을 찍는 여자. 오리엔트 사막에 살고 있는 수많은 베두인들의 흔적을 수집하는 여자. 베두인들의 수장들과 직접 교통할 수 있는 여자. 오스만 제국의 경찰과 장군들과도 교분이 깊은 여자. 그리고 수많은 연애 사건으로, 유럽 살롱을 출입하는 이들의 입에 심심찮게 오르내리는 여자. 그 여자가 바로 내 앞에 푸른빛의 비단 드레스를 걸치고 벽옥 목걸이를 긴 목에 두른 채 서 있는 것이었다.

그녀는 삼십대 중반으로 보였다. 단정하게 묶어 위로 말아올린 머리에서는 엄격함이 느껴졌으나 작은 갈색 눈동자의 눈가에서 풍기는 장난기 섞인 웃음이 그 엄격함을 감추기에 충분했다. 소탈한 성품이 드러나는 몸짓으로 그녀는 우리에게 환영 인사를 건넸다. 긴장으로 서 있던 나는 일순 맘을 놓았다. 프롬 교수와 다니엘이 번갈아가면서 그녀와 포옹을 나눴다. 프롬 교수가 테레지아에게 나를 소개했다. 그녀는 나에게 손을 내밀었다. 내가 깊숙이 몸을 숙여 그녀의 손등에 입맞춤을 하는 순간 은은한 장미수 향기가 났다. 아찔했다.

"아, 당신이 칸이군요. 프롬 교수의 애제자."

그녀는 보통 사람들이 날 처음에 만나면 으레 던지곤 하는 질문들은 하지 않았다. 어디에서 왔느냐, 동양인을 이렇게 가깝게 보는 것은 처음이다, 등등. 아마도 다니엘이 나에 대한 사전 정보를 테레지아에게 이미 다 말해준 것 같았다.

"식사 준비가 다 될 때까지 식전에 마실 술을 조금 준비했습니다."

그녀가 시종에게 귓속말을 하자 그는 곧 응접실을 나갔다. 보통 이 지역의 응접실은 가구가 전혀 없이 방석과 담요만으로 바닥에 앉게끔 전통식으로 만드는데, 테레지아가 이곳으로 이사를 오면서 유럽식 가구들을 배치해놓은 듯했다. 빅토리아 식의 마호가니 의자와 탁자, 거울과 촛대, 커다란 진열장과 그 안에 놓인 유리잔과 사진들. 벽에는 기마 전쟁을 하고 있는 오스만 군대의 모습을 그대로 짜놓은 양탄자가 걸려 있었다. 그 양탄자를 자세히 보니 적의 목이 뒹굴고, 말의 뒷다리가 잘려 있고, 칼과 긴 창을 든 기마병들이 사정없이 적을 향해 돌진해가는 처절한 전투 장면이 고스란히 재현되어 있었다. 곧 식전에 식욕을 돋운다는 정향으로 빚은 술을 들고 테레지아의 시종인 무스타파가 왔다. 그가 들고 있는 은쟁반에는 술잔 말고도 여러 가지 음식들이 가장자리를 파란빛으로 칠한 여섯 개의 종지 안에 담겨 있었다.

식초와 소금에 절인 멸치, 으깨놓은 병아리콩, 절인 포도 잎에 싼

건포도와 함께 익힌 쌀, 박하 잎으로 향기를 낸 양의 간, 구운 가지로 만든 샐러드, 튀긴 감자와 작은 고기 완자. 흰 빵과 꿀을 얹은 버터는 작은 백색 종지에 담겨 있었다. 그리고 라키. 라키는 아니스로 향을 낸 술이다. 술을 조금 붓고 물을 타면 투명한 액체가 우윳빛으로 변했다. 라키를 한 잔 마시자 피곤이 금세 몰려들었다. 배 안에서 거의 잠을 자지 못한 탓이었다. 지중해의 별들을 바라보면서 다른 대륙으로 가는 설렘이 컸기 때문일까. 아직 아무도 찾지 못했다는 하남을 발견하리라는 의욕이 앞섰기 때문일까. 나는 바빌론을 발굴하고 있는 콜데바이 씨를 떠올렸다. 콜데바이 씨는 도시 중의 도시라는 바빌론의 탑 앞에서 기억을 향한 의지와 망각이라는 배반을 생각하고 있는지도 모르겠다. 텐트 속에서 겨우 잠이 든 발굴자의 꿈은 어떤 것일까? 트로이를 발견한 슐리만의 쾌거. 한 장사꾼이 이룬 꿈, 신화 속에 등장하는 도시를 찾겠다는 유년의 꿈을 그대로 실천해버린 한 인간의 내면에 깔려 있었을 불굴의 의지.

하지만 나의 의지는? 나는 창 너머를 바라보았다. 보스포루스의 물결이 창 너머로 보였다. 반달이 떠 있어서 은빛과 검은빛이 교차하는 물결이었다. 검은 무언가가 물결 속에서 솟아올랐다가 물결 속으로 들어가더니 다시금 솟아올랐다가 이내 물결 속으로 사라졌다. 테레지아는 밤에 산책을 나온 보스포루스의 돌고래들이라고 일러주었다. 돌고래들의 몸은 공중에 떠 있을 때 반짝이는 검은 반달 같았다. 프롬 교수가 나에게 말했다.

"칸은 아직 충분히 젊어. 저런 바깥 풍경을 보면서 감상적이 되는 나이, 부럽군. 우리 갈 길은 멀지만 오늘 콘스탄티노플에서의 첫 밤을 즐기는 것도 뭐, 나쁜 생각은 아닌 듯하군."

그러나 다니엘이 프롬 교수의 말을 잘랐다. 그는 제국의 상황에 대해 이야기를 늘어놓았다.

"오스만 제국이 러시아와의 전쟁 후에 파산 선고를 하고 난 지금, 이곳 상황은 일촉즉발입니다. 더군다나 술탄이 독일 제국과 가까이 지내면서 프랑스, 영국의 견제가 심해지고 있어요. 아나톨리아 기차선을 건설한 것도 바그다드 기차선 계약까지 독일과 맺고 있는 술탄, 아닙니까? 사실 술탄은 거의 5백 년 가까이 지속된 제국의 경제 구조, 교육 시스템 등의 개혁을 시도하기 위해, 더구나 군대를 유럽식으로 만들기 위해 독일 제국의 장군과 장교들을 콘스탄티노플로 불러들이고 있어요. 독일인들이 오스만 제국의 군인들을 훈련시키고 있지요. 그러니 다른 유럽 제국들이 견제를 하는 건 당연한 일 아닙니까."

"그런 정세를 모르고 여기에 왔겠습니까? 다니엘, 무슨 말이 하고 싶어서 그러는 겁니까?"

프롬 교수는 다니엘의 대답을 재촉했다. 그는 바깥세상에서 무슨 일이 일어나든지 연구실에만 처박혀 있는 그런 스타일의 학자는 아니었다. 그는 유럽 열강들이 오리엔트를 둘러싸고 벌이는 숨 가쁜 경쟁에 대해 아주 잘 알고 있었다. 그리고 제국이 불안스러운 눈으로 감시하고 있는 청년 투르크당과 아르메니아인들의 저항 운동 등에 대한 상황도 익히 파악하고 있었다. 뿐만 아니라 고고학은 아직 걸음마 단계의 학문이며 잘못 눈길을 돌렸다가는 꼼짝없이 정치판에 휩쓸리고 말리라는 것도 잘 알았다. 입 밖으로 말을 내본 적은 없으나,

특히 오리엔트로 연구 여행을 떠나거나 발굴을 하는 동료들 가운데 제국의 은근한 협박으로 제국의 이익에 도움이 될 만한 정보들을 수집하는 자들이 있다는 것도 잘 알았다. 고고학은 돈이 많이 들 뿐 아니라 위험한 지역에 들어갈 때는 군대의 도움 또한 필요한 일이었다.

기억난다. 프롬 교수는 나에게 여행을 시작하기 전 연구에 필요한 여러 가지 기구 말고도 권총과 단도를 휴대하라고 권했다. 나는 그의 말을 따랐다. 측량 기구와 망원경, 나침반과 삼각자, 잉크병, 펜, 제도 용지 등이 든 나의 여행 가방에는 단도와 권총 또한 들어 있었다.

"무슨 일이 있더라도 오스만 제국으로부터 간첩 혐의를 받는 것은 피해야 합니다. 물론 테레지아가 중앙 아나톨리아에서 지방 세력을 쥐고 있는 파샤*들을 잘 알고 있으니까 문제가 일어나면 중개를 할 수는 있겠으나 상황이 상황인지라…… 저는 프랑스인이라 특히 조심해야 한다는 거, 아시지요? 아르메니아인의 저항 운동을 지도하는 사람들이 프랑스에 있고 또 청년 투르크 운동의 진원지도 파리고…… 그래서 드리는 말씀인데, 누구와 어떤 일이 있더라도 정치적인 대화는 피해야 합니다. 우리들끼리라도 아주 조심해야 합니다. 여행 일지에도 정치적인 오해를 불러일으킬 만한 기록은 남기지 말아야 하고 특히 유럽으로 보내는 편지는 검열을 당하니 신경 써야만 합니다."

"아, 간첩 혐의요? 조심해야지요. 하지만 왜 그렇게 민감하십니까?"

---

* 오스만 제국의 고급 관리나 장군, 지방 영주에게 주어지던 명예 칭호.

프롬 교수의 빈정거리는 투의 질문에 다니엘은 신고 있던 검은 장화 끝을 문지르면서 대답했다. 그의 눈꼬리가 살짝 올라갔다. 프롬 교수의 말투가 가끔 다니엘을 자극한다는 걸 잘 아는 나는 약간 긴장이 되었다. 여행이 시작되기도 전에 말다툼이 일어날 것 같아서였다.

"저야 장사꾼 아닙니까. 하도 본 게 많아서요. 그냥 여행을 시작하기 전에 주의를 하자는 거지요. 게다가 프랑스 출신이기도 하고."

테레지아가 다니엘을 가볍게 꾸짖는 눈으로 바라보았다. 다니엘은 이스탄불로 오는 배 안에서도 그런 말을 넌지시 한 적이 있었다. 하지만 이렇게 노골적으로 말한 것은 처음이었다.

"여행만으로도 힘이 드는데 우리 그런 이야기로 시간 낭비하지 말아요. 우선 저녁을 먹고 일정을 의논하지요. 통역을 담당하는 제가 지방 파샤들과 다리를 놓는 역할을 할 거고, 다니엘도 중앙 아나톨리아 사정을 잘 아니까 도움이 많이 될 겁니다. 프롬 교수도 이곳이 처음은 아니지요?"

프롬 교수가 고개를 끄덕였다. 나만 처음인 것이다. 테레지아가 나를 향하여 살짝 미소를 지었다. 그리고 다시 프롬 교수에게 시선을 돌렸다.

"칸이 있어 우리 일행이 화려해지는군요. 동양인의 외모를 가진 청년이 유럽에서 온 장사꾼과 학자 사이에 끼어 있으니. 하지만 칸, 걱정 말아요. 크림 전쟁이 끝나고 난 뒤 제국으로 타타르인들이 많이 도망쳐왔답니다. 타타르인들의 생김새가 칸을 닮았으니…… 아니, 칸이 타타르인들을 닮은 건가. 아무튼 그리 눈에 띌 일은 없으니 안심하세요."

사실 그랬다. 크림 전쟁 이후로 유럽과 러시아, 그리고 오리엔트 지역은 엄청난 변화 앞에 서 있었다. 정치적인 실세는 재편되었고, '보스포루스의 환자'라 불리던 오스만 제국은 프랑스와 영국으로부터 더 큰 영향을 받게 되었다. 러시아 제국의 종교 탄압을 피해 러시아령에 살던 수많은 무슬림들이 오스만 제국으로 도망쳐왔다. 오스만 제국에 속해 있던 동유럽의 여러 지역에서는 끊이지 않고 분란이 일어나 제국은 서쪽으로 향하는 모든 입구를 잃을 판이었다.

"테레지아, 그렇게 가볍게 말하지 마. 우리가 보트를 타고 여기 올 때 다른 쪽 해변에서 우리 보트를 지켜보고 있던 남자를 봤기 때문에 하는 소리야. 그 남자는 술탄의 비밀 경찰일지도 몰라. 그런 민감한 사항은 네가 더 잘 알잖아."

다니엘이 질책하듯 말을 했으나 테레지아는 그 작은 눈을 반짝이면서 다니엘의 말을 막았다.

"오리엔트를 여행할 때 가장 필요한 미덕이 뭔지 알아, 다니엘? 인내야. 성급하게 판단하지 말고 기다려. 꼭 쫓기는 사람같이 구는 거, 지겹지도 않아? 아님, 그 장사를 집어치우든가. 별로 자랑스러운 장사를 하는 것도 아니면서."

다니엘은 코웃음을 치더니 고개를 창밖으로 돌려버렸다. 프롬 교수가 헛기침을 하며 둘 사이에 끼어들려고 하다가 그만두는 것 같았다. 그는 아마도 테레지아와 같은 입장이었을 것이다.

저녁 식사가 끝나고도 우리는 쉽사리 잠자리에 들지 못하고 이런 저런 이야기를 나누었다. 바깥에서 불어오는 해풍의 영향도 컸거니

와 이스탄불을 다 둘러볼 새도 없이 곧 아나톨리아 기차를 타고 내륙으로 들어가야 했기 때문이었다. 떠나기 전에 할 일도 많았다. 우선 문화재관리국으로 가서 우리가 이스탄불에 도착한 것을 알리고 그곳에서 지정해준 관리와도 인사를 나눠야 했다. 그는 우리 여행에 동행자가 될 터였다. 직접 발굴을 하는 것이 아니라 사전 탐사를 하는 것이 우리 여행의 목적이었으나 문화재관리국의 입장에서 보자면 우리를 감시하는 게 당연했다. 어떤 이가 우리에게 배당될 것인가에 대해서는 알 수 없었다. 다만 까다롭지 않고 유럽인들의 관습을 잘 아는 이였으면 하는 것이 우리 모두의 바람임은 분명했다.

그런데 테레지아가 여행에 동행할 사람이 하나 더 있다고 했다.

"그곳 사정을 너무나 잘 알고 있는 여성이에요. 제가 동생처럼 여기는 애예요. 가끔 제가 그 근처에 가면 만난답니다. 노마드지요. 우리 여행에 많은 도움을 줄 거예요. 저도 그곳 사정에 밝다고는 하나 아직 그 아이에 비하면 모르는 것이 많거든요."

다니엘이 미심쩍은 눈으로 테레지아를 바라보았다.

"간첩들 가운데는 노마드들도 있어. 혹 아르메니아인들이랑 연통하는 사람이면 어쩌려고?"

"넌 언제나 장사꾼답게 의심이 많지, 다니엘. 노마드보다 장사꾼들 가운데 간첩이 더 많은 거, 너도 잘 알지? 누가 영국 제국을 위해 인도에 관한 그 많은 정보를 수집해줬지? 누가 프랑스에게 북아프리카에 관한 그 많은 정보를 수집해줬느냐고. 그리고 제국들로부터 후원을 받는 고고학자들은 또 어떻고."

다니엘은 아무런 대꾸 없이 앞에 놓여 있던 마지막 라키를 단숨에 비우더니 자러 가야겠다며 자리를 떴다. 프롬 교수는 파이프를 꺼내 담배 가루를 채워넣으며 나에게 말했다.

"칸, 우리 일행이 점점 늘어나네. 처음에는 셋이었는데 테레지아, 정부 관리, 게다가 노마드 여인까지. 짐꾼들, 요리사 등도 있으니까 사람을 넷 정도 고용해야 할 거고 앙고라에 도착하면 말도 구해야 할 거야. 그곳은 작년에 콜레라가 돌았다고 하니 각별히 건강도 조심해야 할 거고."

테레지아가 병에 든 마지막 라키와 시원한 물을 나와 프롬 교수의 잔에 각각 나누어 채워주었다.

"라키는 만병을 예방한다고 하잖아요. 그러니까 이건 술이 아니라 콜레라 예방약이에요."

그 밤, 이스탄불에서의 첫 밤에 나는 지독하게 피곤했으나 쉬이 잠이 오지 않았다. 밤새 배들이 쉴 새 없이 지나다니며 내는 물 가르는 소리가 바닷바람에 묻어 내 귀까지 밀려들어왔다. 어디선가 사람들의 고함 소리 비슷한 웅성거림이 들려오기도 했다. 나는 침대 없이 맨바닥에 누워 있었다. 돌아누우면 바로 창문이었다. 창밖을 내다보니 해변 쪽으로 사람들이 몰려 있었다. 작은 배 한 척이 들어오고 있었는데, 사람들이 배 주위로 모여들어 긴 비명을 질러댔다. 수십 명이 한꺼번에 질러대는 비명은 배들이 뿜어내는 저음의 기관 소음을 뚫고 갈매기처럼 날카롭게 밤하늘로 솟아오르는 듯했다.

알라는 위대하다!

알라는 위대하다!

알라는 위대하다!

어둠 때문에 아무것도 보이지 않았으나 알라를 부르며 비명을 지르는 인간들의 울음이 고독하고 절절한 것은 충분히 느껴졌다. 궁금했다. 도대체 이게 무슨 일일까? 하지만 늦은 시간에 나가볼 수도 없는 노릇이었다. 시간이 얼마나 지났을까. 그 울음에 가까운 비명이 잦아들자 이맘이 부르는 기도의 노래가 보스포루스에 울려퍼졌다. 곧 먼동이 틀 모양이었다. 나는 잠자리에서 일어나 정원으로 나가보았다. 바깥은 아직 캄캄했으나 정원에 일찍 핀 장미 향기가 해풍에 실려들어와 향이 짙었다. 문 앞 베란다에는 의자와 탁자가 놓여 있었다. 나는 그곳에 앉았다. 도대체 무슨 일이 저 해안에서 일어난 걸까. 그 간절하던, 비명과 같던, 알라를 찾던 음성들.

"칸도 잠을 이루지 못한 모양이군요."

뒤를 돌아보니 다니엘이었다. 그가 다가와 내 옆에 앉았다.

"흔히 일어나는 일이에요. 아마도 누군가 바다에 몸을 던졌을 거예요. 보스포루스에 몸을 던지는 건 비단 배뿐만이 아니지요. 사람들도 그런답니다. 제국이 쇠약해지면서 저렇게 자살하는 사람들의 숫자가 늘고 있어요. 사람뿐 아니에요. 고양이들도 그래요."

"고양이요? 왜 고양이들이?"

"고양이들은 민감하죠. 그래서…… 어쩌면 사람들보다 먼저 뭔가를 알아차리는 게 아닐까요?"

"다니엘 씨도 저처럼 잠을 이루지 못한 모양입니다."

"……"

이 정원엔 장미와 여러 가지 허브가 뒤섞여 내는 짙은 향이 코를 찔렀다. 다니엘과 나는 한참 동안 아무런 말도 나누지 않고 나란히 앉아 코를 스치고 지나가는 정원의 향기를 맡았다. 자살하는 사람들, 영원히 위로받을 수 없는 사람들. 제국의 노을 속, 가난과 슬픔, 분열과 숨 막힐 것 같은 감시, 습격을 받은 은행들, 격해져가는 무슬림과 기독교인들의 반목.

1894년과 1896년 사이에는 아나톨리아 여러 지방에서 아르메니아인 습격 사건이 빈발했고, 이스탄불에서도 아르메니아인들이 경영하는 가게에 자주 방화가 일어났다. 아르메니아인들의 조직적인 항거 역시 제국에 불안한 그늘을 드리웠으며, 특히 1894년에 파리에서 망명 터키인들을 중심으로 제국의 무능과 제동이 걸린 개혁에 반발하며 결성된 '통일진보위원회'는 아르메니아인들과 접촉을 가지면서 제국의 촉각을 민감하게 했다.

자살…… 이 얼마나 잔인한 자기 파괴인가. 하지만, 독일 제국의 산업화 이면에 생활고와 병마로 죽어나가던 노동자들을 생각하면 이건 오스만 제국의 일만은 아니었다. 기술의 발전에 대한 믿음으로 가득 차 공산품들을 판매할 곳을 찾기 위해 전전긍긍하는 지금의 유럽은 마치 엄청난 양의 폭탄을 싣고 달리는 기차 같았다. 어느 지점에 다다르면 철도선이 끊어지는 것도 모르고 검은 연기를 뿜으며 달리고 또 달리는 기차. 어쩌면 이 세기에 고향 없는 자로, 어디에서건 떠도는 자로 사는 건 위험하기는 하겠으나 한편으로는 마음 편한 일이 아닌가 싶기도 했다. 고향에서 버려졌다는 것, 한 인간이 살면서 겪을 수 있는 가장 큰 절망 가운데 하나가 그 상실임을 일찌감치 알아버린 까닭에 나는 삶에 있어 희망 따위를 품지 않고 전전긍긍하지 않으며 지금껏 무미건조하게 살아온 것이 아닐까.

나는 다니엘이라는 사람을 잘 알지 못했다. 여행을 함께 나섰고, 그의 동생인 테레지아의 집에서 이스탄불의 첫 밤을 보내고는 있으나 정작 그에 대해서 아는 것은 별로 없었다. 하기야 물어본다고 해서 그가 나에게 다 답해줄 것 같지는 않았다. 이 알자스 출신의 프랑스 남자는 우아하고 자신을 잘 감출 줄도 아는 것 같았으나 느닷없이 성을 낼 적이 많았고 의심도 곧잘 했다. 사십 중반의 나이였으나 동안이어서 삼십대 중반이라고 해도 속을 것 같았다. 나는 그에게 한편으로 호감이 갔으나 다른 한편으로는 어쩔 수 없는 거리감을 느꼈다. 그는 상인이었다. 절묘하게 유물을 돈으로 계산할 줄 아는 머리, 나는 내내 그게 마음에 걸렸다. 나라면 17세기 페르시아에서 만들어진 칼이구나 생각하고 말 그런 물건을 두고 그는 몇 프랑에 내놓으면 얼마를 벌어들일 것인지에 대해 단번에 꿰뚫어 볼 줄 알았다.

양아버지 헬무트 역시 장사를 오래 한 사람이었다. 그 역시 다니엘과 같은 안목을 가지고는 있었으나 나는 단 한 번도 그에게서 구체적으로 돈 얘기를 들어본 적이 없었다. 헬무트는 장사에 관한 얘기는 장사꾼들에 국한하여 주고받는 사람이었다. 하지만 다니엘은 달랐다. 그는 만나는 모든 사람들과 장사를 논할 수 있는 사람 같았다.

이스탄불에 머물렀던 시간은 짧았다. 도착한 다음날 아침 일찍 프롬 교수가 문화재관리국으로 가서 우리와 동행할 관리를 데리고 왔다. 우리는 아주 짧게 자기 소개를 하고 이스탄불 시내를 돌아볼 새도 없이 그길로 바로 하이다르파샤 역으로 향했다. 그 역은 아시아 쪽 해안에 위치해 있었는데 그곳에서 아나톨리아 선은 이즈미트를 지나 에스키세히르를 거쳐 하룻밤을 보내고 우리의 최종 목적지인 앙고라로 달리게 될 것이다. 기차에 올라타자마자 내 가슴은 두근거렸다. 이제 정말 유럽을 떠나 아시아로 가는구나. 아나톨리아 내륙으로 들어가 나를 그토록 설레게 했던 하남을 찾아 나서게 되는구나. 천천히 멀어지는 이스탄불을 바라보았다. 수많은 모스크와 거리와 집들, 도서관과 시장, 궁전과 관리들, 군인들, 상인들, 노인들과 청년들, 아이들과 어머니들. 제국의 수도는 제국이 망하더라도 과거의 영광과 현재의 우울, 미래의 굴욕에도 아랑곳없이 서 있을 것이다. 한동안은 말이다.

한 도시가 완전히 잊히려면 얼마나 많은 시간이 흘러야 하는가. 나는 이스탄불이 언제나 현재형의 도시로, 이 세기 그리고 그 너머의 세기까지 지속되기를 기도했다. 내가 하남을 찾으러 나선 것처럼 누군가 잊혀진 도시, 이스탄불을 찾아 헤매지 말았으면 했다.

"제 이름은 아이한입니다. 달의 남자라는 뜻이지요. 아까 너무 짧게 인사해서요, 혹 제 이름을 잊으셨을까 싶어서요."

아이한이 가슴에다 손을 가져가며 인사를 하더니 내 옆에 앉았다. 그는 호리호리한 몸매에 키가 아주 큰 삼십대 중반의 사내였다. 짙은 눈썹에 그만큼 짙은 콧수염, 커다란 눈과 두툼한 입술, 그리고 검은 털이 빽빽하게 박힌 커다란 손. 나도 그에게 고개를 숙였다.

"저는 칸 홀슈타인이라고 합니다. 독일에서 자랐습니다."

"아, 그렇군요. 어디에서 태어났습니까?"

"정확히는 모릅니다. 아마도 조선의 어디라고 들었습니다."

"조선이요? 어디에 있는 나라입니까?"

"중국을 지나면 나온다고 합니다."

"그러니까 우리는 같은 대륙에서 태어났군요."

그는 호탕하게 웃었다. 나도 슬며시 그 웃음에 웃음을 보탰다. 아이한은 이스탄불에서 태어나 자랐다고 했다. 집이 부유한 편이라서 독일에서 교육도 받았다고 했다. 대학을 마치고 싶었으나 진득하게 공부하는 것이 천성이 아닌지라 2년 만에 이스탄불로 돌아왔다고 했다.

"그게 그렇습니다. 원래는 그림을 그리고 싶었지요. 그러니까 오스만 제국의 그림이 아니라 유럽인들이 그리는 그림이요. 고야라는 화가에게 미쳐 스페인을 돌아다녀봤어요. 하지만 그림이라는 거, 저처럼 보통의 재능만으로는 되는 일이 아니더군요. 고야를 본 뜬 그림 몇 장 그려본 게 다예요. 이스탄불로 돌아오니 아버지가 일을 하라고 하시더군요. 그래서 이곳 박물관 소속의 행정을 돌보게 된 거예요. 저도 아나톨리아 내륙으로 들어가는 건 처음입니다. 전 서쪽 제국의 영토를 선호했거든요. 아나톨리아 지역으로 들어가시면 이스탄불에서 맛보신 편안한 생활은 잊으시는 게 나을 겁니다. 작년만 하더라도 콜레라가 돌았고 여관도 제대로 없을뿐더러 깨끗한 물도 귀하고…… 저도 걱정입니다. 배정받아서 따라오긴 했지만요."

나는 고개를 끄덕였다. 어릴 때부터 가정교사를 통해 프랑스어와 독일어를 배웠다고 하더니 그의 독일어는 꽤나 유창했다.

"아니, 이런 여행이 싫다는 건 아니고…… 잘할 수 있을지. 그런데 칸은 왜 이런 고생을 사서 합니까? 보아하니 어려움 없이 자란 것 같은데 말이지요."

"전공이거든요. 고고학을 합니다. 그래서 잊혀진 도시를 찾아 떠나는 여행, 이른바 연구 여행에 따라나서게 되었지요. 프롬 교수와 함께라면 아주 배울 것이 많거든요."

"그렇군요. 그런데…… 프롬 교수님이 아직 총각이시라면서요? 공부만 하시느라 세월 가는 줄도 모르셨나봅니다. 그런 분이 테레지아의 친구라니. 테레지아를 둘러싼 말들이 많지만 나는 그 여성을 참 좋아한답니다. 시원시원하고, 돌려서 말하는 법이 없고, 제국의 일이라면 무슨 일이든지 도와주니까요. 제국엔 도움이 필요하니까요. 참, 저는 이번 여행에서 수채화를 몇 점 그려올 생각입니다. 물론 시간이 허락한다면 말입니다."

그는 잠을 좀 자겠다고 하면서 몸을 옆으로 돌렸다. 지난밤, 이스탄불과의 이별이 길어졌다고 눈웃음을 살짝 치는 아이한이 나는 편했다. 나와는 달리 자신의 뿌리에 대해 아무런 망설임 없이 말할 수 있는 그가 부러웠다. 태어난 도시에서 자라고 나이가 들어가는 사람들에 대해 나는 자주 질투를 느꼈다. 그런 이들에게서는 말로 설명할 수 없는 여유가 느껴졌다.

이즈미트를 통과한 기차가 점점 내륙 깊숙한 곳으로 파고들수록 사람들이 사는 마을이 드문드문 멀어져갔다. 대륙 속으로 깊어질수록 평원은 넓어졌고, 평원 주위에 솟아오른 산맥들은 가팔랐으며, 나무 없는 산의 단면은 광물질을 가득 머금어 옥빛과 자줏빛으로 빛났고, 간간 대륙이 형성되던 시기의 석회층이나 화강암층이 풍화의 세월을 견디지 못하고 산 옆구리로 기어나왔다.

지나가는 기차에서 보이는 강줄기는 험난한 바위 절벽을 따라 꺾어지면서 휘어지고 휘어졌다가 넓디넓은 강바닥에 도달해서는 턱 하니 맘을 놓았는지 그 많은 물을 달래서 천천히 흐르게 했다. 산수(山水)를 책 읽듯이 읽어내는 지질학자들이 부러울 때가 종종 있었다. 그들은 나처럼 산수 앞에서 감정의 유희만을 늘어놓지 않았다. 산맥과 강의 나이를 짚어낼 줄 알았다. 놀라운 것은 그들이 높은 산에서도 바다를 읽어낸다는 것이었다. 그들은 언젠가 어떤 산이 바닷속에 잠겨 있었다는 것을 몇 개의 화석만으로도 읽어냈다. 지금 보고 있는 곳의 산이나 강도 어쩌면 아주 오래전 바다였는지도 모른다.

잠깐 잠이 들었을 때 누군가 나를 깨웠다. 프롬 교수와 같은 기차 칸에 타고 있던 테레지아였다. 그녀가 몸을 굽히자 포도즛빛 차도르 자락이 내 얼굴 위를 스쳤다.

"칸, 일어나요. 곧 에스키세히르에 도착해요. 그곳에서 우리 일행이 될 사람이 기다리고 있을 거예요. 일어나서 우리 칸으로 와요."

테레지아의 뒤를 따라가려다가 아이한이 옆자리에서 사라진 것을 알았다.

"아이한은?"

"벌써 저쪽 칸에 와 있어요. 다니엘도."

에스키세히르 역에 기차가 도착했을 때는 이미 밤이었다. 그 밤의 역에서 나는 우리를 기다리고 있던 한 여자를 보았다. 그 여자는 검은 차도르를 쓴 채 어둠처럼 역에서 우리를 맞이했다. 테레지아가 그녀에게 달려가서 포옹을 하고 이마에다 입맞춤을 했다. 그리고 여자를 우리에게로 데리고 왔다.

테레지아보다 작고, 검은 눈썹과 짙은 갈색의 피부를 가진 여자였다. 푸른빛이 도는 검은 눈동자에서는 수줍은 빛이 흘러나왔고 고개를 숙인 채 우리에게 인사를 할 땐 벽옥빛의 긴 치마에 매달린 오렌지빛 허리끈과 거기 붙은 술이 흔들렸다. 여자는 자신의 이름이 하남이라고 했다. 하남? 그 순간, 그 이름에서 박하 냄새가 에스키셰히르라는 낯선 도시의 밤공기 속으로 퍼졌다.

마주니 형이 다시 습격을 당한 건 내가 독일로 온 지 닷새가 된 후였다. 햇살이 유난히도 좋던 그날 장을 보러 나간 마주니 형이 토마토를 뒤집어쓴 채 집으로 돌아왔던 것이다. 나는 형의 볼에 붙은 토마토 껍질을 떼어내며 왜 경찰서로 가지 않았느냐고 고함을 질러댔다. 형은 손사래를 쳤다. 이마는 아직 부어 있는 상태였다.

"접근 못 하게 막는 거 있잖아, 왜. 5백 미터 안으로 가까이 오지 마라, 그런 판결도 있다면서?"

"그런다고 달라지겠냐. 그놈들 한둘이 아니야. 마리타 오빠라는 놈, 그놈이 가진 건 조직이라고. 너 조직이 뭔지 알지?"

형은 마치 대학생 시절로 되돌아가 그 무참한 혁명을 이야기할 때처럼 나직하게 말했다. 나는 형처럼 그 시절을 쉽사리 떠올릴 수 없어서 고개를 푹 숙여버렸다. 마음은 한 입 베어물다 만 사과처럼, 책상 위에 오래 놓아둬 변색이 된 그런 사과처럼 갈색이었다.

"조직을 내가 어떻게 알겠어. 만날 책이나 만들고 살았는데. 그러니까 그 조직이란 게 대체 뭐기에."

"마리타 오빠 뒤에 있는 거, 그 배경 말이야."

"배경? 그놈이 그렇게 빵빵해?"

"요즘 나치들은 머리 빡빡 깎고 군화 신고 다니지 않아. 그냥 양복 입고 트레이닝복에 골프복까지 갖춰 입고 살아. 스타벅스에 가고 이탈리안 식당에 가고 포도주도 마시고 그래. 마리타를 입양한 집안이 좀 빵빵해. 마리타 오빠가 고스란히 다 물려받았지. 건축가 집안인데 어쩌다가 그런 나치가 나왔는지 몰라. 무지 교활한 놈이야. 너 한국에서도 앞에서는 웃고 뒤에서는 비수 꽂는 그런 놈들 많이 봤지? 딱 그 전형이야."

"그런데 형은 남의 나라까지 와서 그런 놈들한테 걸려 이 고생이난 말이지. 참 대단하다, 대단해. 그런데 그놈, 아니, 그놈의 나치들이 왜 형을 괴롭히는 거야? 왜 형은 경찰서에 가지 못하는 거야? 뭐 다른 죄라도 지은 게 있는 거야? 구린 게 있어?"

"잘못이 있지. 내가 내 삶을 말아먹듯 살아버린 거. 내가 나 자신을 기만한 거. 이 모든 거. 꼭 공중목욕탕 안에 혼자 들어가 있는데 밖에서 문을 잠가버린 느낌이야."

형이 목욕탕으로 들어가자 나는 형의 외투에 묻어 있던 토마토 즙을 수건으로 닦았다. 토마토 즙은 좀처럼 지워지지 않았다. 세탁소에 가져가야겠다는 생각이 든 순간 지금 내가 여기서 뭘 하고 있는 건가 싶은 것이 화가 치밀어오르기 시작했다. 독일어 한마디 알아듣지 못하고 독일어 한마디 할 줄도 모르는 내가 지금 여기서 대체 무얼 하고 있단 말인가. 마누라와 아이들을 잃고 피난하듯 도망쳐온 나란 놈. 형은 도대체 왜 여기까지 오라고 했을까, 제 앞가림도 못하는 주제에!

형은 오랫동안 목욕탕에서 나오지 않았다. 나는 마리타에게 전화를 걸었다.

"마리타, 형이 또 맞았어요."

"……"

"이대로 보고만 있어도 괜찮을까요?"

"내가 곧 갈게요. 오늘 우리 음악회에 가요. 오픈 에어 음악회가 뮌스터 성의 정원에서 열려요. 표는 내가 준비해두었어요. 그리고 저녁도 함께 먹어요. 이연이 뮌스터에 온 지 그래도 여러 날이 지났는데 마준이 해준 게 없잖아요."

마리타는 아무렇지도 않은 듯 제 할 말을 또박또박 이어갔다. 참 이상했다. 마리타만이 아는 무슨 진실이라도 따로 있는 걸까. 목욕탕에서 나온 형이 소파에 앉아 있었다. 얼굴을 씻고 옷도 갈아입은 후였다. 형이 내 어깨를 잡으며 물었다.

"괜찮아?"

"글쎄, 괜찮지는 않은 것 같은데?"

"이연아, 그렇게 빈정대지 마."

"형, 내겐 말을 해줄 수도 있는 거잖아. 마리타 오빠라는 놈이 대체 형에게 왜 그러는 건데? 마리타랑 더는 만나지 말라고? 아님 형이 외국인이라고? 이 나라를 떠나라고? 아님 뭐야?"

"그보다 좀더 복잡한 문제가 있어."

"그게 뭔데?"

"마음의 준비가 되면 그때 얘기할게. 날 좀 기다려줘."

형이 술에 잔뜩 취해서는 자신이 아주 나쁜 놈이라고 말했다. 나는 포도주 병이 비워지기가 무섭게 새로운 포도주를 땄다. 벌써 세 병째였다. 형, 그러지 마, 자기 학대야, 뭘 그렇게 잘못한 건데? 시계의 초침 소리가 분명하게 귀에 들렸다. 서울은 시끄러운 곳, 바쁜 곳, 그런 작은 시간의 단위는 들릴 듯 말 듯 물처럼 흐르고 말 곳. 힘없이 형이 툭, 던진 말. 마리타 곁에 오래 있고 싶어서 독일 국적을 가진 지금의 아내와 결혼을 했다는 말. 그 말에 가슴이 쿵, 하고 내려앉았다. 나는 급하게 포도주를 넘겼다. 혀가 바짝바짝 말라 물도 한 잔 마셨다. 포도주 묻은 입가를 손으로 훔치다가 형의 흰자위가 불그스레한 것을 보았다.

"나는 내가 아내를 좋아해서 결혼한 줄 알았어. 결혼식에 마리타가 왔었어. 그땐 아무렇지도 않았지. 마리타 말이 웃겼어. 왜 왔어? 라고 물으니까 나중에 하는 말이 혹 친형제일지도 모르는데 안 오면 두고두고 후회될 것 같아서라는 거야. 그때는 몰랐는데, 1년이 지나고 2년이, 2년이 지나고 3년이, 그렇게 5년이 되면서 나는 국적을 바꾸게 되었는데, 새로 받은 독일 여권을 주머니에 넣고 관청을 나오는데…… 내가 아내가 아니라 마리타에게 전화를 하고 있더라."

"나쁜 놈."

"그렇지. 나쁜 놈. 나도 몰랐어. 내가 이렇게 나쁜 놈이라는 거."

자신이 나쁜 인간이라는 걸 인정하고 받아들이는 사람은 그리 흔하지 않을 것이다. 자신이 나쁘다고 고백하는 순간, 나빴던 그 시간들은 사라진다. 고해라는 가톨릭의 양식과 비슷하다. 나는 이런저런 죄를 저질렀습니다, 하고 고해하면 죄는 사해진다. 그러나 사람들은 또다른 죄를 짓기 위하여 살아간다. 아니, 죄라는 것을 피하기 위하여 살아간다. 하지만 죄라는 게 피할 수 있는 것일까?

나는 형이 아내라고 부르는 사람을 단 한 번도 본 적이 없다. 형의 말을 듣고 있자니, 참으로 끔찍하게 외로운 사람이었을 거라는 생각이 들었다. 다행이었다, 아직 만나지 못해서. 언젠가 기회가 되어 만나게 된다 해도 나는 그 사람의 얼굴을 정면으로 바라보지는 못할 것 같았다.

"어느 날 밤에 아내가 문득 깨어나 내 뺨을 갈기는 거야. 그때 나는 책을 읽고 있었거든. 무슨 책인가 하면 어떤 여행서인 것도 같은데…… 가고 싶은 곳도 딱히 없는데 여행서만 읽던 날이었어. 깊은 잠에 들어 있던 아내가 갑자기 벌떡 일어나더라고. 그러고는 내 뺨을 갈기고 다신, 거짓말 마! 하더니 거침없이 돌아서서 침실을 나가버리는 거야. 아내는 거실 소파에 털썩 앉더니 그길로 누워 다시 잠이 들었어. 영혼에 너무나 깊은 병이 든 거야, 말할 수 없는. 영혼이 바짝바짝 마르다보니 자다가도 벌떡 일어나는 거야. 나처럼 나쁜 놈을 만나가지고."

내 아내도 그런 적이 있었다. 그녀는 한동안 거의 잠을 자지 못했다. 뜬눈으로 꼬박 밤을 밝히는 것 같았다. 오줌을 누기 위해 컴퓨터가 놓여 있는 방 앞을 지나다보면 문틈으로 빛이 새어나오곤 했다. 문을 열고 아직도 안 자? 뭐해? 하고 물으면 아내는 나를 돌아보며 슬며시 웃곤 했다. 여기 참 재미있는 블로그가 있네. 그래서 읽고 있는 중이야. 이 세계의 모든 웃음에 대해서. 몰랐네, 이렇게 다양하게 웃는 사람들이 있다는 거. 당신, 이 블로거에게 연락해봐, 혹시 책 내고 싶은지.

이 시간에 웃음 이야기라니, 진짜로 말하고 싶은 게 뭘까? 나는 아내와의 대화를 더 잇지 못하고 화장실로 향했다. 그때 좀더 아내와 얘기를 나누었다면 아내가 속으로 지르는 비명을 들을 수 있었을까. 부엌에서, 거실 바닥을 닦으면서, 아이들의 옷을 개키다가 고개를 들어 아주 천천히 제 눈길을 바깥으로 둘 때의 그 소리 없는 비명. 아침마다 아이들과 나를 위하여 꼬박꼬박 더운 국과 밥을 챙겨주던 사람이었다. 꼬박 밤을 새우고 뭔가에 골똘하면서도 아내는 하품 한 번 하지 않고 귀찮다는 내색 한 번 없이 북엇국을 끓이고 고등어조림을 해주곤 했다. 그런 아내의 컴퓨터를 나도 가끔은 켜보고 싶다는 생각이 들었다. 그러나 실행에 옮기지는 않았다. 그곳만큼은, 아내의 비밀 영역인 그곳만큼은 지켜주고 싶었다. 아내의 유일한 숨통…… 무엇 때문이었는지는 모르겠으나 간혹 답답한 듯 하얗게 질려 있던 아내의 얼굴. 그리고 그 시간 동안 아내가 만지작거리던 염주. 아내가 세상을 떠난 뒤로는 컴퓨터를 켤 엄두조차 내지 못했다. 아내에 대한, 그리고 한 인간에 대한 내 마지막 예의가 그것이라면 누군가는 비웃을 수도 있겠지만.

종종 스스로에게 물었다. 그때 그 시절을 후회하느냐고. 아내에게 더 잘할 수 있었던 건 아니었을까, 하고. 그때마다 나는 고개를 저었다. 순간을 후회한들 무슨 소용일까. 다만 그 순간들이 아플 뿐이었다. 더 다가가지 못해 한 번 더 따뜻하게 안아주지 못한 것이 안타깝긴 하지만 그럴 수밖에 없었던 게 그때의 우리였으니까. 두 번을 살 수 있다면 우리는 모든 걸 낫게 할 수 있었을까? 아니다. 아닐 것이다. 어쩌면 더 지독한 후회의 순간을 보낼지도 모르겠다.

형, 무슨 일이야. 제발 나에게 말 좀 해봐. 그렇게 소파에 우두커니 앉아 있지만 말고. 하지만 형은 입을 굳게 다물었다. 그는 정원에 나가 오랫동안 서 있었다. 훅, 불면 날아갈 것처럼 형은 말라 있었다.

마리타와 함께 우리는 오픈 에어로 열린다는 음악회에 갔다. 민스터 성 정원에서 열린다는 그 음악회는 내가 기대했던 것처럼 오케스트라가 근엄하게 앉아 있는 그런 클래식 연주회장이 아니었다. 빅 밴드가 나왔고 레이 찰스의 목소리를 쏙 빼닮은 남자가 스윙을 부르는 그런 음악회였다. 민스터 성은 2차 대전으로 폭격을 맞아 다 망가졌는데 외부만 옛 모양 그대로 복구를 해두었다고 했다. 바로크 식으로 지어진 3층 건물 위에는 천사가 허공을 향해 나팔을 불고 있는 조각이 놓여 있었다. 하지만 오늘은 천사의 날이 아니라 빅 밴드와 스윙의 날. 지붕 끝에 매달린 조명기에서는 붉고 푸른 빛이 갈래로 나뉘어 쏟아져나왔다. 제법 쌀쌀한 저녁 공기를 타고 빅 밴드의 연주는 성 앞, 사람들로 빼곡한 잔디밭을 훑으며 지나갔다.

내가 열일곱이었을 때
그해는 참 좋은 해였지
작은 마을에 살던 젊은 아가씨들에게도 좋은 해였지
그리고 부드러운 여름밤
우리는 그린 빌리지 위의 빛으로부터 숨어 있었지
내가 열일곱이었을 때

노래는 열일곱에서 시작되어 스물, 서른, 그리고 인생의 가을에까지 이르렀다. 이 모든 생의 시간들이 다 좋은 해였다고 말하는 가사에는 달콤한 멜로디를 입은 쓰라린 마음이 들어 있었다. 아니, 적어도 나에게는 그렇게 들렸다. 무대 위에 선 가수는 빅 밴드 쪽으로 몸을 돌리며 후렴구를 한 번 더 연주해달라는 신호를 보냈다. 그는 매고 있던 노란색 나비넥타이를 목에서 풀더니 그게 지휘봉이나 되는 듯 휘젓기 시작했다. 빙그르르, 나비넥타이가 빅 밴드의 화려한 선율 속에서 날아갔다.

그해는 참 좋은 해였지.

어느 순간 청중들이 함께 부르기 시작했다. 나도 마찬가지였다. 참 어이없기는. 마주니 형과 마리타도 나와 같았다. 인생의 가을? 마흔 중반이지만 아직 내 생애가 가을로 접어들었다는 생각을 해본 적이 없었다. 이 노래가 좋은 걸 보니 나도 늙은 걸까, 싶은 생각이 잠시 스쳤다. 아내도 여기 함께 있었다면 이 노래를 함께 불렀을까? 독일인들과 함께 저 먼 라스베이거스에서 온 노래를? 아마도 아내 역시 입가에 미소를 머금은 채 이 노래를 불렀을 것이다. 그러나 아주 작게.

그녀는 아주 작고 가녀린 소리만을 냈다. 우리가 함께 보냈던 그 세월 동안 아이를 낳을 때를 제외하고는 별다르게 소리를 높여 지른 적이 없었다. 그러나 아내의 목소리에는 자신의 의지를 관철시킬 줄 아는 특별한 재주가 숨어 있었다. 그녀가 나직하게 뭔가를 말하면 나는 그대로 굴복이었다. 반박할 재간이 없었다. 큰 녀석은 주먹질을 잘하는 편이라 동네 아파트의 또래들에게 가끔 실력 발휘를 할 때가 있었다. 왜 그랬니? 수민이가 힘이 세잖아요. 구서는 힘이 약하잖아요. 수민이가 자꾸 구서가 가진 거 빼앗잖아요. 이번에는 돈까지 빼앗았어요. 그래서 패줬어요. 녀석이 머리를 긁으며 말하는데 슬그머니 웃음이 나왔다. 자기가 무슨 정의의 사나이라고. 야단을 칠까 말까 잠시 장난스러운 표정으로 망설이는데 아내가 말했다. 잠깐 둘이 얘기 좀 해요.

"그러니까 애한테 법보다 주먹이 먼저란 걸 가르칠 셈이에요, 당신?"

"아니, 그런 건 아니고 웃음이 나오잖아, 귀엽잖아."

"……"

"미안, 나는 그런 의도가 아니라…… 미안해, 알겠어."

"그래요. 그렇지?"

그 말이 다였다. 녀석에게 우리나라는 법치국가이며 그러므로 주먹을 쓰면 너도 법을 어기는 게 된다. 제법 단단하게 야단을 치고 나니 맥이 쏙 빠졌다. 진짜 그럴까? 아내도 정말 그렇게 믿는 걸까? 아마도 교육이니까, 아이들을 잘 길러야 하니까…… 그러나 열일곱이 되면 동네에서 가장 예쁜 여학생과 으쓱거리며 데이트를 할 줄 알았던 녀석은 열셋에 나무 뿌리를 덮은 재가 되고 없다.

슬슬 오한이 느껴질 무렵 음악회가 끝났다. 우리는 성에서 빠져나와 길을 건너 법대 건물과 중앙 도서관을 지나서 학사 주점이 빼곡하게 들어차 있는 작은 골목까지 왔다. 주점마다 인산인해를 이루고 있었다. 들어갈 곳이 마땅찮아서 다시금 성당 앞을 지나 광장까지 나왔다. 광장 앞에는 우체국이 있었고, 그 옆으로 커다란 카페가 있었는데 그곳도 사람들로 북적거리기는 매한가지였다. 아니, 붐비는 정도를 넘어서서 사람들이 문 앞에 여러 겹으로 둘러서서 카페 안에서 흘러나오는 소리를 경청하고 있었다. 뭐야? 왜 이렇게 사람들이 몰려 있는 거야, 형? 대답을 한 건 형이 아니라 마리타였다.

"요즘 아주 인기 있는 젊은 정치가예요. 다음 선거에 나오려나봐요. 저 사람, 대단해요. 정치는 투명함이라고 말해요. 정치가 투명하지 않으면 반드시 부패에 먹힌다고. 그런 말을 해서 대단한 게 아니라 다른 정치가들이 그런 말하면 그런가보다, 하는데 저 사람이 말하면 진짜처럼 들려요. 진짜 정치가지."

마리타가 말한 이는 사람들에 가려 보이지 않았다. 그가 하는 말이 들리긴 하였으나 독일어였으므로 알아들을 수는 없었다. 사람들은 심각한 얼굴로 그의 말을 경청하다 더러더러 환호성에 박수를 치기도 했다. 마주니 형은 서둘러 발걸음을 옮기면서 자신을 따라오라고 손짓을 해 보였다. 마치 쫓기는 사람처럼. 이마가 아직 부어 있는 상태여서 형의 그러한 분주함이 조금은 우스꽝스럽게 보였다. 우리가 들어간 곳은 그리스 식당이었다.

"좋았지? 스윙. 그거 오랜만에 들었더니 뭔가 팍 꽂히는 게 있더라."

형은 우조라는 술을 입안으로 털어넣으며 물었다. 우조는 터키 술 라키와 같은 술이었다. 그리스어로 우조라고 할 뿐. 시리아에서는 아락이라고 부른다는 것을 들은 적이 있다. 나는 문득 이무가 이스탄불에 도착하던 날 마셨다는 그 술이 생각났다. 그는 지금 에스키셰히르역에 도착했고 하남이라는 여자를 처음 만났다고 썼지. 그토록 사랑했던 여자, 그 여자를 만나기 위해 다시 태어나고 싶었다고도 적었지. 딱 거기까지 읽고는 그의 기록을 덮었던 나였다. 그다음 장면이 궁금하지 않았던 건 아니었다. 백 년 전에 쓰인 이야기가 낯설어서? 『마의 산』, 『성』도 다 거침없이 읽어내려갔던 내가 아닌가. 왜 유독 이무의 기록만큼은 쉬엄쉬엄 읽게 되는 것일까. 맞다, 『잃어버린 시간을 찾아서』는 아직 다 읽지 못했지. 너무나 길어서. 나는 은퇴를 하고 나면 다 읽어볼 요량이었다. 저녁에 잠이 들기 전에, 그 시간을 찾아가면서 나는 천천히 늙어가고 싶었다. 언젠가 그 소설을 읽다가 물을 쏟은 적이 있다. 나는 물에 젖은 책을 베란다로 가지고 나와 햇볕에 말렸다.

"뭐해?"

아내가 물었다.

"응, 잃어버린 시간을 말리고 있어."

"잃어버린 시간을 말린다고? 이런, 당신, 그 시간이 젖어 있었구나."

"책을 말린다니까, 내 시간이 아니라."

"그게 같은 거지, 뭐."

아내는 살짝 웃으며 답했다. 내리쬐는 햇볕에 눈을 찌푸리면서 하는 말이었다.

나는 참지 못하고 이무의 기록을 펼쳤다. 이무가 에스키셰히르 역에 도착해서 하남을 만나는 장면 후의 두 문장을 더 읽었다.

여성의 크나큰 간절함은 눈동자에서 나올 수도 있다는 것을 나는 하남에게서 느꼈다. 만일 그 눈동자를 내가 해독할 수 있었다면 하남의 간절함을 이해했을 것을……

순간 나는 단 한 번도 아내의 눈동자를 들여다본 적이 없다는 생각
이 들었다. 눈동자를 들여다보지 않았으니 이무의 말에 의하면 그녀
에게 가는 길이 막혀 있던 셈이었다. 그래, 그래서였다. 이무의 글을
읽으면서 나는 자꾸만 스스로를 반추했던 것이다. 살아보지 못한 시
간과 장소에서 나온 마음의 도큐먼트가 자꾸만 문장 사이사이에서 긴
휴식을 하게 만든 것이었다. 한때 나는 아내에 대해 다 안다고 믿었
다. 아내의 눈동자 또한 말이다. 그러나 그녀가 떠나고 보니 아니었
다. 아주 오래전에 그녀의 눈동자를 잃어버렸고 또 잊었던 것이다. 아
무리 떠올리려 해도 눈앞에는 커다란 검은 구멍 하나 떠 있을 뿐.

그날 우리 셋은 아무런 말 없이 먹고 마셨다. 식당에서 나와 집으로
돌아올 때 마리타는 우리가 탄 택시를 향해 오래 손을 흔들었다. 집으
로 돌아와서도 별말 없이 각자의 방으로 돌아갔다. 밤 별이 구름 한
점 없는 하늘에 창창했다. 다시금 노트를 펼쳐들고 침대에 누웠다. 아
내의 눈동자를 수없이 떠올리려 했으나 아무런 소용이 없었다.

4
간절함, 그리고 첫사랑의 눈빛

여성의 크나큰 간절함은 눈동자에서 나올 수도 있다는 것을 나는 하남에게서 느꼈다. 만일 그 눈동자를 내가 해독할 수 있었다면 하남의 간절함을 이해했을 것을…… 어떤 사람들은 단 한 번 누군가의 눈빛을 보고 인생을 결정하기도 한다. 나 역시 그런 부류에 속할지도 모른다. 내 마음속에 화살처럼 뚫고 들어온 그 눈빛을 그리워하며 일생을 살아갈 수도 있을 것 같은 느낌. 이 우유부단함은 아마도 고아로 버려졌던 그때부터 나를 따라다니는 근원적인 불안감에서 비롯되었는지도 모르겠다. 불안하니까, 끌리는 것에 한없이 마음을 던져버리는 나는 학자로서 별 자격이 없을 수도 있을 것이다. 강단과 인내, 간단없이 내 논리의 골격을 세울 수 있는 철저함…… 학자로서의 삶을 포기해야 할지도 모르겠다. 헬무트는 이런 날 보았다면 아마도 이렇게 말했을 것이다.

"칸. 너의 재능을 그렇게 얕잡아보지 마라. 스스로의 재능을 어떻

게 알 수 있겠니? 인간들은 자신의 재능은 물론이고 슬픔이나 기쁨
도 잘 몰라."

그가 옳을지도 모른다. 함께 산책을 나갈 때면 그는 나에게 자주
그런 식의 말들을 하곤 했다. 헬무트는 나의 불안을 알고 있었다. 어
릴 때부터 나는 별로 말이 없었다. 양어머니의 차가운 시선이 한몫
단단히 했을 것이나 따지고 보면 나의 불안은 뿌리를 모른다는 데서
부터 기인했을 것이다. 여기에 와 있기는 한데 어디에서 왔는지 모르
는 사람이 아닌가. 그것이 나를 불안하게 했고, 말을 하지 않게 했으
며, 책으로 깊이 도망치게 한 원인이었을 것이다. 나이가 들수록 양
어머니의 눈빛은 사나워졌고 그녀의 병 또한 깊어져갔다. 양어머니
의 신경질이 내 책상 위 책들을 전부 창밖으로 던져버릴 만큼 극에
오를 때마다 나는 산책을 나가곤 했다. 물론 헬무트가 집에 머물 때
면 그와 함께였고, 그가 오랜 여행을 떠났을 땐 나 홀로였다. 우리가
살던 집에서 숲을 하나 지나면 작은 개울이 있었다. 그 물은 맑아서
가끔 무지개송어가 튀어오르기도 했다. 햇살이 드는 날 송어들이 물
밖으로 솟아오르면 정말 그놈들의 몸뚱이가 무지갯빛으로 반짝거려
모든 우울함을 잠시나마 가시게 해주기도 했다.

바야흐로 인종주의에 대한 책들이 유행처럼 정치가들과 지식인들
의 서가를 범람하고 있었다. 가끔 풍문으로 들려오는 얘기로는 아프
리카나 오스트레일리아로 해골을 수집하기 위해 인간 사냥꾼을 보내
는 학자들도 있다고 했다. 학자들은 백인의 우월함을 절대적으로 증
명하기 위해 두개골의 크기를 재어 통계를 내는 작업을 앞다투어 하
고 있었다. 양어머니는 나 같은 황인종이 자신의 집에 기거하는 것을

참지 못했으나 그렇다고 내쫓지도 못했다. 그녀는 마약 중독으로 결혼 때 가져온 지참금을 다 잡아먹고 헬무트의 재산에 의지하고 있었다. 그녀가 나를 내쫓지 못한 다른 이유가 있었다면 아마도 내가 그녀의 일상이었기 때문인지도 모르겠다. 극도의 우울증과 히스테리에 시달리던 그녀는 익숙한 환경이 바뀌는 것에 엄청난 공포를 느꼈다. 차라리 내 방으로 들어가 가구를 부수거나 옷을 찢거나 책을 집어던지고 사는 게 그녀에게는 더 나은 일이었는지 모른다. 그녀의 푸른 눈은 빛을 잃어갔고, 시선은 언제나 안개가 드리워진 듯 흐릿했다. 헬무트는 양어머니를 돌보는 사람이 아니었다. 그에게 아내는 집에 있는 가구보다 못한 존재였다. 두 사람의 사이가 왜 그렇게 멀어지게 되었는지 나는 알 수 없었다. 그렇다고 헬무트나 양어머니에게 물어볼 수도 없었다. 어쩌면 마틴만이 그 이유를 알고 있을지 모르겠으나 나는 그에게도 묻지 않았다. 이 집은 나의 집이 아니란 것을 처음 이곳에 왔을 때부터 알았기에, 더군다나 양부모의 결혼 생활은 친자식도 아닌 내가 끼어들어 참견할 만한 문제가 못 된다는 것을 아주 잘 알고 있었기에.

나는 단 한 번도 내 진짜 어머니의 눈빛을 보지 못했다. 눈빛은커녕 그녀의 냄새조차 기억하지 못했다. 어머니는 누구였을까. 독일 제국에서 자라면서 지금까지 친어머니에 대한 생각을 되도록 하지 않으려 애쓰며 살아왔다. 다만 몇 번 꿈을 꾸었을 뿐이었다. 그러나 꿈에서 깨어나면 그 모습은 바로 기억에서 지워져버렸다. 어쩌면 어머니의 부재가 나를 이렇게 무기력한 사람으로 만들었을지도 모르겠다. 도대체 내가 태어난 곳은 어디이며 어떤 풍경을 가진 곳일까. 산이었을까, 바닷가 마을이었을까, 평야가 있는 곳일까. 단 한 번도 본적 없는 고향. 요람의 시간을 기억할 수 없는 인간의 영혼은 이렇게 불편하다. 다시 태어난다면 태어난 그곳에서 살고 늙고 죽겠다는 결심을 하기도 했다. 그곳이 어디든 말이다. 그러고 보니 어느 순간 나에게 고향이 가장 이국적인 곳으로 남게 되었다.

5월 중순이라고는 하나 아직 에스키셰히르의 밤은 쌀쌀했다. 오스만 제국의 모든 마을에는 나그네를 재워주는 집이 한 곳쯤은 있었다. 그 지역에서 명망이 높거나 세력 있는 사람들이 자신의 집을 나그네들에게 내어주곤 했던 것이다. 모스크를 지나 골목으로 들어가면 그런 집들이 있었다. 칠흑 같은 밤이었다. 어디에도 불이 켜져 있지 않았다. 유럽의 도시들이 거리에 가스등을 켜두는 것과는 사뭇 달랐다. 마치 유령 도시를 걷고 있는 것 같았다. 갑자기 거리 모퉁이에서 오스만 제국의 토종개인 커다란 캉갈들이 나타나 서넛씩 무리를 지은 채 낯선 이들을 향해 맹렬히 짖어대기 시작했다. 그놈들은 거의 송아지만큼이나 크고 사나워서 그 기세라면 금방이라도 달려들어 목덜미를 물어뜯을 것 같았다. 다니엘이 황급히 허리에 차고 있던 권총을 꺼내들었다. 캉갈 무리의 대장쯤으로 보이는 놈이 한 발짝 앞으로 나왔다. 어둠 속에서 놈의 눈이 번쩍거렸다. 앞다리를 드는가 싶더니 단숨에 우리를 향해 뛰어들었다. 다니엘은 총을 겨눈 채 캉갈이 가까이 다가올 때까지 기다렸다. 그때였다. 하남이 다니엘을 제치고 캉갈을 향해 걸어가는 것이었다.

"하남 돌아와!"

테레지아가 하남을 만류했다. 하남은 아랑곳하지 않고 계속 걸어갔다. 캉갈이 몇 미터 앞으로 다가오자 하남은 바닥에 앉아 휘파람을 불기 시작했다. 높고 날카로운 휘파람 소리가 칼처럼 바람을 갈랐다. 하남을 향해 컹컹 짖어대며 맹렬히 뛰어들던 개가 점점 날카로워져가는 휘파람 소리에 제 속도를 줄여나갔다. 짖어대는 소리도 점점 잦아들었다. 하남은 휘파람을 계속 불며 뚫어져라 개를 쳐다보았다. 어느새 하남의 품 안에 든 개는 머리와 꼬리를 숙이더니 숨죽인 목청으로 끙끙거렸다. 다른 놈들도 마찬가지였다. 하남은 머리를 숙인 개를 쓰다듬으며 쉬잇, 손가락을 입으로 가져갔다. 다른 놈들도 마찬가지였다. 개들이 하남의 주위로 모여들어 저마다 머리를 들이대며 쓰다듬어달라는 듯 곁을 떠나지 않았다.

하남은 차례차례 개들을 쓰다듬어주었다. 어둠 속에서 저렇게 사나운 개들을 진정시켜 쓰다듬는 여자가 있다니, 보는 것만으로도 참 경이로웠다. 하남이 천천히 일어나 우리에게 돌아왔다.

"캉갈은 양치기 개인데 노마드 여성이라 그런가, 다루는 솜씨가 예사롭지 않구먼."

프롬 교수가 감탄하듯 말했다. 다니엘은 아직도 손에 권총을 든 채 멍한 얼굴이었고 아이한은 두 손을 하늘로 번쩍 들어올렸다. 돌아온 하남의 머리칼을 쓰다듬으며 테레지아가 안도의 한숨을 쉬었다. 나 역시 감탄하지 않을 수 없었다. 하남이 우리를 향해 말했다.

"가요. 이 밤이 다 가기 전에 잠시나마 눈이라도 좀 부쳐야 해요."

그녀의 독일어는 유창하면서도 어딘지 알 수 없는 먼 나라의 억양이 섞여 있는 뉘앙스였다.

오래 걷지 않아 커다란 나무 문 앞에 도착했다. 우리가 오늘 잘 곳이었다. 테레지아가 미리 수소문을 하여 마련한 집이었다. 문을 두드리자 램프를 든 노인이 잠에서 덜 깬 듯 부스스한 얼굴을 내밀었다.

"에펜딤(네, efendim)?"

"이스탄불에서 왔소."

아이한이 나서서 노인에게 말했다. 도시풍 옷차림의 아이한과 여자 둘 남자 셋으로 이루어진 일행을 이리저리 살피던 노인이 하남을 오래 뚫어지게 쳐다봤다. 그녀가 아무리 노마드의 옷을 벗고 테레지아의 옷을 입었다고 해도 감출 수 없는 뭔가가 느껴지는 모양이었다. 이곳에서는 노마드를 집에 들여놓지 않으려 한다는 것쯤은 다 아는 사실이어서 우리는 긴장했다. 다행히 노인은 아무 말도 묻지 않은 채 우리를 방으로 안내했다. 그가 등불을 들고 정원을 지나 방으로 향했다. 사과나무와 배나무가 몇 그루 서 있는 정원이었고 꽃 냄새가 어둠 속에서도 선명하게 코끝을 스치고 지나갔다. 손님들이 잘 곳은 별채로 마련되어 있었다. 노인이 잠자리까지 봐주지는 않았지만 방 안에 담요와 베개가 있었고, 주인은 멀리 출타중이라 인사를 드릴 수 없어 미안하다고도 말했으며, 늦었지만 출출하다면 빵과 올리브와 양젖 치즈와 요구르트를 금방 준비해주겠다고 했다. 우리는 사양했다. 하루 종일 기차를 타고 온지라 이미 지칠 대로 지친 까닭이었다. 아이한만이 예외였다. 그는 노인을 따라 식당이 있는 본채로 갔다. 별채에는 생각보다 방이 많아서 저마다 독방을 차지할 수 있었다.

방에는 빈대가 들끓었다. 나는 잠을 이루지 못했다. 빈대보다 더 지독하게 나의 피부를 갉아댄 건 하남이 내게 인사를 한 바로 그 순간의 기억이었다. 짧은 목례에 지나지 않았으나 그녀가 고개를 든 채 아주 짧게 나를 바라보았을 때 나는 그만 전율을 느꼈다. 그 눈빛 속에는 무엇에도 침범당하지 않을 것 같은 고요가 흐르고 있었고 간절한 소망 같은 것이 담겨 있기도 했다. 그 눈빛 속에 점령당하는 제국처럼 나의 신경은 일제히 백기를 들었다. 지금껏 단 한 번도 사랑을 경험하지 못했다고 믿어왔다. 사랑 앞에서 언제나 나는 비겁자였다. 출신, 외모…… 아무리 마음에 드는 상대가 있을지라도 그들 앞에서 언제나 도망가기 일쑤였다. 고백 앞에서 늘 두려움에 떨 수밖에 없었다. 나의 외적 콤플렉스는 늘 사람들에게 호기심의 대상일 뿐이었으니까.

그녀의 눈동자는 내게 무엇을 말하고 있던 걸까. 나는 고개를 흔들었다. 사실 무엇이 있었겠는가, 처음 만나는 사람 사이에. 나는 줄곧 그녀의 큰 눈동자를 떠올렸다. 그럴 때마다 설렜다. 캉갈의 무리 앞에서 휘파람을 불던 그녀의 모습이 경이로움으로 다가왔다. 칠흑 같은 어둠 속에서도 또렷해 보이던 그녀의 실루엣이 짙으면서도 한없이 부드러웠다. 오래 기억 속에 담아두고자 눈을 감았다.

새벽이 되자 눈이 떠졌다. 산책이라도 다녀올 요량으로 문을 여는데 앞에 누군가 서 있었다. 아직 해가 뜨지 않은 어둑어둑함 속에서 나는 그가 누구인지 바로 알아보지 못했다.

하남이었다. 그녀가 황급히 다가왔다. 나는 그런 하남을 유령인 양 바라보았다. 하남이 내 손을 잡았다.

"절 돌아가게 해주세요. 하남으로 가시면 절 꼭 보호해주세요. 제가 그곳으로 돌아가게 해주세요."

나는 깜짝 놀라 숨이 막힐 지경이었다. 하남을 방 안으로 급히 끌어들였다. 내 손을 움켜쥐는 그녀의 손이 불같이 뜨거웠다.

"칸, 절 도와주세요. 저는 꼭 그곳으로 가야 해요. 하남으로 가면 제가 그곳으로 들어갈 수 있게 도와줘야 해요."

"그곳이라니요."

"바위요, 바위 속이요."

"바위요?"

나도 모르게 하남의 손을 놓았다. 하남이 뒤로 한 걸음 물러났다. 그녀의 얼굴이 램프 불빛에 희미하게 비쳐 보였다. 마치 다른 세계에서 온 환영 같았다. 이것은 꿈일 거야. 분명 꿈일 거라고 나는 몇 번이고 읊조리고 있었다.

"저는 바위에 새겨진 조각이었어요. 거기서 나온 지 3천 년이 지났어요. 하남이 멸망할 때 그 조각 안에서 나왔어요. 만약 그러지 않았다면 제 도시는 영원히 잊힐 거였거든요. 저를 바위에 새긴 사람은 제 남편이었어요. 그는 궁정의 모든 조각과 벽화를 담당하는 석공이었지요. 그가 죽어가는 나를 바위에 새겼어요. 전염병이 돌았거든요. 성 안에 살던 많은 사람들이 무더기로 죽었어요. 요즘 사람들이 말하는 콜레라…… 저도 피해 갈 수 없었지요. 하지만 남편은 살아남았어요. 그리고 하남이 적의 침입에 무너지던 날, 그도 성벽에서 떨어져 죽었지요. 이제 돌아가야 해요. 아니, 돌아가고 싶어. 제가 돌아가야 하남도 영원한 휴식에 들어갈 수 있어요."

하남의 목소리는 떨렸고, 그녀의 어깨는 가냘프게 흔들렸다. 나는 지금 하남에게서 들은 말이 혹 환청은 아닌가 싶어 머리를 거세게 휘저어보았다.

"그런데 왜 제게 그런 말씀을 하시는 건가요?"

"칸은 하남을 찾는 사람들 가운데 유일하게 아무런 욕심이 없어요. 그저 하남만 찾고 싶은 거죠. 다른 사람은 몰라도 나는 알아요. 아마 당신 자신도 잘 모를걸요. 당신이 하남을 찾는 이유는 하나죠. 그건 당신이 가진 모든 것을 다 버리기 위해서예요. 버리려고 찾는 사람은 욕심에 목숨을 걸지 않지요. 그래서 말씀을 드리는 거예요, 저를 도와주십사 하고요."

나는 다시금 뒤로 물러섰다.

"아니요. 버리려고 온 게 아니에요. 나는 하남을 찾으려고 왔어요."

"아니에요. 잘 생각해보세요. 당신은 버리려고, 모든 걸 버리려고 여기까지 왔다니까요. 역시 당신도 당신 마음을 잘 모르는군요. 어딘가에 돌아갈 곳이 있나요?"

그 순간 철렁, 가슴이 내려앉았다. 나는 진짜 어디에도 갈 곳이 없었다. 독일 제국으로 돌아가 다시금 논문을 쓰기 위해 이곳을 찾은 것은 아니지 않은가. 불현듯 그런 생각이 들었다. 지금껏 그곳에서 살 이유가 없었구나, 이 세계 어느 곳도 내가 살아야 할 이유를 가진 곳은 없구나.

"당신을 처음 보았을 때 난 이미 알아버렸어요. 당신이 나를 그곳으로 데려가줄 유일한 사람이라는 걸요."

그때 나는 그녀가 무슨 말을 하는 건지 알아듣지 못했다. 이 기록을 남기고 있는 지금, 모든 일이 다 끝난 지금에서야 그 부탁이 어떤 의미였는지 어렴풋이나마 알 것 같았다. 그녀가 내게 부탁한 건 영원한 죽음이었다. 영원한 죽음을 맞아야만 다시 부활할 수 있음을 그녀는 이야기하고 있었던 것이다.

그때 나는 하남에게 약속했다. 무슨 일이 있더라도 지켜주겠노라고. 그녀의 간절한 소망을 이뤄주겠노라고. 그녀의 말 그대로를 믿기로 했던 것이다. 돌에 새겨진 조각에서 나온 여자라는 그녀의 말을. 20세기가 아무리 기술의 진보와 이성의 정의로움, 빛의 세계를 지향한다고 해도 내게는 아직 신화를 따르는 마음이 한구석에 남아 있었던 모양이다. 인간과 신들이 직접 대화를 하던 시절, 조각에 새겨진 여인이 조각 바깥으로 나오는 세계. 나처럼 부모 없이 상하이에 버려졌던 인간이 유럽에서 자라 다시 터키로, 하남이라는 잊혀진 옛 도시를 찾아가는 게 일종의 신화가 아니라면 뭣이겠는가. 따지고 보면 사람들은 모두 자신만의 신화적인 이야기를 가지지 않는가. 그녀를 바라보고 있자니 밀려오는 슬픔은 어쩔 수가 없었다. 첫눈 같은 설렘이 있었는데 여자가 돌이라니, 돌에 새겨진 조각이라니…… 물론 여자의 말을 그대로 믿는다면 말이다.

나는 이무의 기록을 내려놓고 잠을 청했다. 나에게 아직 신화의 세계를 들여다볼 가슴이 남아 있는가. 눈앞으로 아내의 얼굴이 지나갔다. 아내의 볼에는 작은 흉터가 있었다. 웃으면 보조개가 파이는 곳에 자리한 흉터는 그녀가 웃을 때마다 사라지고는 했다. 여섯 살 때 이웃집 사내아이가 쇠꼬챙이로 찌른 거라고 했다.

"왜?"

"내가 안 놀아준다고. 그 애는 나만 졸졸 따라다녔거든. 그런데 어느 날 내가 집에 가! 하고 목소리를 높였더니……"

"당신이 목소리도 높일 줄 알아?"

"그럼! 아무튼 그랬더니 나중에 와서 내 얼굴을 쇠꼬챙이로 찌르더라고. 피가 많이 나지는 않았는데 너무 놀라 그만 두 손으로 얼굴을 감싼 채 주저앉았어. 그리고 집에 갔지. 엄마가 말린 고추를 자르다가 놀라서 뛰어나왔어. 나중에 그 애가 말하기를 내 얼굴에서 그 자리가 제일 예뻤대. 그래서 얄미워서 그랬다나. 지금 그 애는 고향 재래시장에서 큰 과일 가게를 해. 가끔 고향엘 가면 사과나 배를 막 공짜로 주고는 해. 지금도 미안한 게 남았나봐. 애가 셋이나 되고 부인도 후덕한 사람이더라."

"그때는 아팠겠지만 지금 그 흉터…… 괜찮아, 예뻐."

보조개가 들어간 그 자리는 작고 오목했다. 햇살 좋은 날에 그 보조개를 보고 있노라면 나도 은근슬쩍 손가락으로 그 자리를 찌르고도 싶었다. 어쩌면 그런 소소한 장면이 내게는 작은 신화였는지 모른다. 세월이 더 흐른 뒤에 아내는 내 굳은 기억 속에 부조처럼 남을지도. 아직은 이토록 생생한 기억인데, 이토록 사무치는 기억인데…… 갑자기 온몸에 소름이 돋았다. 생각나는 어떤 장면이 있었기 때문이었다.

취직을 못해 빌빌거리던 나를 화개 십리 벚꽃길로 데려간 것은 당시 여자친구였던 아내였다. 이연씨, 벚꽃 보러 가자. 내가 자취방에서 하루 종일 책만 보고 있는 게 안쓰러웠던 모양이다. 그래 그러자, 무심코 대답은 했으나 내게는 돈이 없었다. 그녀는 내 자존심을 건드리지 않기 위해서 조심조심 차비를 내고 밥을 샀다. 나는 모른 척했다. 어쩔 수가 없었다. 그리고 우리가 장장 6킬로미터나 된다는 그 길에 들어섰을 때 벚꽃이 얼마나 어지럽고 아찔하게 피어 있던지, 눈이라도 흠뻑 내린 듯 땅에 흥건히 떨어져내린 꽃잎은 밟기 미안할 지경이었다. 내가 잠시 그렇게 벚꽃에 빠져 나무 위로 시선을 두고 있는 사이, 그녀가 사라졌다. 나는 만개한 벚꽃 사이에서 사라진 그녀를 찾았다. 갑자기 부는 바람에 꽃잎이 우수수 떨어지기 시작했다. 겁이 났다. 이 여자가 나를 혼자 두고 꽃나무 속으로 들어가버린 건 아닌가 싶어서. 아주 잠시였지만 깊고도 무서운 불안이었다. 화개천을 내려다보고 있던 그녀를 가까스로 찾을 수 있었다. 그녀가 나를 향해 손을 흔드는데 아마도 그 순간이었을 것이다. 이 여자와 결혼을 해야지, 결심하게 된 건. 그때 아내가 내게로 와 말했다.

"무지 놀란 얼굴이네. 내가 꽃나무 안에라도 숨었을까봐 그래? 에이, 진짜 그럴 걸 그랬다. 그러면 매년 이연씨가 날 찾아 이곳으로 왔을 거 아니야."

그로부터 1년도 채 지나지 않아 취직이 되었고 세번째 월급을 받았을 때 나는 그녀를 통영으로 초대했다. 아내, 보고 싶다, 내 아내. 정말 다시 만날 수 없는 걸까. 오래 눈을 감고 그대로 있었다. 하남을 돌에 새긴 한 고대 남자의 아픔이 저릿하게 느껴졌다. 그도 아마 이렇게 아팠을 것이다. 그 사내의 아픔이 긴 세월을 두고 내게 전해진다는 것이 무척이나 경이로웠다.

다음날 마주니 형은 날 데리고 암스테르담으로 갔다. 고흐 박물관에 가기로 하고 나선 길이었다. 뮌스터에서 암스테르담은 차로 세 시간가량 떨어져 있었다. 이 나라에도 봄이 만개해서 꽃은 정신없이 피어 있었고 나무에는 초록물이 들어 쳐다보면 눈이 시릴 지경이었다. 마주니 형의 작은 검정색 폭스바겐은 엔진이 좋아서 씽씽 앞으로 나갔다. 나도 모처럼 기분이 나아졌다. 운전하는 형의 옆모습을 바라보니 아직도 이마가 부어 있었다. 하지만 모처럼의 나들이가 나쁘지는 않았는지 노래를 흥얼거리고 있었다.

"무슨 노래야?"

"독일 가수 노래. 로젠슈톨츠(Rosenstolz)라는 그룹. 남자 하나 여자 하나로 된 그룹이야."

"로젠, 뭐?"

"응. 로제는 장미라는 말. 슈톨츠는 자부심. 장미에 대한 자부심…… 무슨 뜻인지 나도 정확하게는 몰라."

"노래 가사 번역 좀 해봐, 형."

"그러니까, 이 세상의 모든 빛으로도 충분하지 않아, 오늘은 나만을 위해 비춰줘, 난 밖으로 나갈 거야, 뒤도 돌아보지 않고, 난 떠나야만 해, 해를 줘, 해를 줘……"

별거 없는 유행가라고 하지만 맞춤으로 입은 옷처럼 마음에 꼭 맞는 가사를 만날 때가 있다. 이 노래가 그랬다. 이 노래를 흥얼거리는 걸 보니 형도 칙칙한 기분에서 빠져나가고 싶은 것 같아 보였다. 암스테르담에 도착하니 정말 해가 눈부셨다. 해를 줘, 주문 같은 노래 가사가 빛을 이렇게 많이 준 듯해서 내 마음이 조금은 마음이 밝아졌다. 도시 곳곳을 잇는 운하도 햇빛으로 들끓고 있었다.

우리는 암스테르담에서 1박을 할 예정이었다. 호텔로 가서 체크인을 하고 트램을 이틀 동안 맘대로 탈 수 있는 티켓까지 끊고 보니 여기에 온 게 잘한 일 같았다. 그리고 그 순간 드라이브를 그렇게도 좋아하던 아이들이 떠올랐다. 아빠, 내일은 어디에 갈 거예요? 금요일 저녁이면 엎드려 텔레비전을 보다 불현듯 내게 묻던 아이들. 이번 토요일엔 아무 데도 안 가, 대답하면 아이들은 내 등에 올라타고 졸라대기 일쑤였다. 가자, 가자, 이번 토요일에도 어디 가자, 아빠. 그때마다 내가 어디? 하고 물으면 몰라요, 경치 좋고 맛있는 거 먹는 곳, 이라고 아이들은 답하곤 했다. 경치 좋은 곳을 구경하길 즐겨 하는 이의 마음은 언제나 쓸쓸하다고 한 누군가의 말이 생각나서, 아이들도 혹여 다 크고 난 뒤 그 쓸쓸한 마음을 가질까봐 이렇게 환기시키기도 했다. 이놈들아, 내일은 엄마 도와서 집 청소나 하자!

고흐의 그림 〈열다섯 송이 해바라기〉 앞에서 나는 멈춰 섰다. 고갱을 기다리며 고흐가 그렸다는 바로 그 그림이었다. 고흐는 동생에게 보내는 편지에다 꽃이 빨리 시들어서 매일 일출 무렵에 작업을 했다고 적은 적이 있었다. 그가 그린 해바라기 그림 몇 가운데 암스테르담에서 내가 본 것은 하필이면 시든 해바라기였다. 꽃병에서 시들어 거의 갈색에 가까워진 꽃을 바라보고 있으려니 커다란 해바라기 모양이었던 아이들의 유치원 이름표가 생각났다. 아이들은 이름표에다 직접 제 이름을 적었지. 삐뚤삐뚤한 글씨로 쓰인 그 이름 석 자. 나는 아이들이 그 이름을 달고 오래오래 행복하게 살아줬으면 했다. 그러나 지금 동사무소에 가서 서류를 떼어보면 아이들의 이름 옆에는 망(亡)이라고 적혀 있겠지. 시든 열다섯 송이 해바라기가 놓여 있는 꽃병 속에 든 물 빛깔은 어떨까. 지금 내 눈처럼 흐릿하고 미지근하지 않을까. 이 세계에 더이상 존재하지 않는, 나보다 어린 것들의 얼굴이 내 뒷덜미를 꽉 잡고 있었다.

내 어린 시절, 부모님은 백반집과 술집을 겸한 가게를 꾸리셨다. 어머니가 부엌에서 반찬이나 안주를 만들고 아버지는 어머니가 만든 밥과 반찬, 탕이나 안주를 들고 나르셨다. 늦은 밤 내가 잠자리에 눕고 난 뒤에도 부모님은 밤 장사로 바빴다. 나는 매일 밤 술에 취한 남자들의 목소리를 듣고 컸는데, 술집이 우리가 사는 집과 문 하나를 사이에 두고 붙어 있었기 때문이었다. 어느 날 잠결에 누군가가 구슬프게 우는 소리를 들었다. 아침에 아버지가 말씀하셨다. 마흔 중반쯤 되어 보이는 남자가 소주를 마시고 또 마셔대기에 술친구 삼아 테이블에 앉았더니 아홉 살 된 아들이 물에 빠져 죽었다고, 우는 것 말고는 할 수 있는 일이 없다고, 먼저 죽은 자식의 목소리는 저승길까지 쫓아온다고…… 아버지는 날 보고 그러셨다. 이연이, 이놈의 자식, 넌 잘해야 한다, 너보다 내가 먼저 갈 것이니. 아침부터 별소릴 다 한다면서 어머니는 눈을 흘기셨다. 다 알아서 우리보다 뒤에 올 텐데 왜 그래요. 다행히도 부모님은 나보다 먼저 이 세상 문을 넘어가셨다. 가난하나 인자한 분들. 지나가는 고양이나 강아지도 붙잡아 밥을 먹이던 분들. 이무의 기록을 읽다보니 부모가 누군지도 모르고 자란 그에 비해 내가 얼마나 행운아로 살았는지 실감이 되었다. 어머니가 이무를 알았다면 갓김치와 자반고등어, 그리고 말간 미역국을 차려주었을 것이다. 내가 가장 좋아하는 세 가지 음식, 뚱하게 부어 있는 날이면 어김

없이 밥상에 올라오곤 하던, 이 지상의 가장 따뜻한 기억, 그 풍경을 이무에게 나눠주고 싶었다.

마주니 형이 나에게 괜찮은지 물었다. 나는 눈가를 훔치며 살짝 웃어 보였다.

그는 나가자고 했다. 아무것도 묻지 않는 그가 고마웠다.

우리는 중국인 거리에 있는 식당에서 밥을 먹고 나와 운하가 바라보이는 작은 맥줏집에 앉아 있었다. 이런 아름다운 도시에서 맥주를 마시며 조가비 같은 배들이 운하 변에 매달려 있는 것을 보는 일은 나쁘지 않았다. 마주니 형이 이렇게 얘기를 시작하지만 않았다면 말이다.

"처음에는 학비를 벌려고 고스트 라이터를 시작했어. 석사 논문 마치고 박사 과정에 들어가면서 장학금을 받긴 했는데 그것만으로는 부족했지. 처음에 한 광고 회사에서 아르바이트를 시작했어. 자료 찾아주고 카피나 떠주는 인턴이었는데 알고 보니 그 회사가 논문을 대행해주는 일도 겸하는 거야. 물론 불법이었지. 그러다 논문을 끝냈는데 고고학이라는 게 너도 알다시피 참 일자리 찾기 힘든 직종이잖아."

"그래서?"

"대학에서 자리를 잡으려면 교수가 되기까지 또 과정을 밟아야 하는 거잖아. 그럼 돈이 필요하고. 결국 고스트 라이터를 본격적으로 시작하게 되었지. 몇 년 하니까 괜찮았어. 돈도 꽤 벌고, 공부도 되고. 하다보니까 내 전공이 아닌데도 할 만한 깜냥이 생기더라. 박사 논문 대필은 한 사람이 아니라 여러 사람이 나눠서 해. 3년 전에 정치학 논문을 여럿이서 대필한 적 있거든. 그런데 그게 문제가 될 것 같아."

"왜?"

"너, 어제 뮌스터에서 본 정치가, 기억나?"

"마리타가 누군지 이야기해줬어. 투명한 정친가 뭔가. 그런데 그게 그 사람 논문이었어?"

"마리타 오빠가 내년에 주 정부 선거에 출마해. 그 정치가도. 그런데 어떻게 알았는지……"

"그 정치가 논문이 직접 쓴 게 아니고 대필한 거라는 걸?"

"그래서 우릴 협박하는 거야."

"나치를 도우라고? 아니면 진실을 밝히라고?"

"그게 말이다, 이 경우는 그 둘이 같은 행위라는 게 문제야."

나는 맥주잔을 탁, 내려놓았다. 사나운 얼굴로 형을 바라보자니 진짜 미칠 것 같았다.

"미치겠네. 혁명 어쩌고 하던 사람 아니었어, 형? 그 시절은 그러니까 바람처럼 날아갔구나."

"그래. 인간에게는 미칠 권리도 있으니까. 혁명 어쩌고 하던 사람들, 나이 들기 시작하면 더 무섭다. 미칠 권리를 잘 이용하는 사람이 되는 거, 시간문제야."

"남 이야기 해, 형?"

"아니. 내 이야기라는 거 알아."

마주니 형은 손을 이마께로 가져가더니 머리칼을 가지런히 넘기며 말했다.

"일이 이 지경까지 온 거, 마리타는 아직 몰라. 미안하다, 이연아. 다 잃고 여기까지 온 네게 이 무슨 꼴이람……"

나는 아무런 말도 할 수 없었다. 형이 지금껏 내게 아무런 위로의 말도 할 수 없었던 까닭을 알 것만 같았다. 어마어마하게 큰 사태 앞에서 사람들은 오히려 말을 잃게 된다는 걸.

　호텔 방에서 나는 다시 이무의 노트를 집어들었다. 형이 잡은 암스테르담의 호텔 방은 작지만 아늑했다. 길거리에서 가끔 차가 지나가는 소리가 들리는 것 말고는 조용했다. 이 호텔 맞은편에 오래된 식물들과 동물들의 표본을 전시하는 곳이 있었다. 전시실 말고도 공룡 모형이 서 있는 정원도 있었다. 공룡은 키가 커서 담 위로 머리가 쑥 나와 있었다. 나는 일어나 창문 쪽으로 갔다. 밤에 보니 조명을 받은 공룡의 머리가 내가 있는 호텔 쪽을 향하고 있었다. 뜨악한 공룡의 표정을 보니 다시 마주니 형 생각이 났다. 형의 뒤를 쫓아다니는 괴물이 여기까지 온 것 같았다. 나는 얼른 커튼을 닫고 다시 노트 속으로 돌아갔다.

5
제국의 노을

기차가 에스키셰히르를 떠날 때 아이한과 나는 같은 칸에 앉아 있었다. 증기기관차가 길게 소리를 지르며 역에서 멀어질 때 나는 차창으로 몸을 내밀어 뿜어져나오는 증기를 한없이 바라보았다. 가슴이 뛰었다. 모든 미지의 기차들은 가슴을 뛰게 한다. 이 기차를 타고 도착하게 될 곳은 아무도 모르는 고대 도시. 인간의 기억 속에서 무참하게 지워진 도시. 그러니 나는 어떤 망각을 기억하기 위해 길을 떠나는 것이다.

아이한은 노마드 여자가 일행에 낀 것이 재미있는 모양이었다. 그는 노마드 여자를 처음 본다고 말했다. 좋은 집안 출신으로 이스탄불에서만 살았던 그에게 중앙 아나톨리아 지방의 노마드 여자는 마치 이물질처럼 느껴졌을 수도 있을 것이다. 그런데 소탈하게도 아이한은 내 귓속에다 대고 이렇게 말했다.

"언젠가 고야가 그린 그림, 〈알바 공작부인〉을 본 적이 있어요. 검은 드레스에 허리에다가는 붉은 띠를 두르고 머리에도 역시 검은 면사포를 쓰고 있는 그림. 저 여자 꼭 알바 공작부인 같아요. 알바 공작부인의 얼굴은 흰색인데 저 여자는 갈색인 것만 다르네요. 신비하네요, 저런 여자를 이 기차 안에서 본다는 것이."

예의 사람 좋은 웃음을 터뜨리며 아이한이 내 어깨를 툭 쳤다.

"매력적이라는 거지요. 저야 아내가 넷이나 있으니까 여자 복이 있는 셈인데 칸은 어떤가요? 결혼은 했나요?"

나는 고개를 가로저었다. 다시 아이한이 소리를 내어 웃었다.

"혹시 총각?"

"무슨 뜻인지."

"뜻은 무슨 뜻. 다 아시면서 새삼스럽게 뭘요. 저는 유럽에 있을 때 하고 싶은 건 다 해봤어요. 유럽인들은 이스탄불에 와서 성병을 얻어 간다 하지만…… 그쪽 여자들도 대단해요. 오스만 제국의 여자들에게는 이렇게 기차를 타는 게 허락되지 않아요. 다른 남자들하고 같이 한자리에 앉는 거, 풍습에 어긋나지요. 커튼을 쳐놓고 남자들이 볼 수 없는 칸에만 앉아야 한답니다. 하지만 테레지아는 이곳 여자가 아니니. 그리고 하남은…… 모르겠어요. 테레지아처럼 옷을 입으니 남유럽 여자처럼 보이기도 하고, 아니면 타타르 여자나 몽골 여자처럼 보이기도 해요. 기이해요. 저렇게 둘이 나란히 앉아 있는 것요."

술탄은 여성들에게 눈을 제외하고 온몸을 덮는 부르카를 입도록 강요했다. 그러니 테레지아가 남자와 같은 기차 칸에 탈 수 있었던 것은 그녀가 유럽 여성이라서 그렇다 하더라도, 하남과 같은 노마드 여자가 기차에 탈 수 있는 것은 기적에 가까운 일이었다.

하남은 참 이상했다. 유럽인들에겐 그들 나라 사람처럼 보였고, 오스만 제국인이 보면 타타르 여자에 가까웠고, 내가 보기에는…… 몽골 여자 같았다. 나는 몽골 여자를 본 적이 있었다. 그녀는 헬무트의 친구였던 어떤 상인의 집에서 아이 돌보는 일을 하고 있었다. 헬무트가 나를 데리고 그 집에 갔을 때 나는 그 여자를 보자마자 소스라치게 놀랐다. 여자와 내가 비슷한 눈매를 하고 있었기 때문이었다. 그 여자 역시 소스라치게 놀랐으나 그녀는 감히 내게 말을 걸지 못했다. 나는 손님이었고 그녀는 그 집안에서 일하는 시종이었다. 여자는 곧 사라졌지만 그녀의 가냘픈 몸과 긴 머리칼, 그리고 나와 닮은 눈매는 아주 오래도록 잊히지 않았다. 나는 어머니의 눈매를 떠올릴 때면 그 여자를 생각하고는 했다.

잠시 후 아이한은 고개를 좌석에 기대고 졸았다. 기차는 규칙적인 소리를 내며 내륙으로, 내륙으로 진입해 들어갔다. 나는 새벽에 하남과 나눈 대화를 생각하고 있었다. 가슴이 부풀어올라 터질 것만 같았다. 그녀에게 응해준 그 약속이 마음을 짓누르고 있었다. 도대체 무슨 자신감으로 그런 약속을 해주었담. 해가 뜨기 전에 했던 약속은 해가 뜨자 물거품처럼 느껴졌다. 그녀의 말을 그대로 믿었던 것은 해가 뜨기 전의 일. 사물을 명명백백하게 드러내는 5월의 해는 심지어 그녀가 나를 찾았던 그 새벽까지 의심하게 만들었다. 내가 뭔가를 버리러 하남을 찾아간다고? 버리기 위해? 아무리 독일 제국에서 사는 일이 힘들어진다고 해도, 양아버지가 이 세상을 떠나고 난 뒤라고 해도 내가 그리 간단하게 모든 것을 생각할까. 하남이라는 말을 처음 들었을 때부터 떠올린 멜랑콜리. 멜랑콜리가 깊어지면 깊어질수록 삶으로부터 자신을 차단하게 된다는 말도 떠올랐다. 도무지, 이 엉뚱하게 시작된 감정은 무엇이란 말인가. 로버트 버턴은 『멜랑콜리의 해부학』이라는 책에서 이런 말을 적었다. "이 병, 뭐라고 할까. 내 여신인 멜랑콜리, 아니면 나의 나쁜 정신. 어쨌든 이 병은 적지 않은 역정을 일으키게 했다. 그래서 마치 전갈에 쏘인 자처럼 나는 이것에 대항해서 싸운다." 아니, 무엇에 대항해서 싸워야 하는가? 이 제국의 질서로부터 점점 멀어져가는 이 마음과? 제국의 질서에서 빠져나와 미지의 것과 불륜하려는 이 마음과?

하남은 고요히 하얀 천 위에 수를 놓고 있는 테레지아 옆에 앉아 있었다. 다니엘과 프롬 교수가 맞은편에 앉아 이야기를 나누다가 갑자기 언성이 높아지더니, 다니엘이 우리 자리로 왔다. 화가 잔뜩 났는지 시뻘건 얼굴로 그는 아이한을 깨웠다. 아이한이 기지개를 켜고 입가에 묻은 침을 닦으며 다니엘을 올려다보았다.

"저는 앙고라에 도착하면 다른 길을 가겠습니다. 하남을 찾는 길에 더는 동행하지 않겠다는 말씀이요. 이미 관청에 보고가 되어 있으니 일행에서 빠지는 것이 좀 이상하겠지만, 앙고라에서 바로 이스탄불로 돌아가면 되니 별 무리는 없겠지요?"

아이한은 다니엘의 갑작스러운 변심에 적잖이 당황하는 것 같았다. 그는 자리에서 일어나 다니엘에게 우선 앉으라고 말했다.

"무엇 때문에 그런 결정을 내리게 되었는지 그래도 설명을 좀 해주셔야할 것 같은데요."

"더이상 프롬 교수와 일을 할 수 없을 것 같습니다. 자꾸 절 장사꾼 취급하는데요, 물론 제가 장사꾼이기는 합니다만 하남을 찾는 일

만큼은 장삿속으로 시작한 게 아닙니다. 프롬 교수가 이런 식으로 트집을 잡는다면 저도 더는 참을 필요가 없다고 봅니다. 돌아가겠습니다. 이스탄불에 있는 시장만 들러도 돈이 될 물건은 얼마든지 구할 수 있는걸요."

다니엘이 총알처럼 빠르게 쏟아내는 말에 아이한은 당황한 듯했으나 곧 박장대소를 했다.

"프롬 교수와 계속 티격태격하시더니 여기까지 와서도 그러깁니까. 이럴 거면 출발하기 전에 이스탄불에 남으시지 그랬어요. 그러지 말고 마음 돌리시지요. 아이같이 왜들 이러십니까."

프롬 교수는 파이프 담배를 피우며 창밖을 내다보고 있었고, 테레지아도 수놓는 것을 멈추지 않았다. 마치 아무 일 없다는 듯 다니엘이 하는 말에는 전혀 귀를 기울이지 않는 눈치였다. 아이한이 다시 다니엘에게 말했다.

"저 역시도 애초부터 프롬 교수나 칸은 이해를 했고, 호기심에 길을 나선 테레지아 또한 그러려니 생각했지만, 당신은 조금 미심쩍었습니다. 왜 하남을 찾아나선 거지요? 말씀하신 것처럼 이스탄불에 남아 있었다면 장사로 돈을 벌 물건을 꽤나 건졌을 것 아닙니까?"

"이런! 아이한도 그런 식으로 말하깁니까? 장사꾼이라고 호기심도 순정도 없는 줄 아십니까?"

"없지요. 장사꾼들에게 그런 게 어디 있습니까? 정치가들보다 더 미친개처럼 구는 사람들이 장사꾼인데요. 이렇게 화를 내는 걸 보니 진짜 능구렁이 장사꾼은 아닌 모양입니다, 다니엘. 진짜 이익만을 추구하는 장사꾼은 너무도 느긋하지요. 얼굴이 두꺼워서 염치도 모르고, 원하는 걸 얻을 때까지 하염없이 기다릴 줄도 아는 것이 장사꾼이지요. 진짜 개들이지요. 알라여, 용서하소서, 개라는 말을 입에 담았군요."

아이한이 진담 반 농담 반으로 싱글거리는 웃음을 띤 채 말을 잇자 다니엘이 머쓱한 듯 말문을 닫았다. 아이한은 대화를 듣고만 있던 내게도 한마디했다.

"학자들도 마찬가지로 협잡꾼 노릇을 하지요. 장사꾼만 얍삽한 게 아니라는 겁니다. 제가 나서는 게 그렇지만…… 서쪽도 아니고 이렇게 내륙 깊이 학자들이 들어오는 걸 보면 아나톨리아 시장을 노리고 있는 유럽 제국들의 술수가 눈에 보인다, 그 얘깁니다. 아나톨리아 기차선도 그렇고 바그다드 선도 그렇고 다 제국이 쇠약한 틈을 타서 우리 영토를 노리고 하는 사업이라는 걸 누가 모르겠습니까?"

그의 얼굴에는 웃음이 돌고 있었으나 말에는 가시가 박혀 있었다. 그의 말이 옳은 것은 사실이었지만 나는 긍정도 부정도 하지 않은 채 창밖으로 눈을 돌렸다. 아이한은 옆에 있던 가방에서 종이 뭉치 같은 것을 끄집어냈다. 한 겹 두 겹 종이를 풀자 그 안에서 종이로 만든 상자 하나가 나왔다. 아이한은 상자를 열어 우리에게 내밀었다.

"바클라바예요. 오스만 제국이 만드는 과자 가운데 이것이 가장 좋은 거라고 합니다. 호두와 피스타치오를 속에 넣고 구운 과잔데 그 위에 설탕 시럽을 붓죠. 장미수를 넣으면 더 좋고요. 아주 단 과자입니다. 싸움을 하고 난 뒤엔 달콤한 걸 먹어야 마음이 풀리지요."

그는 우리가 바클라바를 하나씩 집어들자 일어서서 프롬 교수와 테레지아에게도 권했다. 하남은 창밖을 바라보고 있었다. 아이한이 그녀에게도 바클라바를 권하자 하남은 고개를 살래살래 저었다. 아이한이 다시 한번 권하자 하남은 마지못해 집어들었다. 차창으로 들어오는 빛에 그녀가 손가락에 낀 반지가 반짝거렸다. 아이한은 반지에서 반사되는 빛에 눈이 부신지 눈을 감은 채 바클라바 상자를 하남에게 내밀더니 우리 자리로 돌아오지 않고 프롬 교수 곁에 가서 앉았다. 다니엘을 위한 배려였다. 그 덕분에 나는 다니엘과 마주 보고 앉게 되었다. 다니엘은 여전히 불편한 표정으로 창밖을 향해 시선을 두고 있었다. 그런 그에게 무슨 말을 걸어야 할까 망설이던 나 역시도 곧 창밖만을 바라보았다.

아닌 게 아니라 프롬 교수는 다니엘을 떼어놓으려고 작정한 사람처럼 이것저것 시비를 걸어 그를 넘어뜨리기에 바빴다. 다니엘이 하남의 위치에 대해 어디선가 들었다며 얘기를 시작하자 즉시 그의 말을 막기도 했다. 아무런 신빙성 없이 여행자들의 사소한 기록에나 나오는 얘기로 일을 복잡하게 만들지 말아달라는 게 프롬 교수의 요지였다. 프롬 교수가 믿는 것은 단 하나였다. 독일 제국의 건축가인 노이만이 남긴 측량도. 그는 7년 전에 앙고라에서 약 2백 킬로미터쯤 떨어져 있는 작은 마을 근처의 폐허 도시를 방문하여 측량도를 남겼다. 프롬 교수가 어렵게 구해 직접 자신의 손으로 복사를 한 그 측량도를 나 역시도 본 적이 있었다. 폐허 도시에는 두 개의 하천이 있었고, 수많은 바위가 있었으며, 가장 높은 곳에 성문이, 그리고 가장 낮은 곳에는 큰 건물의 지반이 표면에 드러나 있었다. 노이만이 그린 지형도에는 그 폐허 도시의 이름이 적혀 있지 않았고, 다만 보아즈쾨이(Boğazköy)라는 마을 옆의 유적지라고만 적혀 있었으며, 물음표가 그 옆에 붙어 있었다. 프롬 교수는 그곳이 하남이라고 믿었다. 그곳으로 가야 한다고 말했다. 그가 왜 그런 확신을 가졌는지 잘 모르겠으나 나는 그의 말을 믿기로 했다. 물론 그의 확신에 대한 두려움이 아예 없던 것은 아니었다. 두 사람이 자주 언쟁을 벌이자 테레지아가 한마디했다.

"앙고라에서 그곳으로 간다면 말을 타고도 족히 닷새가 걸리는 길인데…… 다니엘, 쓸데없는 언쟁으로 일을 더 복잡하게 만들지 마. 그리고 프롬 교수님, 다니엘이 동행하는 게 싫으면 그렇다고 말씀을 하세요. 다니엘이 장사꾼이기는 하지만 막상 하남을 찾게 되면 여러모로 큰 도움이 될 거예요. 측량이나 도면 그리기, 그런 일들이 얼마나 많이 기다리고 있는데요. 다니엘은 건축 공부를 했거든요."

말을 끝내고 테레지아는 다시금 수놓기에 열중했다.

차창으로 지나가는 풍경은 점점 단조로워지고 있었다. 산과 평야가 교차하고 평야에서는 밀과 수박, 멜론과 양파가 자라고 있었다. 곧 밀 수확 철이 올 것이다. 오래 비가 내리지 않았는지 건조한 바람이 불어 웃자란 밀을 흔들리게 했다. 좀 이상한 것은 경작지의 대부분이 잡초로 무성할 뿐 밀을 빽빽하게 심어두지 않았다는 것이었다. 술탄이 곡식값을 맘대로 책정해서 농부들이 농사를 더이상 짓지 않는다는 소문이 사실인 모양이었다.

한 들판을 지나는데 어딘가를 향하는 노마드 행렬이 보였다. 십여 마리의 양과 짐을 실은 노새들을 앞세우고 삼십여 명의 노인과 남자와 여자와 아이 들로 이루어진 무리가 천천히 걷고 있었다. 그들이 입은 옷이 건조한 바람에 휘날렸다. 나는 하남의 가족들도 저런 모습일 거라 생각했다. 아니지, 돌 속에서 걸어나온 여자라는데 다른 가족들이 저렇게나 많을까. 테레지아는 그녀를 노마드라고 했는데……하남이 앉아 있는 쪽을 흘깃 바라다보았다. 그녀는 노마드 행렬을 향하여 손을 흔들고 있었다. 그녀는 나에게 한 말을 잊기로 작정이나 한 듯 눈길 한 번 주지 않았다. 나 역시 아무런 내색 없이 다만 그녀의 말을 곱씹었다. 어쩌면 이 풍경이 내 눈에 들어오는 것도 하남 때문인지 모른다. 하남을 알게 되면서 새롭게 보이기 시작한 많은 것이 있었다. 전에는 눈에 들어오지 않았던 것들이 새삼스럽게도 친밀하게 느껴졌고, 뒤따라 비릿한 슬픔이 머릿속을 지나가기도 했다. 노마드의 행렬 속에 짐을 실은 나귀나 어른의 뒤를 따라가는 아이들이나 그들이 입은 옷 등이 마음속으로 들어와 사무침으로 남았다. 불현듯 나도 노마드가 되어 하남과 함께 이 중앙 아나톨리아에서 아라비아 반도, 사하라까지 걷는다면 어떨까 싶은 생각이 들었다. 전 세계 어느 곳이든 내가 머물 자리가 없다면 평생 지구 위를 걷는 것이 마땅한 일일 것만 같았다.

앙고라에 도착해서 가장 먼저 해야 할 일은 말과 나귀를 구하는 것이었다. 그리고 짐꾼들과 요리사를 고용해야 했다. 우리 일행은 우선 울루스로 발길을 옮겼다. 그곳은 앙고라에서 가장 오래된 지역이었고 번화가로도 유명했다. 울루스에서 올라가면 옛 성터가 나오고 그바로 밑에 앙고라를 떠날 때까지 머물 숙소가 자리하고 있었다. 그곳도 역시 테레지아가 사람을 시켜 미리 마련해둔 곳이었다. 아이한과 프롬 교수와 나는 말과 나귀를 구하기 위해 시장으로 가고, 테레지아

는 다니엘을 데리고 고용원들을 구하기 위해 이곳에서 가장 세력이
센 파샤의 집으로 향했다.

　이 도시에서 말, 나귀 들은 도시 중심부에 위치한 시장 한복판, 그
것도 북이나 나팔 등을 파는 가게들이 쭉 늘어선 곳 앞에 서 있었다.
5월의 자지러지는 태양빛 아래에서 후줄근히 지친 짐승들이 지독한
냄새를 풍기며 끄덕끄덕 졸았다. 그러다 지나가는 행인이 우연히 북
에 부딪쳐 둥둥 북소리라도 낼라치면 녀석들은 귀를 부르르 떨며 눈
을 뜨곤 했다. 말값은 터무니없이 비쌌다. 말 여섯 마리에 나귀를 또
사기에는 우리들의 재정 상태가 좋지 않았다. 그래서 우리는 말 두
마리와 나귀 여섯 마리를 사기로 했다. 말을 고르는 일은 그리 어렵
지 않았다. 이곳에서 거래되는 말들은 거의가 아라비아 말의 잡종들
이었다. 몸집이 그리 크지 않고 머리가 작으며 이마가 훤칠하고 코가
큰 아라비아 순종을 나는 유럽에서도 꽤 보아왔다. 주인에 대한 충성
심과 인내력이 강하며 빠르기도 해서 경주용 말로 많이 선택되는 녀
석들을 유럽의 유력자들은 마차용 말로 사들이기도 했다. 시리아의
스텝에서 베두인들에게 직접 말을 구해 오는 부자들도 있었다.

　말을 두 마리 사고 난 뒤에는 나귀의 차례였다. 유럽에서 유행하는
기사 소설에 종종 등장하는 나귀들은 단순하고 우둔하지만 기억력만
은 뛰어난 짐승이었다. 하지만 우리에게 필요한 것은 그런 소설 속에
등장하는 나귀가 아니라 짐을 잘 지고 나르는 나귀, 그런 나귀였다.

　악기점 옆에 줄지어 서 있는 나귀 사이를 천천히 지나가다 귀까지
온통 검은 나귀 한 마리를 발견했다. 흰 배 부분만을 빼고는 검기가
흑단 같았다. 내가 해바라기 씨를 퉤 퉤 뱉어내며 나귀 근처를 어슬

렁대는 것을 물끄러미 쳐다보고 있던 한 사나이가 다가왔다. 왜, 그 나귀 사실 거요? 답을 하기도 전에 사내는 주머니에서 콩 한 줌을 집어 다짜고짜 내 손에 쥐여주었다. 여기 이 해바라기 씨하고 병아리콩 볶은 것 좀 드시오. 여기 명산이오. 그러더니 사내가 나귀의 입을 벌리며 말했다. 말보다야 느린 게 나귀 아니오. 허나 보통 독종이 아니오. 견디기로 하면 먹이하고 물을 먹지 않고 말보다 오래 견딘다니까. 이 이빨 좀 보시오. 나귀 목숨이 대략 한 40년인데 이걸로 봐서 열 살도 채 안 된 놈이라오. 한데 이놈 입 냄새 한번 거하네…… 사내는 나귀의 입으로부터 고개를 돌렸다. 사내의 몸에서 나는 냄새 역시 나귀의 입 냄새 못지않았다. 이 발굽 좀 보시오. 튼튼하기가 쇠 같소. 물 없는 곳을 걷기만 하면 발굽 사이가 썩을 일도 없을 게고……

나는 나귀의 색깔에 끌렸다. 색깔에 이끌려 나귀를 사려고 한다는 게 좀 멋쩍은 일 같기도 했다. 찬찬히 나귀를 살펴봤다. 나귀에 대해서는 정말 잘 몰랐으므로 눈동자가 고요하고 깊어 신뢰가 간다는 느낌이 들자 만사가 다 좋아 보였다. 잘생긴 놈은 아니었으나 끈질기게 생긴 것이 맘에 들었다.

"어디로 여행을 하시려나보오?"

키가 작고 어깨가 떡 벌어진 사내가 손으로 코를 횡 풀면서 물었다. 나는 고개를 끄덕였다. 그리고 놈의 귀와 눈에 붙은 날파리를 쫓아준 뒤 우선 물을 먹였다. 나귀의 이름을 유리라고 지었다. 유리가 물을 먹고 난 뒤 눈을 감는 시늉을 하자, 나는 놈이 행여 잠이라도 들까봐 등에 올라타고는 고삐를 조였다. 유리는 아무 기척도 없이 가만서 있다가 천천히 걸어가기 시작했다. 나는 고대 어느 왕국의 신화에 나오는 신 하나를 떠올렸다. 사막과 오아시스의 신으로 나귀와 비슷하게 생긴 동물의 머리에 인간의 몸통을 하고 있었다. 나는 나귀의 목덜미를 쓰다듬어주었다. 내가 가야 할 곳은 사막이 아니었다. 바위와 키 작은 가시나무가 무성한 산악 지역이었다. 나 자신을 보호해줄 무언가가 필요했다. 신의 거처는 인간의 공포가 아니겠어…… 나는 나귀의 등을 두들기며 혼잣말을 했다.

나귀 시장 근처의 악기점들이 끝나는 곳에 그릇점들이 있었고, 그 다음으로 주단을 파는 상점들이 나타났다. 그 끝에는 양념이나 말린 채소, 향료, 과일, 빵과 과자를 파는 가게가 나왔고 푸줏간도 보였다. 푸줏간들이 위치한 곳은 유난히 바닥이 질척거렸다. 웅덩이도 있어서 조심하지 않으면 발이 푹 다 젖어버릴 참이었다. 상인들은 큰 소리로 우리를 불렀다. 그도 모자라 아이들은 우리에게로 몰려들어 옷자락을 잡고 구걸을 했다. 서둘러 아이들을 떨쳐내고 계속 걸었다. 그러다 필요한 물건들이 눈에 띄면 그걸 사들였다. 텐트부터 시작해서 그릇과 침구도 사야 했다. 닷새 정도 걸린다고 했으나 말은 두 마리뿐이라 나귀의 속도로 가려면 시간이 훨씬 더 소요될 터였다.

시장에서 돌아와보니 숙소 앞에 세 명의 남자가 서 있었다. 그 가운데 키가 작고 근육질인데다 얼굴이 큼지막한 사십대 초반의 남자가 먼저 인사를 했다.

"무스타파라고 합니다. 요리사로 동행할 예정입니다."

나머지 두 남자들도 다가와서 인사를 했다. 둘은 짐꾼이었는데 이름이 각각 알리와 모하메드였다. 오스만 제국 사람들에게는 성이 없었다. 그들에겐 다만 이름이 있을 뿐이었다. 알리는 키가 크고 짙은 눈썹을 한 이십대 남자였고, 모하메드는 마르고 유난히 갈색이 도는 피부를 가진 타타르인으로 대략 마흔쯤 되어 보였다.

다니엘과 테레지아가 숙소의 응접실에 앉아 커피를 마시고 있었다. 그들은 파샤와의 만남이 성공적이었다는 것을 알려주었다. 파샤는 우리가 거쳐나갈 길에 문제가 있으면 즉각 해결할 수 있도록 마을의 유력자들에게 연락을 하고, 경호원도 몇 명 주겠다는 약속을 했다. 하지만 파샤의 약속을 아주 쉽게 받아낸 것은 아니었다. 아이한이 자리를 비운 사이 테레지아가 불편한 듯 프롬 교수에게 말했다.

"아이한에게는 절대 비밀이에요. 그가 만일 이 사실을 알게 되면…… 파샤는 원하는 게 있어요. 우리가 그곳에서 뭔가를 찾아내면 게서 자신의 몫을 달라는 거지요."

프롬 교수가 의자에 털썩 앉으며 책망하듯 테레지아에게 말했다.

"언제나 그런 비밀 거래를 해서 오리엔트에서 살아남았던 겁니까?"

"네, 교수님…… 그럼요, 오리엔트에서는 늘 그렇지요. 잘 아시면서…… 어쨌든 교수님만은 결백하다는 말씀, 제발 안 하셨으면 하는데요."

"테레지아, 그게 아닙니다. 여기 오스만 제국에는 법이 있습니다. 유물을 어떻게 나누는지에 대한 법 말입니다. 발굴자의 나라와 오스만 제국 간의 협정도 있고요. 우리가 유물을 빼돌려 파샤에서 건네는 걸 아이한이 알기라도 하면…… 당장 제국의 관청으로 연락을 해야 할 텐데…… 그리고 저는 그런 거, 미안합니다, 못 합니다, 한 번도 해본 적 없어요."

"그러셨겠지요."

테레지아의 얼굴에 싸늘한 웃음이 지나갔다. 다니엘이 뭐라고 참견하려는 것을 테레지아가 손으로 막았다. 다니엘은 일어서서 쌩하니 나가버렸다. 나는 조마조마했다. 다니엘과 삐걱거리는 것도 불편한데 이번에는 테레지아라니. 하지만 파샤와의 거래는 내게도 좀 충격적인 일이긴 했다. 어디서 들은 적은 있었으나 직접 경험하니 또 달랐다. 테레지아는 목에 걸린 금목걸이를 만지작거렸다.

"테레지아, 당신이 믿지 않아도 하는 수 없지만 사실이 그래요. 나는 학문을 하는 학자이지 비밀 거래를 하는 사람은 아니니······"

"교수님을 도와주던 사람들이 교수님만 모르게 했을 거예요. 교수님은 바깥에서 무슨 일이 일어나도 텐트 안에서 연구만 하잖아요. 현장에서 무슨 뒷거래가 이루어졌는지 어떻게 아시겠어요? 뒷거래뿐인가요? 발굴되자마자 일꾼들 손에 빼돌려지는 물건들이 얼마나 많은데······ 그리고 발굴장을 습격하는 도둑 떼들은 어떻고요. 금목걸이라도 발견하면 그길로 제 주머니 안에 집어넣는 현지 일꾼들은 또 어떻고요. 밤이면 발굴지로 몰래 들어와 도굴하는 자들, 발굴이 없는 시기를 이용해서 도굴하는 사람들은 언급할 필요가 없겠죠. 저는 교수님 모르게 거래를 하고 싶지 않아서 말하는 것뿐이에요."

프롬 교수가 벌떡 일어났다.

"당신이 나에게 이 말을 해주는 이유는 날 공범자로 만들고 싶어서가 아닙니까. 아무리 그 길에 이방에서 온 여행자를 노리는 도둑들이 많고 이런저런 정치적인 문제로 엇갈린 집단들이 많아 무슨 일을 당할지 모른다 해도 파샤의 도움을 받지 않는 편이 낫겠습니다. 그나저나 테레지아, 당신은 왜 이 여행에 동행한 겁니까? 진짜 이유가 뭡니까? 당신이 언제나 말하는 호기심 말고 진심 말이오."

"호기심은 저의 영원한 동기예요. 그냥 아주 오래된 것들이 많고 사막이 있는 오리엔트가 좋아요. 그 안에 스미어 있는 적막함, 그리고 닫힌 기억의 문들이 좋아요. 다행히도 부잣집 딸로 태어나서 말을 타는 것을 배웠고 이렇게 오랫동안 오리엔트를 떠돌아다녀도 뭐라 하는 사람이 있는 것도 아니니. 시리아의 사막에서, 밤에 텐트 바깥에 앉아 커피를 마셔본 적이 있나요, 교수님은? 그곳에서 커피를 마셔보면 유럽에 돌아가기가 싫어져요."

"……"

"돌아가도 꼭 남의 땅에 있는 것 같아요. 그리고 이곳이…… 내 약혼자가 죽은 곳이기도 하고요."

프롬 교수는 테레지아의 눈이 흐려지는 것을 보았다. 그는 슬며시 다른 곳으로 시선을 돌리다가 아이한이 들어오는 것을 보고 하려던 말을 멈추었다.

프롬 교수와 저녁 무렵, 앙고라의 무너진 성터로 올라갔다. 프롬 교수의 제안이었는데 아마도 우리 둘이서만 나눌 이야기가 있는 모양이었다. 성은 이 도시에서 가장 높은 곳에 자리하고 있어서 도시가 한눈에 들어왔다. 5월인데도 석탄을 때는지 회색 연기가 납작 엎드린 집들을 뿌옇게 흐리고 있었다. 성벽은 거의 다 허물어져 있었고, 사이사이 긴 털을 가진 앙고라 고양이들이 지나다녔으며, 새로 지어진 엉성한 집들이 무너진 성벽의 돌로 기반을 삼고 있었다. 길가에는 거지들이 삼삼오오 떼를 지어 다니다가 우리를 보고 와락 달려와서 동냥을 했다. 거지들을 물리치고 겨우 걸어갔다. 제국에서는 어디를 가든 거지들이 많다고 했는데 과연 그랬다.

"심상치가 않아. 아마도 오스만 제국의 끝이 다가오고 있는 건지도 몰라. 이게 몰락의 그림이야, 칸. 이렇게 많은 거지들 좀 봐. 그토록 개혁을 많이 했는데도 가난 구제는 안 되는 모양이야. 안 되겠지, 제국의 상태가 이미 바닥인데…… 그나저나 칸, 이 일을 어쩔까? 테레지아가 파샤랑 비밀 거래를 한 거 말일세."

"우리는 그런 어마어마한 유물을 발견하지 못할 테니 상관하지 마세요. 하남을 찾고 그곳에 대한 기록만 정확하게 알면 되는걸요. 그리고 아이한도 있고……"

"칸, 아이한이 알면 무슨 일이 일어날지 아무도 몰라. 여기 파샤는 이스탄불과는 아주 사이가 나쁜 사람이야. 그리고 유럽인들이라면 질색을 하는데……"

"여기 파샤를 잘 아십니까?"

"만나본 사람은 아니고, 이야기로만. 사나운 사람이라고 악명이 높더군."

잠시 걱정스러운 표정을 하더니 프롬 교수가 말을 이었다.

"아무래도 아이한에게 이 얘기를 털어놓는 게 좋을 것 같아. 만일 우리가 하남을 확인하고 그곳에서 무언가 발견하게 되면…… 아이한이 미리 알고 있는 게 좋을 거야. 그래야 나중에 탈이 나도 변명거리라도 생기지."

"아이한이 테레지아와 다니엘을 쫓아내면 어쩌려고요?"

"글쎄, 그런 일이 생길 수도 있겠지. 그래도 그 말을 아이한테게 하는 게 옳다는 판단이 드네."

프롬 교수는 나에게 단단히 주의를 주었다. 파샤와의 거래 말고도 다니엘이 자꾸 마음에 걸리는 모양이었다.

"다니엘만 해도 그래. 내가 그를 장사꾼이라고 싫어한다고 했지만 사실은 그보다도 오스만 제국에는 요즘 술탄의 폭압 정치에 반대하며 생긴 비밀 결사대가 많아. 아마도 다니엘은 그쪽 사람들하고 관련이 있는 것 같아. 우리가 정치적인 일에 말려들기 시작하면 곧장 이 나라를 떠나야 한다는 거, 칸도 잘 알지? 다니엘이 여기에 온 건 하남을 찾기 위해서가 아니라는 데 난 확신해. 어쩌면 우리를 이용했는지도 모르지."

"아니, 그걸 어떻게 아셨어요?"

"나도 연통이 좀 있어. 이 바닥에서 일한 지가 30년이 넘었는걸."

프롬 교수는 주머니 속으로 손을 집어넣고는 한동안 하늘을 올려다보았다.

"잘못된 선택이었어. 다니엘과 테레지아를 업고 이 일을 시작한 거, 내 성급함이 일을 망쳤어." 프롬 교수는 마치 불길한 예감에 짓눌린 듯 미간을 찌푸렸다. 한동안 우리는 말이 없었다.

나는 하남의 이야기를 프롬 교수에게 해야 할지 말지를 계속 망설이고 있었다. 프롬 교수는 헬무트와 마틴을 제외한다면 진심으로 날 받아준 유일한 사람이었다. 가족 없이 혼자 사는 그는 자주 집으로 나를 초대하기도 했다. 그와 함께 차를 마시거나 식사를 하거나 와인을 마시는 날은 꼭 개인 수업을 받는 것 같았다. 그에게는 해박한 지식과 열정적인 토론 태도, 그리고 혼자 늙어가는 총각 특유의 쓸쓸함이 있었다. 나는 그를 좋아했다. 선생으로, 그리고 한 인간으로. 헬무트는 나를 사랑했고, 나에게 많은 것을 주었다. 내가 열 살이 되기 이전까지 그는 밤이면 내 방으로 와서 잠들기 직전까지 책을 읽어주었다. 나쁜 꿈을 꾸고 비명이라도 지를라치면 가장 먼저 달려오는 이가 바로 헬무트였다. 그는 내 등을 토닥거리며 다시 잠이 들 때까지 곁에 머물러주었다. 독감을 앓고 있는 내게 와서 열이 내릴 때까지 한숨도 자지 못한 채로 묵묵히 곁을 지킨 것도 양아버지였다. 하지만 나는 그 앞에서 단 한 번도 솔직할 수 없었다. 나는 그에게 한 번도 이렇게 말한 적이 없었다, 외롭고 불안하다고. 그러면 그가 너무나 아플 것이므로. 나는 다 괜찮다고 아무렇지도 않다고 했다. 학교를 다니는 동안에도 말을 타고 여름 별장에 가서 마을 아이들과 산딸기를 따면서 마치 씩씩하게 유년을 보내는 것처럼 굴었다. 그러나 프롬 교수에게는 그 말을 할 수 있었다, 외롭고 불안하다고. 이 영민한 인간은 처음부터 알아봤는지 모른다. 와인에 젖어 내가 그 말을 했을 때, 그는 이렇게 대답한 적이 있었다. 출생지를 모르는 모든 문명의 흔적들은 외롭고 불안한 거라고. 나는 그날 와인잔 앞에서 울었다. 그는 여섯 살 때 전염병으로 집안이 몰살당했다고 털어놓았다. 그후로 다시는 이 지상에 사랑하는 사람들을 만들지 않겠노라 다짐했다고 했다. 그 밤이 있고 난 뒤 우리는 사제지간이라기보다 친구였다.

내가 하남에 관한 이야기를 털어놓자 그는 의미심장한 웃음을 지었다.

"칸, 너무 마음에 두지 말게, 하남이 한 얘기는. 그녀의 아버지가 누구라는 거, 내가 말하지 않았던가. 아나톨리아 지방을 떠도는 노마드에게는 이야기꾼들이 있다네. 한 무리에 하나씩. 하남의 아버지는 그 가운데 가장 유명한 이야기꾼이지. 테레지아가 하남의 아버지를 잘 안다네. 테레지아는 노마드 행렬을 따라다니다가 소녀인 하남을 만나서 이스탄불로 데리고 온 거야. 그리고 직접 독일말을 가르쳤지. 하남은 1년의 반은 이스탄불에서, 또 나머지 반은 노마드인 자기 부족 사이에서 컸어. 경계인이랄까. 어쩌면 아버지로부터 재미난 이야기꾼의 자질을 물려받았는지 몰라. 아마도 하남은 여기 이 지방에서 소문난 이야기를 칸에게 전한 걸 거야."

"아니에요, 진심으로 그렇게 믿던걸요."

"여기 노마드의 이야기꾼들은 단순히 이야기를 들려주는 데서 그 역할이 그치지 않아. 뭐랄까, 유럽의 극장에서 연기를 하는 배우들과 흡사하다고나 할까. 이야기를 입체적으로 들려주거든."

"그런데 왜 하필 제게……"

"칸이 매력적이었겠지. 한밤중에 이야기를 들려줄 만큼."

"그리고 하남은 이름 또한 하남이잖아요."

"아, 그렇구나, 하남. 이름도 하남이군. 노마드들은 아는 게 많아. 정주하는 인간들이 모르는 세계의 비밀을 많이 알지. 그들에게는 바람도 이야기를 들려주고 물도 이야기를 들려주고 새들도 꽃들도 그래. 어쩌면 지나간 시간이 그들에게 이야기를 들려주는 것인지도 모르겠어. 정주하는 사람들이 다 잊은 이야기도 그들은 다 기억하니까."

나는 혼란에 빠졌다. 하남과 하남의 이야기 모두 긴가민가한 미궁 속이었으나 그렇다고 프롬 교수의 말로 다 이해할 수 있는 것도 아니었다.

숙소에 돌아오니 어둠이 깔리고 있었다. 방으로 들어가려다 우리는 테레지아의 방에서 흘러나오는 기묘한 소리를 들었다. 프롬 교수가 쉬잇, 하고 손가락을 입에 가져다댔다.

"칸, 아이한에게 비밀 거래 얘기를 꺼내기엔 너무 늦은 듯해. 아이한이 테레지아의 방에 있어." 프롬 교수의 얼굴이 어두워졌다. 어쩌면 그의 예감이 이미 맞아떨어지고 있는지도 몰랐다. 나는 고개를 숙이고 있었다. 아무 말도 할 수 없었다.

우리는 앙고라에 사흘간 더 머물렀다. 사야 할 장비들이 많았고, 무엇보다 다니엘이 사라져버렸기 때문이었다. 아이한은 이스탄불에 다니엘이 사라졌다는 사실을 보고했다. 떠날 준비를 마친 뒤에도 우리는 이틀을 더 기다리다 앙고라를 떠났다. 모두 좋은 기분일 리 없었다. 하남은 더이상 말을 걸지 않았다. 행여 마주치면 고개를 푹 숙이거나 가볍게 목례만 하고 지나쳐갈 뿐이었다. 말이 없는 여자였다. 앙고라에 온 첫날 어딘가를 다녀온 이후 언제나 테레지아 곁에 머물렀다. 물론 아이한이 테레지아의 옆에 있을 때는 예외였다.

우리 가운데 말을 가장 잘 타는 테레지아와 말이 아니면 체면을 구긴다며 간절히 말을 원한 아이한, 이 두 사람이 말을 차지했다. 프롬 교수와 나, 하남은 나귀를 탔다. 동행에 나선 요리사와 짐꾼들은 짐을 실은 나귀를 끌었다.

6
도착

프롬 교수가 하남이라고 확신하는 그곳에 도착한 것은 앙고라를 떠난 지 거의 일주일이나 지난 뒤였다. 무장 강도의 습격도 없었고, 야영을 할 때 도둑도 들지 않았다. 물론 우리가 앙고라를 떠날 때 파샤가 보낸 일꾼들이 우리를 보호해준 까닭도 있었다. 말을 탄 남자들이 나타났을 때 프롬 교수는 파이프를 탁탁 치며 멀리 바라보기만 했다. 아이한에게 귀띔을 할 기회는 다시 오지 않을 거라고 그는 짐작하고 있었다. 야영을 할 때도 남자들은 교대로 텐트 주변을 지켰다. 그리고 마침내 우리가 마을에 당도했을 때 그들은 말없이 떠났다.

무스타파의 요리 솜씨는 아주 좋은 편이었다. 그가 끓여내는 콩 수프나 커피는 정말이지 맛있었다. 입맛을 잃지 않고 여행을 마친 것이 천만다행일 정도였다.

노이만이 측량도를 그려 학계에 보고한 폐허 도시의 높고 커다란 바위들이 멀리서 제 모습을 드러내자 가슴이 설렜다. 바위들은 웅장

140

했고 기개가 높아서 단번에 나는 압도당했다. 저 바위와 바위 사이에, 그리고 저 바다 위에 하남이 존재했을 수도 있지 않았을까. 히타이트 왕국의 비밀 수도. 대체 무엇을 감추기 위해 그들은 본래 수도가 아닌 곳에 그들만의 비밀 수도를 세운 것일까.

폐허 도시 앞에 자리잡은 마을은 규모가 작았다. 돌로 기반을 세우고 나무로 지어 마감을 한 집들은 허술하기 짝이 없는 채로 폐허 도시를 향해 삼삼오오 모여 있었다. 아무런 계획 없이 생겨난 마을임이 틀림없었다. 거대한 바위들이 즐비한 고대 왕국의 폐허가 웅장한 것에 비해 마을은 초라했다. 집집마다 말라가는 빨래가 어지럽게 널려 있었고, 지붕에는 낡고 바랜 양탄자가 무겁게 펄럭거렸다. 여행자들이 나타나자 젊은 여자들은 집 대문 문턱에 앉아 머리에 쓰고 있던 차도르로 얼른 얼굴을 감추었고, 늙은 여자들은 절구에 곡식을 찧다 말고 손을 놓은 채 낯선 방문객들을 염치없이 흘깃거렸다. 나는 여자들과 눈이 마주칠 때마다 시선을 다른 곳으로 돌렸다. 이곳에서는 남자가 여자에게 인사를 하지 않는 것이 예의라고 이미 들었기 때문이었다.

아이들이 가장 먼저 우리 주위에 몰려들었다. 아이한은 아이들에게 촌장댁이 어디냐고 물었다. 아이 가운데 하나가 저기, 저기, 손가락으로 가리켰다. 촌장의 집은 마을에서 가장 컸고, 마을 시장이 바로 코앞에 바라보이는 곳에 자리잡고 있었다. 커다란 나무 문 앞에는 몇몇 노인들이 늦봄 햇살 아래에서 꾸벅꾸벅 졸고 있었다. 다시 아이한이 물었다.

"객사가 있는지요?"

노인들 가운데 왼쪽 뺨에 검은 점이 있는 이가 조는 듯 눈을 감고 있다가 느릿느릿 눈을 뜨며 말했다.

"그럼, 있지. 촌장은 언제나 나그네에게 후하거든. 그런데 댁들은 어디에서 왔소?"

"이분들은 바다 건너에서요. 저는 이스탄불에서 왔습니다."

"호, 그래? 그럼 저기 저, 위에 가보려고?"

노인은 꼬챙이 같은 손가락으로 폐허 도시 쪽을 가리켰다. 아이한은 고개를 끄덕였다.

"저기에는 진(정령)이 사는데 위험해. 그리고 동쪽으로 더 가면 훨씬 무시무시한 곳이 나오지. 그곳에는 글과 그림이 적힌 바위가 있는데 이름 없는 신들과 옛 왕국의 왕들이 그 안에 갇혀 있다오. 우리도 그곳에는 잘 안 가. 갔다가 혼쭐이 난 사람들이 한둘 아니라니깐."

아이한이 노인과 이야기를 나누는 동안 주위에는 호기심 많은 마을 사람들이 모여들고 있었다. 노인은 다른 여행자들에게도 물었다.

"바다를 지나왔다니, 바다 이야기를 좀 해주시오. 나는 단 한 번도 바다를 본 적이 없다오. 촌장이 돌아오시려면 아직 시간이 좀 있으니."

바다라는 말이 노인의 입에서 튀어나오자 아이들이 아, 하고 환호성을 질렀다. 사과 향이 나는 물담배를 빨면서 노인의 수다를 경청하고 있던 다른 노인들도, 커피를 홀짝거리며 미심쩍은 눈으로 여행자를 바라보던 중년 남자들도 바다라는 말 앞에서는 마치 마술에 걸린 듯 아, 하고 감탄사를 냈다.

"저기, 저 죽은 왕국의 수도였다는 저곳에서는 굴이라는 조개의 껍데기를 본 사람도 있답디다. 난 한 번도 그 굴이라는 걸 실제로 본적이 없어요. 여기서 바다까지라면 한 달 동안 나귀를 타도 당도하지 못할 거리인데 언감생심, 그 굴이라는 조개의 껍데기가 저, 귀신이 든 죽은 도시에서 발견되다니."

아이한은 굴이라는 말을 듣자마자 어색한 표정을 지었다.

"설마 굴이 발견될 리가 있겠습니까, 말씀대로 바다까지는 아주 멀 텐데요."

"글쎄, 그게 그렇다니까. 나, 말을 지어서 뱉는 사람이 아니네."

노인은 검은 점이 박힌 볼을 긁적거리더니 주머니에서 작은 자두와 소금을 끄집어냈다. 자두에다 소금을 바르고 입안에 넣더니 우물거리다 씨를 뱉어내며 오만상을 찌푸렸다.

"요게, 정신을 번쩍 들게는 해주는데 너무 시단 말이지. 바다 이야기나 해주셔. 자두 하나 드시려오?"

아이한은 헛기침을 했다. 이스탄불에서 온 그는 촌로의 잡담이 영 마음에 들지 않는 모양이었다. 잠시 조용해지는가 싶더니 주위를 둘러싸고 있던 사람들이 두 갈래로 흩어졌다. 말을 탄 한 남자가 지는 해를 등진 채 문득 우리 앞에 서 있었다. 남자는 서른이 채 될까 말까 싶게 퍽 젊었다. 덩치가 크고 흑발인데다 여름 내내 볕에 그을렸는지 갈색 피부였다. 그의 이마에는 선명한 칼자국이 나 있었다. 촌장은 말에서 내리며 이미 전갈을 받은 터라고 인사를 했다.

촌장의 저택은 이 마을의 여느 집들과는 확연히 달랐다. 여행중에 들렀던 어떤 여관과도 비교가 되지 않았다. 저택의 정문에서 집안일을 봐주는 이들의 갓집을 지나니 돌판으로 포장이 된 길이 나왔고, 그 길 옆으로 샘물을 모으는 자리가 나왔다. 다시 좀더 걸어가다보니 두 채의 마구간과 창고가 나왔고, 그다음으로 커다란 솥과 화덕이 있는 야외 부엌이 이어졌다. 그곳을 지나고 난 뒤에야 비로소 2층 건물의 본채가 나왔다. 2층 베란다는 검은 목재로 지었는지 유독 까맸다. 건물에는 방만 하더라도 족히 열은 넘어 보였다. 언뜻 창문만 세어도 서른이 넘었다. 본채 왼쪽으로는 여러 동의 별채가 있었는데 죄다 정원수가 자라는 정원 뒤쪽에 모여 있었다. 별채와 별채 사이를 잇는 건 화원이었고 그 뒤로는 과수원이 펼쳐졌다. 가뭄이라는데도 정원의 잔디는 싱싱한 연둣빛을 띠고 있었다. 우리는 그 별채 가운데 하나인 검은빛이 도는 나무 집으로 향했다. 객사로 들어서자 바로 거실이었다. 벽에 붙은 긴 나무의자에는 온갖 빛깔의 비단으로 만든 방석들이 놓여 있었고 거실 창마다 방패와 창 모양 문장이 색유리에 새겨져 있었다. 검은빛이 도는 나무 천장 한가운데에도 역시 마찬가지였다.

우리를 객사로 안내한 이는 다리를 저는 노인이었다. 노인은 작은 체구에 햇빛에 그을려 쭈글쭈글한 얼굴을 가졌는데 웃을 때마다 윗니가 세 개나 빠진 검푸른 잇몸이 그대로 보였다. 노인은 거실을 지나 역시 검은 나무로 만든 방문을 열었다. 방 안에는 침대가 놓여 있었다. 침대만은 검은빛이 아니라 밝은 아이보리 빛이었다.

"각자 하나씩 쓰고도 남을 만큼 방이 많습니다. 손님이 많이들 다녀가는 집이지요. 마실 것을 내오겠습니다."

촌장의 이름은 무바탈리였다. 그는 오랜 여행 끝에 집에 돌아온 사람처럼 피곤한 기색이었다. 저녁 식사를 하는 자리에서 촌장은 내일부터 일을 시작할 것인지 물었다. 프롬 교수가 그렇다고 하자 그는 자신도 동행할 것을 제안했다. 식사가 끝나고 난 뒤 우리는 술을 한 잔씩 나누었다. 카파도키아 지방에서 나는 포도주였다. 술은 눈의 피로를 더하게 하나 영혼의 피로함은 가시게 한다고 프롬 교수가 말했다. 촌장은 그 말에 웃음을 지었다. 원래 무슬림들에겐 발효시킨 포도로 만든 술을 마시는 것이 금지된 일이었으나 촌장에게는 그것도 예외인 것 같았다. 우리들은 일찍 자리에서 일어나 각자의 방으로 향했다. 나는 한편으로는 설렜고, 또 한편으로는 불안했다. 이곳이 과연 하남일까? 간신히 잠에 들 무렵 누군가 조용히 문을 두들겼다. 하남일 것이라는 예감이 빠르게 스치고 지나갔다. 슬그머니 문을 열자 거짓말처럼, 정말이지 하남이 문 앞에 서 있었다. 하남은 아무런 말 없이 쪽지 하나만을 재빨리 내 손에 쥐여주고는 돌아섰다. 쪽지에는 이렇게 적혀 있었다.

내일, 내가 나온 그 바위를 보여줄게요.

7
당신과 나의 고독

하남은 정말 바위에서 나왔을까? 아니면 그녀는 그저 그렇게 믿고 있는 걸까? 나는 언젠가 읽었던 한 민담을 생각해냈다. 하지만 그건 민담이 아닌가. 이 세계에 있는 모든 자연은 신의 현현이라는 말도 떠올랐다. 이때 신은 정신이라고 고쳐 부를 수도 있겠다. 하남은 한 고대 도시의 잊힌 정신인가. 왜 그 정신은 잠들지 못하고 그렇게 오랜 세월을 노마드가 되어 떠돌았을까.

다음날 오전 우리는 늦은 아침을 먹고 호텔에서 헤어졌다. 형은 그곳에 볼일이 있다고 했고, 나는 렘브란트의 집을 구경하겠다고 했다. 그리고 중국인 거리의 가장 큰 슈퍼마켓 앞에서 만나자고 했다. 그곳은 잘 알려진 곳이라 누구에게 물어도 잘 가르쳐줄 것이라고 형이 말했다. 나는 형이 더 불안했다.

"그러지 말고 나 데려가라, 형."

"여기서 누구를 좀 만나야 해. 불안해하지 마. 그 사람이 널 데리고 온 걸 알면 더 불안해할 수 있어…… 논문을 대필한 고스트 라이터 중 하나야. 그가 이곳에서 몸을 피하고 있어."

하는 수 없는 노릇이었다. 나는 형이 떠나는 것을 보고 트램에 올라탔다.

저녁이 왔다. 이곳의 저녁은 아주 길었다. 형과의 약속 시간 7시, 여행안내서도 볼 필요 없이 약속한 장소를 찾는 일은 어렵지 않았다. 나보다 형이 먼저 와 있었다. 멀찌감치 형의 모습이 보이자 쉬이 안도감이 들었다. 행여 형이 이 도시에서 영영 사라져버리는 건 아닐까, 내심 걱정이 된 탓이었다. 형이 나를 향해 손을 흔들었다. 우리는 호텔에 맡긴 가방을 찾고 난 뒤 차에 올랐다.

"구경 좀 했어?"

"튤립, 렘브란트 하우스, 배들, 그리고 운하…… 이리저리 돌아다녔어. 나야 그렇고 형은? 만난다는 사람은 만나봤어?"

"응."

그러나 형의 대답은 짧은데다 화제를 바꾸기에 급급했다.

"튤립, 좋아하니?"

"꽃이야 다 좋지, 늘. 인수가 좋아했어. 인수는 꽃이라면 닭벼슬처럼 생긴 맨드라미만 빼놓고 다 좋아했잖아."

인수…… 내 아내의 이름.

나는 그 이름을 오랫동안 부르지 못했다. 그 이름을 처음 읽었을 때의 그 설렘, 그 떨림을 여전히 기억하고 있기 때문이다. 대학신문을 통해서였다. 대학문학상 수상자가 발표되던 그 지면. 장려상을 받은 이름 가운데 나는 은인수, 라는 이름을 읽었다. 그 이름 속에 든 맑은 발음이 좋았다. 인수는 작은 지하 다방에서 알바를 하고 있었다. 그것도 그렇네, 그때는 알바라는 말을 쓰는 사람이 아무도 없었는데. 그러니까 우리가 만날 때에는 없었던 말이 생길 만큼 아주 오래전이었구나…… 그녀는 그 작은 다방에서 커피를 내려 손님들에게 가져다주는 일을 하고 있었다.

"뭘 드릴까요?"

"사과차 한 잔 주세요."

"사과차요? 그건 없는데요."

"……"

"사과차는 없다니까요."

"시에는 있잖아요."

그녀가 받은 장려상의 작품 제목이 '사과차'였다. 하물며 나는 그 시를 치기였는지 다 외우고 있었다. 사과차라니, 나는 그런 차를 마셔본 적이 없었다.

> 너를 기다리는 시간 아주 좋을 때
> 말린 사과 조각을 끓이던 아침 생각난다
> 울적할 때마다 더운 김의 향기가
> 좋아서 나,
> 오지도 않은 시간 앞에 서 있다

그 시절에 그런 시를 쓰다니. 민중, 민주주의, 임을 위한 행진곡, 녹두꽃, 광주, 독재 타도…… 그런 단어들이 무성하던 시절이었다. 그리고 그런 말들이 청춘의 아침과 낮과 저녁과 밤과 새벽을 채울 만큼 극악한 시절이기도 했다. 그런데 아내는 데모에 나가면서도 꼭 그런 시들을 썼다. 선배들은 아내가 쓴 시가 지극히 감상적이고 민중을 외면하는 내면지향적인 시라고들 비판했지만 나는 그런 말을 하는 선배들이 바보 같았다. 어떤 시절이든 그 내면에 든 감상이 있다는 걸 왜 저들은 애써 모르는 척하는 걸까. 하지만 나는 이런 생각을 한 번도 발설하지 않았다. 도무지 그런 말들이 먹히지 않는 시절이라는 걸 잘 알았으니까. 그러나 유독 한 사람, 마주니 형만은 아내의 시를 좋아했다. 그는 아내가 쓴 시를 내가 소리 내어 읽으면 이렇게 평하곤 했다. 인수씨는 어떤 시대에도 시대가 간섭하지 못하는, 인간이 스스로의 내면에 묻어둔 자신만의 울음이 있다는 걸 잘 아는 사람이야, 라고.

"만나야 한다던 사람은 만났어?"

"만났어."

"뭐래?"

"집에 가자. 가서 이야기해줄게. 일단 운전을 좀 해야 하니까……"

뮌스터에 돌아오니 깊은 밤이었다. 문 앞에 누군가 서 있었다. 내겐 당연히 낯선 사람, 그러나 형은 그 사람을 보더니 뒤로 한 걸음 물러섰다. 그 사람이 마주니 형 앞으로 다가섰다. 말싸움이 나고 언성이 높아졌다. 형은 나보고 먼저 집에 들어가 있으라고 했다. 나는 그러지 않겠다고 딱 잘라 말했다. 형은 내 어깨를 잡으며, 들어가라 이연아,

나도 곧 들어갈게, 하며 날 채근했다. 그 남자는 날 향해 무슨 일인지 구텐 아벤트! 라고 말했다. 이는 내가 알아들을 수 있는 몇 안 되는 독일어 가운데 하나였다. 그 남자는 키가 작고 군인처럼 자세가 경직되어 있었다. 나는 버텼다. 형 또한 버텼다. 들어가라고. 결국 형은 마지못해 날 데리고 그 남자와 함께 집 근처 가까운 술집으로 향했다.

술집에는 손님이 거의 없었다. 게임을 할 수 있는 기계가 벽에 매달려 있었고, 커다란 바 앞에서 나이 든 남자가 유리잔을 씻고 있었다. 형과 그 남자가 이야기를 나누는 동안 나는 다른 자리에 앉아 잠자코 모히토 한 잔을 마주하고 있었다. 그 남자가 누구인지 알 수 없었고 둘이 나누는 독일어 대화 또한 전혀 알아들을 수 없었으므로 퍽이나 답답했다. 모히토 한 잔을 앞에 놓고 마시지는 않은 채 그 안에 들어 있는 박하 잎만을 입에 넣었다. 이무는 하남을 처음 보았을 때 박하향이 난다고 했지. 하지만 불안한 마음으로 입에 넣은 박하 잎에서는 쓴맛이 났고 향기는 짓이겨져 쓴맛에 묻혀버렸다. 그렇게 한 시간가량 흘렀을까. 두 사람이 자리에서 일어났다. 형은 나에게로 왔고, 남자는 먼발치에서 만났을 때처럼 구텐 아벤트! 라고 인사를 한 뒤 술집을 나갔다. 나는 반쯤 마시다가 만 모히토를 단숨에 들이켜고 형을 따라나왔다.

그에게도 계속해서 위협이 따른 모양이었다. 암스테르담에서 만났다는 다른 동료는 절대로 사실을 밝히지 않겠다고 했지만 그 남자는 다른 생각이 있었던 것 같다고 했다.

"사실을 밝히고 나치들이 위협한 것도 다 얘기하자는 거야."

"형 생각은 어떤데?"

"아직 정하지 않았어. 마리타에게 이 얘기를 해줘야 할 것 같아."

"그런데 마리타 양오빠가 형을 그렇게 위협하는 게 정말 논문 대필 때문만이야? 그 오빠라는 작자, 마리타에게 다른 맘 있는 거 아니야? 혹시 좋아한다든가." 형은 한동안 아무 말도 하지 않았다. 마치 아주 짠 생선을 씹어 삼키는 것처럼 곤혹스런 얼굴을 하고 있었다.

"밤마다 수양 동생 방에 와서 집적거리며, 마리타는 자기 거다, 하는 놈이 좋아서 그러는 거라고?"

"뭐라고?"

"열여섯 때부터라고 했어. 그놈이 마리타에게 그런 짓을 한 게."

나는 얼굴이 화끈 달아올랐다. 가슴에서는 뜨거운 것이 욱, 하고 올라왔다.

"양부모님도 모르는 일이었대. 부모에게 말하면 죽일 거라고 협박을 하는 바람에 마리타는 몇 년이고 그 사실을 말하지 못했대. 마리타가 대학에 들어가고 양부모의 집에서 나올 때 양어머니에게 말했대. 양어머니는 그저 울기만 하더래. 양아버지는 그 사실을 알고 아들놈과 인연을 끊겠다고 했대. 하지만…… 아들은 아들이잖아."

"한집에 살면서 몇 년 동안이나 몰랐다는 게 말이 돼?"

"집을 자주 비웠나봐, 두 사람 다. 아버지는 해외에 나갈 때가 많았고, 어머니는 마요르카라는 섬에서 도자기를 구웠거든. 마리타는 대학에 들어가고 난 후부터 양부모를 더는 만나지 않아. 공부도 혼자 힘으로 했어. 그런데도 오빠라는 놈은 계속 마리타 주변을 맴돌아. 사랑한대, 마리타를. 그렇게 사랑해본 여자가 없었대. 사랑이라는 말, 참여러 군데 쓰인다. 그게 내가 이 나라에 눌러살게 된 이유야. 내가 이

나라에 없으면 마리타가 너무 외로울까봐"

"마리타 데리고 한국 가 살면 되잖아, 형. 머리가 없냐? 방법이 없겠어? 그리고 DNA 검사 진짜 한번 해봐. 이게 뭐야, 이러고 어떻게 살아, 숨 막혀서."

"마리타, 아프다. 섬유근통증후군이야. 이 병은 너무 많은 걸 참으면 생긴대. 잠도 못 자고 온몸이 아픈 나날들…… 두통에다 우울증까지…… 그래서 요가를 시작한 거야. 그런데 있지, 한국에서 그 애가 뭘 할 수 있을까. 자기를 버린 나라로 가서."

"약국? 아니면 요가 선생? 참 내가 형에게 이런 명료한 방법을 다 제시할 때도 있네. 독일에서 할 수 있는 일을 한국에서라고 못 하겠어? 그리고 형은 다시 국적 바꾸면 되잖아. 돌아가자, 다시, 마리타랑. 형이 서울에 있으면 나도 얼마나 좋겠어. 서울이 아니더라도, 어디 먼 데기는 해도 시차가 없는 곳, 생각나면 금방 기차나 고속버스 올라타고 가서 만날 수 있는 곳, 그런 곳 어때? 그나저나 형, 마리타 아파서 어떻게 하냐. 그 병은 난치병이라며? 내가 아는 사람도 그 병에 걸렸거든. 병원에 가도 괜찮다고들 해서 주위 사람들은 다 꾀병인 줄 알았다지, 처음에는."

오래전 신문에서 읽은 적이 있다. 한국이 아이들을 외국으로 입양시키는 나라 가운데 1위를 차지한 적도 있다고. 김포공항에서 비행기에 오르던 아이들. 비행기 승무원들도 망연자실, 가난한 나라에서 태어난 너희들을 이렇게 멀리 보내 미안하다…… 라는 속내를 숨기지 못하고 있었지. 마리타의 얼굴이 떠올랐다. 그녀가 마주니 형을 처음 보았을 때 얼마나 충격을 받았을까. 아무도 자신을 찾지 않는다고 생각했는데 어느 날 혈육일지도 모를 한 사람이 제 발로 찾아왔으니…… 아무도 자신을 보호해줄 수 없다는 불안과 함께 평생을 보내온 그녀, 그녀는 이곳에서 자라는 동안 어쩌면 끝도 없이 자신에게 처해올 그 어떤 충격에 대비한 늪을 마음속에 깊게 파왔는지도 모르겠다. 왜 마리타는 성인이 되어 자신을 해한 그 나쁜 놈을 고소하지 않았을까. 어쩌면 마리타는 그럴 힘조차 잃어버렸는지 모른다. 자신에게 상처를 주던 사람들에게 상처를 입힌다 해도 어느 순간 다시금 그것이 제 상처가 될 것이란 걸 일찌감치 알아버린 사람 같았다. 그리고 형은?

타인의 논문을 대리해주는 것으로 밥을 버는, 한때 학문의 열정을 온몸으로 밀고 가던 사람에게 이제 와 텍스트란 무엇일까? 내가 책을 만들던 시절, 나는 새로운 원고가 들어오면 목욕을 깨끗하게 하고 새 옷을 갈아입는 심정으로 책상에 앉곤 했다. 누구도 들어가보지 못했던 숲속에 혼자 들어가 그 안에 사는 나무 한 그루 한 그루를 처음 바라보던 심정. 마음에 드는 원고일수록 내가 세상에 태어나 가질 수 있는 직업 가운데 가장 행복한 일을 지금 하고 있구나 싶어 뿌듯해하곤 했다. 내가 읽고 만든 책들은 내 마음에 들어와 제각기 한 사원을 지었다. 어떤 사원은 고독했고, 어떤 사원은 절망적이었으며, 어떤 사원은 사랑스러웠고, 또 어떤 사원은 태양신의 들끓는 사원 같았다. 누군가 내가 만든 책을 나처럼 좋아해주면 동지가 생긴 것 같아 든든했고 그렇지 않을 땐, 동무 없이 터벅터벅 하굣길에 나선 초등학생이 된 것만 같았다. 나와 달리 형은 이런 말을 했다. 학문에 더는 미련 없다고. 남의 논문을 대리해주는 창부가 되고 보니 책 앞에서 느끼던 설렘을 잊은 지 오래라고.

"고스트 라이터라는 게 그래. 특히 논문을 대리해주는 고스트 라이터는 더 그렇지. 세상에 이미 나와 있는 그 분야에 관한 글들을 낱말이나 문장 배열을 바꿔서 새것처럼 보이게 하는 거야. 남의 걸 그대로 베끼는데도 진짜인 양 가장하는 거지. 처음에는 참 모멸스러웠는데 언제부터 그런 자의식도 사라졌어. 그냥 일이니까. 자료 조사도 남이 한 거, 숫자만 바꾸기도 해. 주석을 달 때도 오리지널을 읽지 않고 남이 인용한 거, 자기 것처럼 가져다가 써. 그러다보면 누구 말마따나 이 모든 글쓰기는 모방이라는 생각이 들어. 뿐만 아니야. 이 책에서 이 문장을, 신문 칼럼에서 또 한 문장을, 저 학술지에서 이러저러한 진술들을 패치워크처럼 맞추다보면 놀라울 만큼 새것이 나오는 거야. 게으른 고스트 라이터들은 남의 글을 그냥 베끼지. 난 게으른 놈은 아니라서 새것처럼 보이게는 만들어줘."

"잘났네. 고스트 라이터계에서 상을 준다면 형이 받겠네."

"어떤 의미에서는 말이야 이연아, 우리야말로 우리 삶을 써내려가는 고스트 라이터가 아닐까 싶어. 내 앞에 놓인 시간들은 오리지널인데 내가 사는 삶은 꼭 누군가를 흉내 내고 있는 것 같거든. 어릴 때부터 배운 거, 교육을 받으면서 머릿속에 박힌 거, 예술가들이 아름답다고 만든 것을 아름답게 보는 거. 슬픈 것도 그래."

"다들 아는 얘기를 뭘 그렇게 새삼스럽게 해."

"다 아는 얘기라고 해도 직접 해보면 그 실감이라는 게 말과는 달라서 하는 말이다, 이 나쁜 놈아. 왜 그렇게 날 비꼬고 그러니."

나는 형의 서재를 떠올렸다. 웬만한 사전들은 다 디스크에 들어 있었다. 신문과 잡지들이 양탄자 위에 널려 있었고, 책꽂이에는 책만큼이나 많은 수의 CD가 꽂혀 있었다. 파나소닉 전축 한 대, 그리고 책상과 의자, 작은 소파와 쿠션들, 담요, 그게 다였다. 그중에 나를 사로잡은 단 한 가지가 있었다. 형의 스탠드에 붙어 있던 조그마한 그림 한 장. 기생충처럼 생긴 것이 그 그림 속에 선명했다. 그림 속에 든 X자 모양으로 생긴 그 물체가 신기해서 형에게 물었다.

"그거 디플로준 파라독숨(diplozoon paradoxum)이야. 생선 아가미에 붙어 기생하는 기생충의 하나."

"아니, 왜 하필 기생충 사진을 램프에 붙여놓고 그래?"

"쟤들은 암수이체로 태어나 성년이 되면 저렇게 X자형으로 붙어서 죽을 때까지 같이 산대. 알려진 바로는 이 지구상에 발견된 생물 중에 제일가는 모노가미 동물이래."

"그게 무슨 의미가 있는데, 형."

"그냥, 재미있잖아."

"혹시 형과 마리타가 저렇다고 상상하는 거야?"

"우리가 그렇게 보이니? 아니야. 마리타는 이 그림 진짜 싫어해. 그냥 재미로 붙여둔 거라니까."

모노가미, 그 말을 듣는 순간 얼굴이 붉게 달아오르는 기분이었다. 아내는 내가 다른 이들과 연애했던 순간을 눈치챈 적 있었을까. 자신이 없다. 나는 아내에게 아무것도 숨길 수가 없는 인간이었으니까. 아내는 나보다 더 민감한 사람이었으니 나의 마음이 다른 곳에 가 있다는 사실을 놓쳤을 리 없었다. 다만 아내가 모르기를 바랐기 때문에 어느 순간 정말 모를 거라고 믿었을 뿐. 만일 아내와 아이들이 그렇게 갑자기 이 세상을 떠나지 않았더라면 나는 또다시 연애를 꿈꿨을지도 모른다. 아니, 실행에 옮겼을지도 모른다. 가장으로서의 책임감이 부족해서 그랬을 것이다. 이기적인 인간이라서 그랬을 것이다. 하지만…… 우리가 함께 살았던 아파트에서 아내는…… 또 나는……

당신의 컴퓨터.

그리고 나의 노트북.

일요일 오후, 우리는 각자의 컴퓨터 앞에 앉아 어디론가 떠돌았다. 아이들이 아파트에서 어디론가 떠돈 것처럼. 당연히 우리들은 아이들에게 주의를 주었다. 꼭 5시에는 돌아오라고. 아이들에게 휴대폰이 있었으므로 우리는 안심하고 각자의 컴퓨터 앞으로 가 앉을 수 있었다. 컴퓨터 앞에서 우리는 무엇을 했던가. 기억이 나지 않는다. 그 많은 일요일에 왜 우리가 스스로를 컴퓨터 속 그 어떤 세상으로 유배 보냈는지. 트위터였을까? 아님 페이스북? 아니면 미지로 여행을 하는 양 끝없이 새롭고도 기이한 무엇을 찾아다녔는지도 모른다. 연애도 그렇다. 생에 갑자기 출몰하는 어떤 미지, 그 미지에 대한 그리움. 우리는 멜랑콜리한 인간들이었다. 삶의 시간이 이렇게 단조롭게 지나가는 것이 너무나 억울해서, 하나 그 삶을 배반하는 것은 더 두려워서 허락된 작은 배반만을 비밀처럼 들여다보는 우리는 비겁자가 아니었을까. 마흔 중반인 우리는 아직 너무나 젊었다. 너무나 뜨거웠다. 스스로를 잘 몰랐을 뿐. 어릴 적 마흔 중반이라 하면 폭삭 늙은 나이인 줄 알았다. 하지만 마흔 중반이 되고 보니 늙기는커녕 마음은 아직도 철들지 않은 천둥벌거숭이였다. 마음을 어디 한군데 다잡아 매어두고 살려고 발버둥을 쳐도 언제나 결국은 들판에서 서성거렸다. 무슨 들

156

판이었을까, 아내가 찾아 헤매던 들판은. 그리고 나의 들판은.

아이들은?

아이들은 그들만의 비밀이 있었을 것이고 절대 부모인 우리와 나누지 않았을 것이다.

나는 아이들이 세상을 떠나고 난 뒤 송창식의 오래된 노래, 〈고래사냥〉을 소주를 사러 간 슈퍼마켓에서 들은 적이 있었다. 텔레비전에서 나오는 노래였다. 그 노래를 너무나 오랜만에 들은 터라 나도 모르게 병나발을 불며 아파트 놀이터 앞에서 고래고래 고함을 질렀다.

자, 떠나자 동해 바다로…… 아이들이 돌고래를 타고 동해를 지나 태평양으로 가는 것처럼…… 가자, 가자, 내 아들들아, 가자, 동해 바다로, 태평양으로, 우주로.

그러다 갑자기 맥이 풀렸다.

아빠, 됐거든요. 우리들끼리 놀게 그냥 두세요.

그렇게 말할 수 있을 만큼 다 자라기도 전에 아이들은 떠났다. 나쁜 자식들, 나쁜 놈들…… 그렇게 빨리 떠날 거면 왜 왔니, 왜 왔냐고! 애들아, 너희에게 참 잘못한 게 많구나. 미안하다, 미안하다……

소주병 위로 쌓이던 눈을 보았다. 한 세계에 태어난 인간의 시간이 무참하게 눈 속에 쌓여가는 순간이었다.

첫아이를 낳을 때 나는 아내가 지르던 비명을 기억한다. 예상된 난산이었다. 평소대로라면 아내는 그렇게 소리를 크게 지를 사람이 아니었다. 그렇게 높이, 그렇게 날카롭게 내지르는 아내의 비명을 들으며 내가 하는 일이라곤 그저 분만실 밖에서 서성거리는 것뿐이었다. 서성서성, 서성서성. 그리고 첫아이가 태어났을 때 의사의 첫마디는 이랬다.

"아들입니다."

"산모는 괜찮나요?"

의사는 고개를 끄덕였다. 다행! 건강한 아들과 건강한 엄마. 아이를 처음 보던 날, 눈도 코도 입도 손가락 발가락도 다 달려 있는 아이를 처음 보는 순간, 벅찬 감정을 만끽했다. 검고도 가는 아이의 머리칼은 젖어 있었지. 갓 태어난 놈의 머리숱이 꽤나 많았다. 눈을 감고 있는 아이를 슬쩍 건드려보려다 이내 그만두었다. 너무나 보드랍고 여려 내 손이 아이의 몸에 닿으면 생채기라도 날 것만 같았기 때문이었다. 먼 길을 달려온 아이는 쉴 틈 없이 울어댔다. 쩌렁쩌렁했다. 나도 아이와 함께 속으로 조금은 울었던 것 같다. 나 역시 이놈을 조바심 나게 기다려오지 않았던가. 아내의 환한 얼굴. 아이처럼 땀으로 젖은 머리칼. 그녀는 지쳐 보였으나 얼굴은 뿌듯함으로 빛나는 듯했다. 자랑스럽지, 그럼, 장하게도 아이의 길을 열어주었으니. 나는 아무 말 없이 아내의 머리칼을 손으로 넘겨주었다.

너무도 큰 고마움 앞에서 어떤 말로도 다 갚을 수 없음을 나는 그때 알아버린 것 같다. 그리고 아내가 아이에게 젖을 물리는 걸 처음 보았을 때 나는 이제 이 여자가 내 아내이기만 한 것은 아니란 걸 확실히 인정할 수 있었다. 나만이 독차지할 수 있는 여자가 아니었다. 병원 바깥으로 나와 비빔밥을 한 그릇 먹다가 나는 그만 목이 메고 말았다. 내 연인이 어머니가 되다니. 나도 아내처럼 저 먼 길을 달려온 아이에게 나를 나누어주어야 했다. 그제야 우리는 연인에서 진짜 부부가 된 것 같았다.

둘째는 비교적 순탄하게 태어났다. 나는 그때 회사에 앉아 원고를 검토하고 있었다. 일종의 건축 에세이였는데 십여 년 동안 시리아를 여행하면서 그곳에 있는 모스크만을 관찰하고 정리한 아주 방대한 분량의 원고였다. 저자와 나는 동갑이었다. 나는 메일을 보내면서 어떻게 그 긴 시간 동안 돌아다닐 수 있던 건지 물었다. 저자의 답은 간단했다. 혼자 살아서요.

둘째 아이가 태어났다는 소식을 전화로 들었을 때 나는 진심으로 기뻤다. 무엇보다 아내가 순산했다는 소식에 안도했다. 저녁에 아내를 위해 끓여줄 미역국을 생각하니 절로 미소가 나왔다. 미역국을 맛있게 끓이는 방법을 미리 알아두었다가 노량진 수산시장에 가서 가장 싱싱한 조개를 샀다. 미역국을 끓이며 나는 콧노래를 불렀다. 그리고 아내가 기운을 차리자마자 선물로 줄 작은 시계도 샀다. 아이가 태어날 때마다 부모에겐 새 시간이 생기는 것 같아 두 아이의 엄마가 된 아내에게 그보다 더 상징적인 선물은 없어 보였다. 연한 갈색이 도는, 내 딴에는 우아하다고 고른 아내의 시계. 동료들은 축하하며 이름은 지었는지 묻기도 했고, 햇감자와 산딸기가 나오는 6월에 태어났으니 먹을 복도 많을 거라는 덕담도 잊지 않았다. 그런데…… 병원으로 가는 지하철 안에서 왜 그 문장이 내 머릿속을 파고들었는지 모르겠다. 혼자 살아서요, 하고 답했던 저자의 말. 둘째까지 태어났으니 이제 더 이상 어디 먼 곳에 가서 홀로 지내는 일도, 내가 좋아하는 일에만 골몰하며 살기가 힘들다는 것도 분명히 실감이 되었다. 그런데 왜 하필 그런 생각을 이 순간에 떠올렸을까. 정말로 이기적인 놈, 그게 나였다.

8
해독되지 않는 그대

　이맘의 기도 소리가 온 마을에 울리자 개들이 그 애절한 소리에 맞춰 컹컹 짖기 시작했다. 주위는 아직 어두웠다. 나는 마구간으로 가서 유리를 데리고 촌장의 집을 나섰다. 바깥에는 프롬 교수가 나귀와 함께 나를 기다리고 있었다. 우리는 전날 미리 약속을 해두었다. 프롬 교수는 마을 노인들이 말하던 글자와 그림이 새겨져 있는 바위 신전을 찾아가려고 했다. 바위 신전이 열쇠라고 하던 다니엘의 말이 일리가 있는 모양이었다. 프롬 교수는 돌판을 해독하고 난 뒤 비로소 다니엘의 말을 인정하는 듯했지만 그의 의심은 여전했다. 쐐기문자를 해독할 수 있는 사람이 몇 안 되는 가운데 어떻게 다니엘이 돌판에 새겨진 내용을 읽어냈는지 의문이라고 했다. 전문가라는 프롬 교수 역시 돌판에 새겨진 내용을 다 이해할 수 없었으니 말이다.

　"참 이상한 건 해독은 되는데 이해가 안 된다는 거야, 칸. 고대의 왕들이 그렇게 솔직히 자신의 사적인 이야기를 적지는 않았을 거든. 더구나 고대 오리엔트를 다스리던 왕들은 모든 비문들을 신에게 바쳤지. 즉, 그들에겐 신만이 독자인 셈이야. 그런데 그 돌판에 새겨진 건 아주 개인적인 독백이거든. 바빌론, 그 먼 곳까지 원정을 간 왕이 왜 그런 내용이 든 돌판을 남겼을까. 승리를 축하하고 신들에게 감사하지 않고 말이야. 그리고 더 이상한 건 돌판에 나오는 말은 그의 언어인 히타이트어가 아니라 셈어인 아카드어라는 거지. 만일 그 돌판이 히타이트어로 쓰였다면 해독도 불가능했을 거야, 칸. 아직 그 언어는 해독이 안 되거든. 인도 게르만어족에 속한다는 것만 알려져 있을 뿐."

"대체 무슨 내용이에요?"

"대충 말하자면 이래. 나, 무르실리, 바빌론을 정복한 자, 내 아버지가 나를 위하여 세웠던 비밀 수도 하남에서 태어난 자. 하지만 한 번도 하남을 보지 못한 자. 하남의 거대한 바위에 글과 그림으로 왕국의 만신전을 새기고 아버지가 나의 탄생을 축하할 때 아버지의 형제들이 아버지를 살해했네. 요람에 실려 왕국의 수도 하투샤로 와서 삼촌들에게 미움을 받으며 왕국의 그늘에서 성장한 자. 공포에 시달리며 매일 밤을 지새운 자, 복수를 맹세한…… 그리고 이 부분에서 돌판이 부서져서 더는 읽을 수가 없어, 칸."

"정말 그런 내용이 담겨 있는 건가요? 개인적인 내면의 고백을 그 시대부터 벌써 하기 시작했던 건가요?"

"내면의 고백이야 어느 시대에나 다 있었겠지. 사람 사는 거야 다 비슷하니까. 원시시대 인류들도 그랬겠지. 그 많은 동굴 벽화를 좀 봐. 왜 그들이 컴컴한 동굴에다 그렇게 많은 그림들을 그려놓았겠어.

무섭고 외롭고 겁이 났던 게지, 앞날에 대해서라면 우리처럼."

프롬 교수는 잠시 하늘을 올려다보았다. 하늘이라면 지금껏 인간들이 살아온 그 모든 시간을 다 지켜보았으니 뭐든 다 알고 있지 않겠느냐면서.

"하지만 그걸 문장으로 남기는 전통이 있었느냐 하는 건 다른 문제거든. 적어도 내가 아는 바에 의하면 고대에는 내면 고백을 문서로 남기는 전통은 없었어. 이 돌판이 위조면 어쩌지. 그 당시 외교어로 쓰일 만큼 아카드어의 힘이 셌으니 히타이트 왕이 비문을 아카드어로 남겼다는 건 그렇다고 쳐. 하지만 이런 내용은 좀 이상하다고. 은밀한 내면을 공개적으로 돌판에 새기다니. 이 왕은 개인으로 역사에 남고 싶었던 게 아닌가 싶어. 개별성이라는 게 인지된 것이 그리 오래전 일이 아니라고 철학자들은 말하지만 고대에도 개인은 분명 있었던 거야."

나는 개별성이라는 말을 곱씹었다. 기록되지 않은 역사 속을 살아온 수많은 익명들이 가진 개별성. 지구가 태어난 뒤로부터 얼마나 많은 생명들이 이곳에 살았을까. 그리고 얼마나 많은 생명들이 사라지고 잊혀졌을까.

"칸, 여기 촌로들이 우리에게 일러준 그 바위 신전으로 가보자고. 정말 그곳이 돌판에 나오는 그 신전이 맞는지. 돌판에는 만신전이라고 적혀 있는데 정말인지 아닌지. 그러나 쉽지는 않을 거야. 여기 아나톨리아 지방에는 바위 신전이 한두 개가 아니거든. 큰 바위가 있는 곳에 뭔가를 새기고 신이나 왕들의 기억을 산수에 붙들어놓는 건 아주 오래전부터 해오던 거 아니었나. 그렇지만 다른 열쇠가 없으니 그곳에라도 가보는 수밖에. 칸, 서둘자고."

프롬 교수는 나귀에 올라타면서 여전히 골똘하게 생각에 빠져 있는 나를 채근했다.

바위 신전은 폐허 도시에서 약 1.5킬로미터 떨어진 곳에 있었고, 폐허 도시보다 더 높은 곳에 자리잡고 있었다. 나귀 유리는 아주 천천히 발걸음을 뗐다. 마치 신전으로 참배를 하러 가는 인간처럼 다소 무겁지만 또박또박 위로 향할 줄 알았다. 얼마 뒤 오른편으로 폐허 도시의 전경이 어렴풋한 새벽빛 속에서 드러났다. 나는 프롬 교수가 서두르는 것을 뒤로한 채 유리를 멈추게 하고는 폐허 도시를 내려다보았다. 멀리서 보니 폐허 도시는 사람이 살던 어떤 도시라기보다 자연에 가까웠다. 사람들이 살면서 남기는 흔적은 아무래도 가까이에서 보아야 알 수 있는 모양이었다. 멀리서 보면 그 미미한 흔적조차 자연과 닮아 보이니 말이다.

바위 신전을 지은 사람들은 자리를 정할 때 일부러 도시보다 높은 곳을 찾았던 모양이었다. 보다 높은 곳에 있는 신들의 보호를 받으며 도시에서의 나날이 무사하도록 기원한 것이었으리라. 결국 이렇게 쇠망하여 문을 닫고 망각으로 들어갔는데도 말이다. 나는 망각의 불쌍함을 생각했다. 저 거대한 바위들로 이루어진 도시의 수많은 사원과 궁전과 성, 그리고 집들, 도로와 관개시설, 일터들은 물론이고 그런 공간을 짓고 가꾸고 그 안에서 살아가던 사람들. 여러 세대를 거치면서 건설되었을 기억들이 지반만을 자연의 일부로 남겨놓고 사라진 그 터에 드리운 어두운 새벽은 막막하고도 아름다웠다. 잊혀진다는 것은 사라진다는 것일 텐데 다른 한편으로는 완전히 잊히지 못한 그 무엇이 있어서 기억의 마지막 흔적이 몇천 년이 지나도록 완고하게 버티고 서 있는 것이다.

촌로들이 일러준 대로 바위 사원이 정말, 있었다. 새벽의 어스름 속에 서 있는 바위 사원은 사람들이 그 사원의 신들을 잊은 후로 어둠 속으로 들어갔다가 이제 막 다시 깨어난 것 같았다. 원래의 위용 대신 두 개의 방으로 들어가는 돌계단만이 쇠약한 몇 그루 소나무 앞에 남아 있었다. 둔탁한 새벽의 어둠 속에서 십여 미터 이상 높이 솟아오른 바위가 눈에 들어왔다. 그 바위뿐 아니라 서너 개의 덩치 큰 바위들이 마치 거인 가족처럼 모여 있었다. 지붕을 올려놓지 않아 하늘이 올려다보였다. 신전의 언어가 그 하늘 밑에서 수천 년의 세월을 뚫고 가까스로 들리는 듯했다.

우리는 나귀를 세워놓고 계단을 따라 올라갔다. 열 개쯤 되는 돌계단의 마지막 층에 오르자 우선 큰 방이 나타났다. 큰 방은 어림짐작으로 족히 30제곱미터는 넘어 보였고 두 벽에는 신들로 보이는 작은 형상들이 새겨져 있었는데, 한쪽에는 여신들이 또다른 한쪽에는 남신들이 차지하고 있었다. 남신들은 손에 창이나 방망이를 들고 있었으며 산을 연상케 하는 뾰족한 모자를 쓰고 있었다. 여신들은 원통형으로 된 모자를 쓰고 긴 치마를 입은 채였다. 그들은 방의 뒤편으로 행진하는 중이었다. 그들은 자신보다 훨씬 더 큰 크기에, 마주 보는 형국의 두 형상을 사이에 두고서야 그 행진을 멈췄다. 두 개의 큰 형상 가운데 하나는 남신이었고, 또다른 하나는 여신이었다. 프롬 교수가 그 앞에 멈춰 서더니 탄성을 질렀다.

"칸, 이것 좀 보라고. 이 두 신이 히타이트 왕국의 주신들이야. 여기 이 남성 신이 바로 날씨의 신이지. 그리고 이 여성 신이 태양신이고. 날씨신은 언제나 산신 둘의 등을 밟고 서 있고, 커다란 방망이를 무기로 가졌지. 태양신은 산고양이 위에 서 있는데 산고양이는 네 개의 산봉우리 위에 앉아 있단 말이지. 아마도 두 주신이 만나는 신년 축제를 묘사해놓은 것 같다네. 만신전이군, 만신전이야."

신들의 어깨 위에는 이집트의 상형문자를 연상시키는 문자들이 새겨져 있었으나 그것은 이집트 문자가 아니었다. 아직 해가 나오지 않아서 어두운데도 프롬 교수는 가까이 다가가 글자들을 보고 또 보았다. 그러고는 고개를 설레설레했다.

"이 세계에는 해독되지 않으려고 기를 쓰는 글자들이 너무나 많아. 이놈들도 그렇군. 해독되지 않는 글자들은 뭐야, 그림이야? 아님 글자야? 그도 아니면 무덤 저편에서 일렁거리는 영혼의 목소리냐고!"

나는 프롬 교수의 조바심을 이해할 수 있었다. 그는 연구실에서 쐐기문자를 해독하며 참 많은 시간을 보내왔다. 점토판이나 돌판에 새겨진 문자들을 종이에 옮겼고, 글자의 목록도 직접 만들었으며, 그걸 바탕으로 사전을 만들기도 했다. 그의 책상에 가득한 목록함에는 그가 모은 예문들이 빼곡하게 담겨 있었다. 그가 밤을 새우며 일에 몰두할 때 나는 그의 옆방에서 그가 지르는 탄성이나 비명을 고스란히 듣기도 했다. 해독이 되면 그는 탄성을 질렀고, 쉽지 않을 땐 비명을 지르곤 했는데 그러다 종국에는 꺼이꺼이 울기도 했다. 우는 소리를 듣고 처음에는 놀라서 그의 방문을 두들기기도 했으나 시간이 지나면서 점점 그러려니 하게 됐다. 그는 인간과 대화를 하는 게 아니라 글자와 대화를 하는 중이었고, 그 글자는 수천 년의 세월 속에 잊힌 채 버려져 있다가 그제야 비로소 프롬에게 불려나오는 것이었다. 그러니 그들의 해후는 얼마나 깊은 것이었을까. 그의 울음 뒤로 떠오르는 과학, 그리고 그 길을 향해 가는 한 인간의 진실은 나의 수학 시절 동안 그렇게 빛이 났다. 그와 함께 보냈던 점심 식사 시간들. 절인 양배추와 족발에다 맥주를 마시며 그는 나에게 참 많은 이야기를 들려주었다. 대부분 학문과 관련된 대화를 나누었으나 동료 교수 흉보기, 지나가는 여자들의 옷차림 평가하기 등등과 같은 사소한 잡담도 곁들이곤 했다. 그의 농담과 장난기에 반하는 여성들도 있었지만 그가 그 흔한 데이트 한번 하는 것을 나는 본 적이 없었다. 게다가 그는 가끔 며칠씩 사라졌다 나타나곤 했다. 그때마다 어디에 다녀온 것인지 단 한 번도 제 속내를 털어놓은 적이 없었다. 나 역시도 묻지 않았다. 그가 갈 곳이 있다는 것만으로도 안심이 되는 듯해서.

막막한 세월의 뒤안에서 살아남은 부조의 윤곽은, 내가 기억하고 있다고 착각하기도 하는 어미의 젖처럼 말라서 더욱 애처로웠다. 그것은 망각의 문 앞까지 갔다가 그 문을 넘어서지 못하는 망설임의 윤곽이었다. 천천히 바위벽을 따라가던 순간 어미의 젖을 기억하고 있는 것이 착각이 아닐수도 있겠다는 생각을 했다. 그 기억은 망각으로 들어가지 못하고 내 마음의 깊은 서랍 안에 죽은 듯 산 듯 들어 있던 것이 아닐까. 슬픔과 비슷한 느낌이 밀려오는 듯했으나 나는 지그시 그 감정을 눌렀다.

여신의 행렬이 끝나는 곳에 만신전의 주신보다 훨씬 더 큰 부조가 새겨져 있었다. 부조에 새겨진 인물은 주신을 향해 몸을 돌리고 있었는데 아마도 신들에게 경의를 표하는 듯했다.

"이 형상도 신인가요? 신이라면 아주 높은 신인가봐요. 이렇게 커다랗게 새겨져 있는 것을 보니."

프롬 교수는 그 형상을 자세히 살폈다.

"아니, 신은 아냐. 이 형상은 왕이라네. 물론 산봉우리에 서 있고 칼을 차고 있지만…… 이것 좀 봐. 왼쪽 손에 뭔가를 쥐고 있지? 나중에 자세히 보아야 알겠지만 아마도 이 인물의 이름과 직위가 새겨져 있는 것 같아."

우리는 그다음 방으로 들어갔다. 그 방은 첫번째 방보다 훨씬 작았다. 벽에는 역시 부조가 새겨져 있었다. 나는 벽의 중앙에 위치한 한 부조 앞에서 걸음을 멈추었다. 신이 한 남자를 껴안고 있는 부조였다. 옛 오리엔트에는 왕을 보호하는 수호신이 자주 등장한다. 부조든 인장이든 왕과 수호신에 대한 모티브는 아주 오래되었고 되풀이되는 것이기도 하다. 하지만 이 수호신 앞에 서서 경배를 하는 것이 보통이라면 지금 내가 보고 있는 것은 신의 품 안에 안겨 있는 왕이었다. 저 왕이 이 하남이라는 비밀 수도에서 태어난 왕인가? 저 사람은 누구이기에 신의 품에 안겨 있는가. 프롬 교수가 다가와 내 뒤에 섰다. 그 역시 묘한 이 그림 앞에서 말을 잃은 모양이었다.

"참 가엾은 영혼이야, 칸. 신의 품에 안겨 있는 모습으로 새겨지다니. 그의 도움이 없으면 한 걸음도 앞으로 나아가지 못할 것처럼. 왜 이렇게 불안한 모습이란 말인가, 한 왕국의 왕이."

날이 점점 밝아오고 있었다. 나는 작은 방 위에 드리운 하늘을 바라보았다. 독수리 한 마리가 창공을 가로지르고 있었다. 커다랗고 민첩한 날개에는 아침을 데리고 오는 빛이 묻어 있었다.

"정말 이 바위 신전이 돌판에 언급된 바로 그곳일까요?"

"칸 생각은 어때?"

"저야, 아직 이 분야에 대해서 아는 것이 없으니까…… 하지만 조금 이상하기는 합니다, 저 부조 말이에요. 신의 품에 안겨 있는 왕…… 정말 저 왕은 보호가 필요했는지도 모르죠, 무르실리가 고백한 것처럼. 아버지가 죽임을 당하고 삼촌들에게 생명의 위협을 받았으니 저런 보호가 필요했는지도요. 아니면 저것은 왕의 죽음을 묘사한 것일까요? 신의 품에 안겨 저편으로 가는 것, 그런 것 말이에요."

프롬 교수는 잠시 바위에 몸을 기댔다. 해독할 수 없는 그림 앞에서 그는 피로를 느낀 모양이었다. 이윽고 그는 수건으로 이마에 맺힌 땀을 닦은 후 천천히 걷기 시작했다.

"칸, 우리는 이야기를 만드는 사람이 아니라 객관적인 대상을 연구하는 사람들이야. 우선 이 바위 신전이 언제 지어졌는지에 대해서 충분히 증명할 수 있는 흔적을 찾고 모아야 해. 그래야 저 신의 품에 안겨 있는 사람이 무르실리인지 아닌지 알 수 있는 거고. 우선 촌장집으로 돌아가자고. 아침을 먹고 본격적으로 폐허 도시를 둘러보아야 하니까."

나는 조금 더 그 부조 앞에 서 있었다. 아주 오랜 세월을 거치고도 사라지지 않은 그 형상에 어떤 기억을 새겨넣고 싶었던 걸까. 완강히 버티고 있는 수천 년 전의 한순간. 나는 문득 남편이 석공이라고 하던 하남의 말이 떠올랐다. 그녀의 말이 사실이라면 이 부조를 새긴 것은 하남의 남편일 수도 있겠다, 싶었기 때문이었다. 그러나 이내 고개를 저었다. 감상적인 취향을 눌러야 한다. 명백한 객관성에 입각한 학문적인 입장을 가지기 전에 아무런 근거도 없이 마음이 이끄는 대로 상상을 한다는 건 학자의 자세가 아니니.

내가 이런 독백을 프롬 교수에게 털어놓는다면 그는 내 어깨를 툭툭 치며 이렇게 말할 것이다.

"칸은 청년이니까…… 청년의 권리지, 낭만적이 되는 건. 괴테가 우리에게 선물한 베르테르는 사랑의 불가능함을 죽음으로 이끌어 가는 청년이지만 그 청년의 죽음을 보고 있으면 위로를 받지 않나. 인간이 저렇게 순정적일 수도 있구나, 하면서. 낭만주의 시대의 산물이라고 그 청년을 정의하면 곤란해. 죽음으로 자신을 이끄는 정열은 인간의 축복이지, 아니면 치명적인 불행이거나. 그리고 인간이란 어떤 의미에선 아주 졸렬한 존재지, 한 인간이 자살을 하는 데서 위로를 받는."

프롬 교수는 언젠가 내게 『젊은 베르테르의 슬픔』을 선물한 적이 있었다. 그 책은 우리 시대의 우상 중의 우상이었다. 나는 그 책을 조금씩 아껴가며 읽었다. 그 도저한 슬픔의 기록을 읽으며 나는 베르테르가 가졌던 슬픔을 가질 수 없겠다는 생각을 했다. 사랑을 잃는 순간, 이 세계의 모든 자연이 니스 칠이 된 거짓 그림처럼 보이는 순간을 경험했던 베르테르. 나는 누구도 사랑할 수 없었으니까. 누구에게도 나를 내보이며 울 수 없었으니까. 하남을 처음 보던 순간 느꼈던 감정은 그래서 특별했고 더욱 불가사의했다. 내 마음속에 오랫동안 있었으나 한 번도 찰랑거린 적 없다고 인정하지 않았던 물이 데워지고 있는 느낌이었다. 내 마음속의 나무들은 서둘러 꽃이 피었다가 졌고 열매를 맺었으며 그 열매들은 내 마음속의 태양 아래에서 익다가 금방 쿵, 하고 땅으로 떨어졌다. 그리고 잎들이 졌으며 겨울이 왔고 눈이 펑펑 내렸다. 그 길을 한달음에 달려가서 단 한 번도 하지 못한 말들을 하고 싶었으나 지독하게 내리는 눈 속에서 내 사랑의 언어는 숨어버리기 일쑤였다. 내 마음속 풍경들은 그동안 니스 칠에 덮여 있었으나 하남을 만나면서 그 칠이 벗겨진 듯했다. 모든 풍경들이 생생했다. 베르테르와는 달리 내게 사랑이 찾아온 것이다. 신전의 돌벽 사이에 서 있던 내 양 볼이 갑자기 훅 하고 달아올랐다.

하지만 그녀는 이상한 사람. 프롬 교수는 그녀가 나에게 이야기를 들려주었다고 했고, 그 말에 환기되어서 나는 어떤 환자를 떠올렸다. 양어머니가 비엔나에 있는 정신과에서 주워들었다는 일화 속에 나오는 환자였다. 그는 피혁 회사에서 경리를 맡아보고 있었고 밤이면 글을 쓴다고 했다. 그런데 그의 글이 문제였다. 그는 자신의 이름으로만 글을 쓰는 것이 아니라 지어낸 이름으로 글을 쓰기도 하는데, 그냥 이름만 지어내는 것이 아니라 자신과는 다른 한 인간을 창조해내어 마치 그 창조된 사람이 글을 쓰는 양 한다는 것이었다. 그리고 글을 쓸 때 그는 완전히 그 사람이 되어버린다고 했다. 낮이면 아무 일 없다는 듯 경리 일을 보고 밤이면 이 세계에 존재하지 않는 인물을 창조해내고 그 인물로 살아가는 남자. 어느 날 그는 낮과 밤의 경계를 넘어버렸다. 결국에는 낮에도 자신이 창조해낸 인물 가운데 하나로 자신을 여기게끔 되어버린 것이다. 그렇다면 하남도 그 병에 걸린 것일까.

우리 일행이 폐허 도시로 향한 것은 간편한 아침 식사가 끝난 뒤였다. 촌장이 안내를 하겠다고 해서 우리는 아직 새벽 산보에서 돌아오지 않은 그를 기다려야 했다. 그는 새벽마다 말을 몰고 자신의 양 떼를 돌보는 양치기들이 사는 움막을 돌아보고 오거나 이곳에 한 계절 동안 정주하면서 밀 수확을 도와주고 있는 노마드를 방문한다고 했다. 드디어 그가 돌아왔을 때 우리는 폐허 도시로 향했다. 폐허 도시는 그에게 속한 땅이었다. 양치기든 마을 사람이든 누구든 그의 허락을 받아야만 그곳에 발을 들여놓을 수 있었다.

촌장 무바탈리는 아이한과 달리 과묵한 사람이었지만 그의 표정은 나의 형 마틴이 연상될 만큼 섬세하고 부드러웠다. 노마드 여자인 하남에게 그가 기울이는 주의는 참으로 각별했다. 그는 하남이 나귀에 오르자 아직 바람이 쌀쌀할 거라며 숄을 가져오게 해서 그녀의 어깨에 둘러주었다. 하남은 그의 친절에 보일 듯 말 듯한 미소로 답했다. 나는 불끈 질투가 났다. 유럽 여자들이나 입는 얇은 천으로 된 블라우스 하나만을 입고 있다는 걸 나는 대수롭지 않게 여겼는데 무바탈리는 달랐다. 한 여성에게 설레면서도 그 설렘을 표현하지 못하는 나의 미숙함에 대한 자책이 들었다. 사랑을 하는 데도 연습이 필요한 것이다. 나는 여성에게 다정하게 대하는 방법을 몰랐다. 그런 건 누구에게 배울 수 있을까? 만년 총각인 내 스승 프롬은 이 세계에서 단 몇 명만이 해독할 수 있다는 쐐기문자를 가르쳐줄 수는 있을지언정 사랑에 대해서는 그 역시 아무것도 알지 못했다.

폐허 도시로 올라가면서 무바탈리는 프롬 교수에게 하남의 아버지에 대한 이야기를 했다. 그녀의 이야기가 나오자 나는 가슴이 두근거렸다. 그리고 듣지 않는 척하면서 주의 깊게 그들의 대화를 엿들었다.

그녀의 아버지는 카라카야였다. 검은 바위라는 뜻의 이름이었다. 카라카야의 명성은 거의 전설이었는데, 그는 이야기 속에 등장하는 모든 인물들을 완벽하게 재현하는 것으로 유명했다. 누군가를 그리워하는 자들의 영혼을 훔치는 도둑으로부터 알라의 칼이라 불리는 오렌지 요정의 애인, 바자에서 금귀고리를 만드는 장인, 남을 속여먹는 것으로 장사를 하는 향료 장수, 장미수를 만드는 늙은 여자, 아름답기로 유명해서 나무의 뿌리에 산다는 정령에게 업혀 간 술탄의 딸, 나무로 형상을 만들면 그 형상이 살아 움직인다고 하는 목공예가 등등 그의 이야기 속에 등장하는 모든 인물들이 마치 눈앞에서 살아 있는 양 움직였다고 했다. 오리엔트의 전 지역은 물론 북아프리카, 그리고 오스만 제국에 속한 동유럽까지 다니지 않은 곳이 없었다. 무리와 함께 노마드로 떠돌아다니면서 노예가 되기도 했고, 지방 파샤의 전령으로 일을 하기도 했으며 다리를 놓거나 모스크를 짓는 일을 하기도 했다. 무바탈리는 하남에게로 잠시 눈길을 주고는 이야기를 이었다.

"하남은 아버지와 아주 가까워요. 지난번 앙고라에서 딸을 만나고 왔노라고 카라카야가 제게 말했죠. 아주 오랜만에 만난 거라고."

"촌장께서는 카라카야와 친분이 있으신 모양입니다."

"저의 타개하신 부친과 친분이 두터웠고요, 절 조카처럼 대하지요. 여기에서 멀지 않은 곳에 지금 카라카야와 그의 무리들이 있어요. 양파가 많이 나는 고장이라 돕고 있지요. 양파를 수확할 때까지 머문다고 합디다. 사실 카라카야가 그곳에 머무는 이유는 그 근처의 폐허 도시 때문인데, 사람들 말에 의하면 손으로 만지는 것은 모두 즉시 황금으로 변하게 만드는 재주를 가진 미다스 왕이 살았던 도시라고…… 그래서 양파 농사를 지으면서 이야기 동냥을 한다고 하더군요. 저는 하남을 어릴 때부터 알아요. 제 동생 같지요. 테레지아가 하남을 여기까지 데리고 온 이유는 하남만큼 이 근처를 잘 아는 사람이 없어서일 거예요. 뿐만 아니라 하남에겐 특별한 능력이 있으니."

"특별한 능력이요?"

"오래된 문자들을 읽을 수 있는 능력이죠."

마을을 빠져나오자 폐허 도시에서 제일 큰 바위산이 보였다. 촌장은 그 바위산을 뷔윅카야(Büyükkaya, 큰 바위)라고 불렀다. 바위산의 발치에는 개울이 흘렀다. 멀리서 보면 실개천 같으나 가까이 가보니 제법 너비가 있는 하천이었다. 5월의 끝자락이라 이 가뭄에도 자라는 풀은 물기가 올라 있었고 드문드문 서 있는 자두나무의 꽃이 진 자리에는 이미 작은 자두 몽울이 돋아나 있는 것이 보였다. 아침의 빛 속에서 소와 양들이 폐허 도시에서 자라는 풀을 뜯고 있었다. 곳곳에 있는 큼지막한 돌 위에다가 양치기들이 뿌려둔 소금을 핥기 위해 짐승들이 다가왔다. 햇살은 눈부셨고 햇살 속의 하천을 따라 거위 떼들이 산보를 하고 있었다. 바위산은 그 모든 것을 거느렸으나 자신의 기억을 절대 발설하지 않겠다는 듯 완강하게 버티고 서 있었다. 나는 그 바위산을 눈이 시릴 때까지 바라보았다.

뷔윅카야를 마주보고 있는 커다란 사원 터가 있었다. 건물은 거의 다 사라지고 몇몇 지반들만 긴 사각형으로 누워 있었는데 돌 위로 드리워진 고요함은 몸서리가 쳐질 만큼 소란했다. 돌의 모서리는 세월 속에서 완만한 곡선으로 변했고 시간 속에 깃든 붉은 이끼는 돌을 절반쯤 점령했다. 돌과 돌 사이에는 키가 작고 거친 가시나무들이 남풍에 흔들리며 침입자들을 경계하듯 바라보았다. 나는 우선 큰 숨을 내쉬었다. 프롬 교수도 말을 잃은 듯 쓰고 있던 모자를 벗고 한동안 서 있었다. 기억들이, 아주 먼 기억들이 두근거리는 곳이어서 우리는 다만 조용히 묵념하듯 바라볼 뿐이었다.

사원으로 들어가는 곳에는 석회암으로 만든 사자상이 서 있었는데 자세히 보니 그것은 사자 모양으로 만들어진 물 저장고였다. 물은 남아 있지 않았으나 옴팍하고 둥글게 생긴 안쪽 곡선이 지난날 물의 흔적을 증명하고 있는 듯했다. 촌장은 아이한과 테레지아를 향해 반질반질하게 윤이 도는 사각형의 푸른빛 돌덩이를 가리키며 말했다.

"저 돌덩이를 만지면 아이를 가지게 된다지요. 하도 여자들이 만져서 반질반질해진 거예요."

촌장은 싱긋 웃으며 눈길을 다른 곳으로 돌렸는데 그의 말에는 둘의 관계를 알고 있노라, 하는 뼈가 들어 있었다. 아이한이 헛기침을 하며 말을 다른 방향으로 돌리는 동안 테레지아는 말에서 내려 돌덩이 쪽으로 향했다. 장갑을 벗은 그녀가 돌 모서리를 어루만졌다. 그러고는 촌장을 향해 말했다.

"누군가 이 돌을 다른 곳에서 옮겨 온 모양이군요. 이렇게 덩그러니 혼자 떨어져 있다니. 가만히 살펴보니 자연 상태의 돌은 아니에요. 사람의 손으로 이렇게 사각형으로 자른 거예요. 자, 이제 아이를 낳기만 하면 되겠군요."

"하지만 이 마을에서는 낳지 않기를 바랍니다. 이스탄불에 가면 좋은 산파들이 많을 테니 그곳에서 낳는다면야…… 마을이 작아서요. 수군대는 사람들이 곧 있을 겁니다."

테레지아는 아랑곳하지 않고 촌장에게로 다가갔다. 굳은 표정으로 잠시 그를 노려보던 그녀가 서서히 촌장으로부터 멀어지며 말에 올랐다.

"다른 곳을 둘러보겠습니다. 그럼."

그녀는 아이한 쪽을 향하여 말을 몰았고 남쪽으로 곧 사라졌다.

"테레지아의 오빠인 다니엘이 사라졌다고 들었는데…… 이렇게 테레지아와 동행하는 것이 어찌 좀 불안해 보입니다. 아이한이 그 사실을 이스탄불에 보고는 했는지 모르겠네요. 어수선한 시대이니 앞을 내다보는 것이 쉽지 않습니다. 저야 팔자 좋게 태어나 땅도 좀 있고 이곳저곳에 집들도 있고 가끔 짬을 내어 여행이나 하고 살지만 제국이 앓고 있는 몸살은 참 심각합니다."

촌장은 나지막하게 프롬 교수에게 말했다. 프롬 교수는 결심을 한 듯 무바탈리에게 테레지아와 앙고라 파샤와의 거래를 들려주었다. 그리고 아마도 아이한이 이스탄불에 보고하지 않았을 거라는 추측도 덧붙였다. 무바탈리는 고개를 설레설레 저었다.

"우선 이곳은 제 땅이고 이곳에서 뭔가를 발견해도 테레지아의 것은 아니지요. 그리고 앙고라 파샤는…… 제국과 사이가 아주 나빠요. 아이한이 어쩌려고 저러는지…… 저도 앙고라 파샤와 사이가 좋

은 것은 아니나 이쪽은 내버려두죠. 하지만 이 폐허 도시가 그에게
도 중요해지면 무슨 일이 일어날지. 사람들을 데리고 올지도 몰라요.
제게도 사람들이 있긴 하지만 파샤가 데리고 다니는 이들에 비하면
야…… 겨룰 것이 못 되지요."

"그나저나 무바탈리, 이곳이 하남이긴 합니까?"

"그거야 교수님이 밝혀내야 할 일이지요. 제가 뭐 아는 게 있습니
까? 1830년대부터 유럽의 많은 여행자들이 이곳에 다녀갔어요. 아직
누구도 여기가 어디인지 알아내지 못했지요. 추측은 많지만…… 하
지만 추측은 추측에 불과한 것 아닙니까? 교수님처럼 이곳을 하남으
로 여기는 사람이 딱 하나, 있었지요. 하남의 아버지. 그래서 딸 이름
도 하남으로 지었답니다. 하남이 이곳에서 태어났기 때문이기도 하
지요. 그가 이집트에 간 적이 있었는데 그곳에서 하남 이야기를 들은
모양이에요. 히타이트 왕국의 비밀 수도인 하남 이야기를. 그런데 왜
히타이트 사람들이 비밀 수도를 지었는지는 알려지지 않았다는군요.
어떤 사람들인지도 말입니다. 전해오는 이야기로는 형제 간에, 친족
간에 그렇게 피비린내 나는 정권 다툼을 했다는군요. 하루아침에 전
가족이 몰살되는 건 문제도 아니었다고…… 어떤 사람이 말하기를
종교 분쟁이었다고 하기도 하고. 그러니까 왕국의 주신을 새로 맞아
들이는 일로 분쟁이 있었던 거죠. 아마도 어떤 왕이 이방의 신들을
만신전 안으로 데리고 들어오면서 빚어진 갈등이 아니었을까 하더군
요. 저는 잘 모릅니다. 다만 주워들은 이야기지요. 여기는 오지이니
시간이 천천히 흘러가는 곳이라 이야기를 들으며 소일을 하는 사람
들이 많아요. 저도 여행에서 돌아오면 긴 겨울밤, 이야기 듣는 걸 낙

으로 삼지요."

　우리는 나귀와 말에서 내려 돌 사이를 걸어다녔다. 발걸음마다 돌들이 침묵을 깨고 곧 뭔가를 발설한 것만 같은 느낌이 들어 나는 설레었다. 이 바위투성이인 곳에 도시를 건설한 사람들은 대체 어떤 형태의 건축물을 만들었는지, 이곳을 발굴해서 저 지반의 윤곽을 잡아낼 수 있다면…… 신과 왕을 위해 절대적인 공간을 건설하여 그 안에 흐르는 시간을 영속적으로 붙잡아두려는 고대 건축의 내면, 그 속을 들여다보고 싶은 열망으로 나는 잠시 하남을 잊을 지경이었다. 그러고 보면 나도 고고학에 오염된 학도인 것이 분명했다. 나는 잠시 하남 쪽을 향해 시선을 돌렸다. 그녀 역시 주춧돌 사이를 걸어다니고 있었다. 가끔 멈추어 서서 가시나무에 위태롭게 매달린 작은 보랏빛 꽃을 들여다보기도 했다.

　그때였다. 갑자기 나는 이 사원 터가 폐허가 아닌, 지금 존재하고 있는 사원인 것 같다는 착각에 빠져들었다. 저 여자가 걷는 곳에 있는 긴 사각형의 주춧돌 사이로 돌담이 올라오고, 그 돌담 사이에 창문이 만들어지고, 창문턱에는 신의 그림들이 세워지고, 담에는 신들의 모습이 새겨진 모자이크가 생겨나고, 그리고 어디선가 목소리도 들려오는 듯했다. 이곳에서 살아가던 사람들…… 신의 부엌을 위하여 밀과 양고기, 약초와 술을 실어나르는 나귀들과 사람들, 신의 방을 장식하기 위해 금속공예품들을 들고 사원의 입구로 들어오는 장인들, 사원 주변을 지키는 군인들, 사원의 물품을 관리하는 서기관들, 무너진 돌담을 수리하기 위한 석공들…… 그리고 바위 신전에서 보았던 신들은 사원에 있는 자신들의 방에서 자거나 춤을 추거나 곧 올라올 공양을 기다리며 맞은편에 있는 뷔윅카야를 향해 시선을 돌리고 있었다. 그 앞에서 왕과 제사장들은 보이지 않는 신들을 위해 긴 묵념을 하고 있었고, 부엌에서는 예식에 맞춰 여자들이 밀을 빻고 효모를 준비하고 반죽을 하고 있었으며, 화덕에는 양고기가 익어가고 콩 수프가 끓고……

다시 눈을 부볐을 때, 그러나 그곳에는 하남만이 돌 사이에 서 있을 뿐이었다.

나는 갑자기 마음이 좁아들었다. 저 여자가 사는 시간과 내가 사는 시간이 다르다는 생각이 들기 시작했던 것이다. 우리는 지금 한 공간에 서 있지만 다른 공간 속을 살고 있다는 느낌이랄까. 명치끝이 저려왔다. 나는 저 여자를 잃기 위해 만난 것 같았다. 그녀의 머리칼이 바람에 흩날렸다. 그녀가 나를 향해 고개를 돌리더니 한 번 아주 작게 웃었다. 그 웃음이 날카로운 칼처럼 내 심장으로 들어와 한 움큼의 피를 가져가버리는 것 같았다.

사랑 속에 있으면 주위에 있는 모든 전원의 풍경들이 제 소리보다 더한 소리를, 제 빛보다 더한 빛을, 제 빛깔보다 더, 더 선명한 빛을 띠고, 사랑이 떠나가면 모든 것이 니스로 칠한 것처럼 보인다는 베르테르가 옳았다. 모든 것이 너무 선명해서 차라리 투명한 느낌이랄까. 그녀가 서 있는 곳, 그곳은 고대였고 내가 서 있는 곳, 이곳은 20세기. 나는 하남을 불러보았다. 그녀가 나를 향해 손을 흔들었다. 아, 그녀도 이 시간, 내가 서 있는 시간 속에 있구나. 다행이었다. 참으로 거짓말 같은 참말.

무바탈리는 다시 길에 오른 우리에게 높이 솟아오른 바위 하나를 가리켰다. 바위는 두 쪽으로 나뉜 붉은빛이 도는 석회암이었다. 그 바위를 케식카야(Kesikkaya), 즉 쪼개진 바위라고 부른다고 했다. 저 바위 위에 서면 폐허 도시의 절반이 한눈에 들어온다고 덧붙였다. 우리는 줄을 지어 바위 위로 올라갔다. 하남이 앞장을 섰다. 그녀는 마치 산고양이처럼 잽싸게 바위를 탔다. 그녀의 발걸음에는 오랜 시간을 유랑한 인간의 유연함과 쓸쓸함이 함께 묻어 있었다. 아직 우리가 절반도 채 못 올라갔을 때 그녀는 이미 바위 정상에 서 있었다. 헉헉거리며 모두가 정상에 올랐을 때 나는 하남이 케식카야 건너편에 있는 바위를 바라보고 있다는 걸 알았다. 그 바위는 케식카야보다는 낮았고 바위 윗면은 평평한 편이었다. 누군가 바위 봉우리를 뚝 잘라서 커다란 대패로 싹 밀어놓은 듯했다.

"소녀 바위라고 불리지요, 저 바위는."

무바탈리는 설명을 덧붙였다.

"아주 오래전에 소녀를 새겨넣은 부조가 있었다고 그렇게 부른답니다. 하지만 그 부조는 지금 사라지고 없어요."

무바탈리가 그 말을 하는 순간 하남이 나를 바라보았다. 나도 동시에 그녀를 바라보았다. 그녀의 눈빛이 바로 저 바위라고 말하는 듯했다. 그녀는 웃고 있었으나 그 웃음 속에는 불안이 동시에 들어 있었다. 왜 나는 그녀의 웃음에서 불안을 먼저 본 것일까. 소녀 바위는 상앗빛을 뿜으며 햇빛 아래 엎드려 있었다. 그저 그렇고 그런 평범한 바위일 뿐이었으나 왠지 사람의 손으로 다듬은 흔적 같은 게 눈에 띄었다. 나는 하남처럼 몹시 애절한 눈으로 바위를 바라보지 않았다.

그러나 슬픔으로 가득한 하남을 바라보는 내 눈은 분명 애절했다.

"무바탈리, 정말 그런 이야기가 전해옵니까, 여기에?"

프롬 교수가 무바탈리에게 물었다.

"촌로들은 다 그렇게 얘기하지요. 촌로들의 할아버지들도 그렇게 얘기했을 것이 틀림없고요. 이곳은, 아까도 말씀드렸듯이 오지라서, 한번 이야기가 생겨나면 저 바위들처럼 완강하게 버티지요. 잊히지 않으려고 사람의 혀로 들어가요. 그러면 혀가 물레가 되어 기억들을 지어내는 건데, 기억들을 베틀 위에 올려놓고 킬림(kilim, 양탄자)의 무한한 문양을 짜내는 것처럼 이어집니다. 기억은 사라지고 문양만 남지요. 기억은 이야기가 생겨나면 사라지는 겁니다. 잊히는 거지요. 그러니 이 일화가 진짜인지 가짜인지 어떻게 알겠습니까?"

무바탈리는 하남에게 바위 가장자리로는 너무 가까이 가지 말라고 일렀다. 갑자기 바람이 일기 시작했기 때문이었다. 소소하게 일어난 바람은 삽시간에 폐허 도시 전체를 다 날려버리기라도 할 듯 험악해졌다. 후두둑, 비까지 떨어지기 시작했다. 바위 위에는 숨을 곳이 없었다. 우리는 황급하게 내려왔다. 바위는 미끄러웠다. 하남과 무바탈리가 앞서 가고 나는 프롬 교수의 뒤를 따랐다. 거의 다 내려왔을 즈음 프롬 교수가 주춤하는가 싶더니 비명을 지르며 걷잡을 수 없이 미끄러지기 시작했고 바위의 발치까지 온 뒤에야 멈췄다. 무바탈리와 하남이 달려갔고 나 역시 미끄러질세라 조심하며 가능한 빠르게 프롬 교수에게로 향했다. 그의 다리에서 피가 흐르고 있었다. 내가 그를 업었다. 프롬 교수는 등에 업힌 채 괜찮다는 말을 반복했다. 무바탈리는 프롬 교수를 말에 태웠다.

"칸, 비는 곧 그칠 테니 여기를 더 둘러보고 와서 내게 말해줘요. 따라올 필요까지는 없을 것 같고요."

무바탈리는 자신이 책임을 질 테니 걱정하지 말라고 했다. 나는 한사코 따라가려 했으나 프롬 교수는 나직하게 날 타일렀다.

"더 둘러보게. 그리고 보고하게. 뭘 봤는지, 뭐가 더 있는지."

나는 하는 수 없이 뒤로 물러났고 무바탈리의 말은 잽싸게 마을로 내달렸다. 나는 멀어져가는 그들을 물끄러미 바라보았다. 그저 부상이 심하지 않기를 바라면서.

비는 곧 그쳤다. 거짓말처럼 무지개가 뷔윅카야 쪽으로 떠올랐다. 눈부셔서 더욱 아련하게 보이는 무지개였다. 하남이 내 옆에 서서 나와 함께 무지개를 바라보았다.

"그때에도 무지개가 뜨곤 했지요. 갑자기 비가 오고 난 뒤에는 늘 그랬던 것 같아요."

나는 하남을 향해 시선을 돌렸다. 그녀의 옷자락에도 무지갯빛이 묻어나는 듯했다.

"지금처럼 이렇게 아름다웠나요?"

"무지개는 언제나 아름답지요. 설레게 하고요. 그때도 그랬고 지금도 그렇지만 앞으로도 그럴 거예요. 칸은 아름다움 앞에 서면 어떤가요?"

"……"

"난, 아파요. 어쩌면 저렇게 좋을까 싶어서 그 세계 속으로 들어가면 절대로 나오고 싶지 않을 만큼이요."

"바위 속은 아름다웠나요?"

"예, 너무나요. 고요하고 깊었어요. 인간들이 가진 기억들을 가슴에 끌어안고 그 안에 앉아 있으면 저절로 바위가 되어버리는 것처럼 말이에요."

나는 더이상 그녀에게 할 말을 찾을 수가 없었다. 그녀가 참으로 확고하게 믿고 있는 환영의 세계를 나로서는 알 수도 이해할 수도 없는 세계임이 분명했으니. 그녀를 내가 사는 세상 속으로 영원히 데리고 나오고 싶었다. 내가 보기에 그녀가 지어놓은 세계는 공기를 먹고 사는 듯했다. 그러니까 그녀의 그곳은 다만 어른거리기만 할 뿐 아무런 구체성이 없는 곳이었다. 안타까운 마음에 나는 이렇게 묻고 말았다.

"하남, 그 생각, 저 사라지고 있는 무지개처럼 곧 사라지지 않을까요?"

하남은 내 질문을 듣고도 모르는 척 아무런 대꾸도 하지 않았다. 그리고 그녀가 나귀에 올랐을 때 나도 유리에게로 갈 수밖에 없었다. 이제부터는 올라가는 길이었다. 폐허 도시는 큰 사원 터가 있는 북쪽이 가장 낮았고, 남쪽으로 갈수록 높아졌다. 하남과 나는 바위와 바위 사이를 향해 갔다.

9
내 사랑, 하남

　멈춘 것도, 흐르는 것도 모두 시간 속에 들어 있다는 느낌. 나귀를 타고 가는 하남을 바라보며 나는 그런 생각을 했다. 그녀가 언제라도 나를 다른 시간 속으로 데리고 들어갈 것 같은 느낌. 나는 잠시 호흡을 멈추었다. 만일 내가 지금 보고 있는 저 뒷모습을 다른 공간과 시간에서 추억하게 된다면 어떨까? 실체는 사라지고 내가 보았다는 믿음만이 남을 것이다. 이 폐허 도시에 거의 우연에 가깝듯 여전히 사라지지 않고 남은 흔적들처럼 말이다. 그래서 이곳의 역사는 오리무중이고, 다만 역사가 사라지고 난 뒤 그 위를 덮은 자연만이 도시를 압도하고 있는 것처럼. 그리고 압도적인 자연 속에서는 뜨거운 햇빛이 지나가고, 피부 깊숙이 들어오는 가시나무들의 가시만이 무성한 것처럼. 지금 내가 보고 있는 것은 우연의 결과물일 뿐이라는 생각이 들었다.
　길이 가팔라질수록 이 폐허 도시의 바위들은 빽빽해졌고, 높아졌고, 더불어 쓸쓸해 보였다. 어떤 바위 위에는 허물어진 돌담장이 몇몇 흔적으로 남아 있었다. 잠시 내린 비로도 금세 뻘밭이 되어 나귀들의 발걸음을 느리게 했다. 하남은 뒤도 돌아보지 않고 앞으로만 천천히 나귀를 타고 나아갔다. 어떤 길이든 그녀가 가는 대로 내가 무작정 따라갈 것을 알기나 하는 듯, 한 치의 의심도 없이 앞으로 앞으로만 그녀는 나아갔다.

한두 시간쯤 흘렀을 때 우리는 사자문에 도착했다. 사자문은 내홍예(內虹霓)와 외홍예로 이루어져 있었다. 그리고 외홍예의 돌덩이를 쪼아 만든 반부조형 사자상이 좌우에 서서 문을 지켰다. 문은 이미 사라지고 없었으나 사자상은 홍예의 돌덩이가 꽉 붙들고 있는 듯 그 자리를 지켰다. 왼쪽에 선 사자상은 이미 마모 상태가 심해 얼굴 부분은 코와 귀만 남아 있을 뿐이었으나 오른쪽에 선 사자는 섬세하게 조각된 갈기까지 보일 정도로 보존 상태가 좋았다.

나는 사자의 얼굴을 자세히 들여다보았다. 사자는 얼굴을 위로 올리고 입을 크게 벌리고 있었다. 그리고 사자상 앞에 놓인 사각의 돌덩이 위에는 두 개의 옴팍한 홈이 파여 있었다. 아마도 사자 앞에 바칠 제물을 위해 준비된 접시처럼 보였다. 외홍예의 바깥으로 나갔다. 홍예를 끼고 좌우로 쌓여 있는 돌담이 보였다. 돌담 앞에는 2미터 정도의 넓이로 평평하게 다듬어진 땅이 있었고, 그 앞에는 외성이 서 있었다. 두텁게 쌓아올린 경사면 위로 돌을 쌓아 만든 외성 위에 서서 아래를 내려다보면 까마득했고 나무도 몇 그루 없이 그저 가시풀로 가득 찬 풍경은 현기증이 날 지경이었다.

나는 사자 앞에 놓인 둥근 사각의 돌 위에 앉아 잠시 휴식을 취했다. 먼발치에서 나를 지켜보던 하남이 머뭇거리더니 곁에 와 앉았다. 우리는 나란히 앉아 같은 곳을 바라보고만 있었다. 그러나…… 진짜 같은 곳이었을까?

그녀에게서 은은히 풍기는 박하향이 내 코를 스칠 때 향기는 심장의 박동에 걸려 공중에서 잠시 멈추었다가 곧 지나갔다. 용기가 나지 않아 아무 말도 건넬 수가 없었다. 그녀가 나에게 말을 걸어오길 기다렸으나 그녀 역시 한마디도 하지 않고 앞만 바라볼 뿐이었다. 나는 가까스로 용기를 내어 그녀에게 물었다.

"하남, 무슨 생각을 해요?"

"칸도 믿지 않는군요. 그럴 수밖에 없겠지요. 워낙 황당한 얘기일 테니. 하지만 저는 정말 그 바위에서 나왔답니다. 그리고 시간이 흘러 이렇게 칸을 만나게 되었고…… 다들 제 아버지 얘기를 하지요. 아버지는 이야기꾼이고 나는 그의 딸이니 내가 이야기를 지어냈을 거라고요. 하지만 그게 아니에요. 난 아주 어릴 때부터 내가 사는 시간이 아닌 다른 시간들을 둘러보곤 했어요. 이 도시가 생겨날 때부터 지금까지 겪었던 모든 시대들을 여행했지요. 내 남편은 그걸 알았어요. 내가 죽었을 때 그는 날 바위 속에 새겨두었어요. 그는 이 도시가 멸망할 때 내가 바위에서 나오리라는 것을 알고 있었어요. 우린 믿었거든요, 나만이 이 도시의 기억을 전할 수 있다는 것을요."

그렇게 말을 잇는 하남, 나는 하남이 신고 있는 유럽식 장화가 왜 그렇게 부자연스럽게 느껴졌을까. 나는 하남의 말을 믿을 수가 없었다. 서글펐다. 만일 그녀가 병을 앓고 있는 것이라면 대체 어떤 마음의 곡절이 저 여자를 아픔으로 이끈 것인지 궁금해졌다. 지어낸 이야

기와 자신을 완전히 동일시하는 그녀의 손이 이야기를 하는 내내 파
르르 떨리고 있었다. 나는 그 손을 잡아주고 싶었다. 그러나 그럴 수
가 없었다. 그녀는 너무나 가까웠고 또한 너무나도 멀었다.

"사람들은 유럽에서 아시아로, 그러니까 쉽게 말해 신대륙을 발견
하는 공간 여행은 사실이라 여기면서 시간 여행에 대해서는 왜 아무
도 믿지 않는 걸까요? 시간 여행을 할 수 있을 거라는 간절한, 그러
면서도 영적인 움직임을 가슴속에 지니고 사는 사람이 있다는 걸 왜
믿지 않는 걸까요? 칸은 지금 이곳의 시간이 이스탄불의 시간과 같
다고 생각해요? 칸이 살던 유럽의 시간과 이곳의 시간이 정말 같다
고 생각해요?"

물론 아니었다. 이곳의 시간은 유럽의 시간과는 다른 시간대에 속
해 있었다. 이곳에는 차도 없고 가스등도 없으며 철강이 생산되지도
않았다. 이곳 사람들은 유럽의 고대 도시를 찾아내려고 애쓰지도 않
았으며 나침반이나 측량 도구, 자나 망원경은 구경조차 해보지 못했
을 것이다. 제국의 가장 위대한 수학자인 가우스의 이름을 딴 배를
타고 원정대가 남극으로 연구 여행을 갈 것이라는 소식을 접한 것은
내가 하남을 찾아나서기 한 달 전의 일이었다. 원정대가 그 임무를
성공적으로 수행했는지 나는 모른다. 이곳 사람들은 아마 남극이라
는 곳이 어디에 있는지 짐작조차 못할 것이다.

제국 내에서도 마찬가지였다. 바이에른 깊은 산속에 사는 사람들
이 과연 베를린 포츠담에 사는 사람들과 같은 시간대를 살고 있을
까? 이스탄불에 사는 사람들은 폐허 도시 아래 엎드려 있는 마을 사
람들과 같은 시간대를 살고 있을까? 그렇다면 얼굴조차 생각나지 않

는 나의 부모는 지금 어디에서 무엇을 하고 있을까? 그들도 나와 같은 시간대를 살고 있을까? 마틴은? 양어머니는? 프롬 교수의 아픈 다리는? 그를 말에 태우고 간 무바탈리는?

아내와 나 역시 같은 시간을 살아냈을까? 내가 겨울 속에서 살아갈 때 아내는 봄 가운데를 살아가고 있었는지 모른다. 마주니 형과 마리타 역시 같은 시간을 살아냈을까? 마주니 형이 딜레마에 빠져서 전전긍긍할 때 마리타는 저녁 요가 시간을 위해 촛불과 방석을 준비하고 있었을지 모른다. 물론 시계는 정확하게 같은 시각을 가리켰겠지. 하지만 그게 정말 같은 시간이었을까. 하남이 저토록 완강하게 고집하는 부분을 읽으며 나는 아내를 떠올렸다. 둘째 아이를 낳고 아내는 심한 우울증을 앓았다. 그 우울증은 좀처럼 아내를 놓아주지 않았고 그러던 어느 날 아내는 내게 이렇게 말했다.

"나, 갈 거야."

"가? 어디로?"

"내가 온 곳으로."

"친정 가겠다는 소리야?"

"아니."

"그럼 대체 당신이 온 곳이 어딘데?"

"바다."

"여행이 하고 싶은 거야?"

"아니. 난 바다에서 왔잖아. 그곳에서 태어나 여기 뭍으로 온 거잖아. 정말 숨을 쉴 수가 없어. 여기는 내가 살 곳이 아닌 것 같아. 갈래."

언제나 그렇듯이 아내는 아주 나직하게 말했다. 덜컥, 나는 겁부터 났다. 아내는 부엌으로 가 냉장고 깊숙이 손을 넣어 소주 한 병을 들고 나왔다. 음식을 만들 때 넣으려고 사둔 술이라더니 뚜껑을 따고 커다란 유리잔에다 그 말간 소주를 따랐다. 아내의 표정은 돌처럼 굳어 있었고 그 심지 속 돌이 아내의 울음을 꽉 누르고 있는 듯도 했다.

"왜 그래, 이 밤중에."

"바다, 그곳으로 돌아가야만 해."

"여보, 당신은 인어공주가 아니야. 내 아내 인수라고."

"누가 인어공주래? 그렇지만 내가 태어난 곳도 분명 바다라고. 여기가 아니라 저기 저 바다."

아내는 단숨에 소주를 들이켰다. 그러고는 한잔하겠느냐고 묻는 듯 날 쳐다보았다. 나는 고개를 저었다. 내가 어떻게 아내를 도와줄 수 있을까. 저 도저한 우울증을 무슨 수로 달래줄 수 있단 말인가. 손바닥에서 연신 땀이 차올라 옷깃에다 연거푸 손을 닦았다. 손은 나도 모르게 자꾸만 심장 언저리를 쓸어내리고 있었다. 묵직하고 뻐근한 통증 같은 것이 느껴졌다.

다음날도 그다음 날도 퇴근 후 집에 돌아오면 아내는 부엌에서 익숙한 손놀림으로 젖병을 소독하고 있었다. 그런 아내를 위해 장미와 백합이 한데 섞인 풍성한 꽃다발을 사간 어느 저녁, 간만에 아주 잠시 그녀의 웃음을 보기도 했다. 아내는 화병을 꺼내 꽃을 꽂았다. 그러나 그게 다였다. 꽃은 아주 일찍 시들어버렸으니까. 아내는 물 한 번 갈아주지 않았으니까.

하남은 일어섰다. 돌아볼 곳이 아직 많다고 그녀는 말했다. 나는 유리의 발굽을 한번 살펴보았다. 진창을 걸어왔는데도 놈의 발굽은 전혀 상하지 않은 채였다. 이제 이 폐허 도시의 가장 높은 곳에 위치한 문을 향해 갈 것이다. 노이만의 지도에 의하면 가장 높은 곳에 문이 하나 있다고 했다. 나귀는 우리를 태우고 위로 더 위로 걸어갔다. 제대로 된 길이 있을 리 만무했다. 폐허 도시에는 양이나 소들이 지나간 자리로만 길이 나 있었는데 그 높은 문이 있는 곳까지는 가축을 먹이러 가는 사람도 없었는지 올라갈수록 가시풀을 밟는 나귀들의 걸음이 느려졌다. 아직 5월이라 가시들은 연했으나 나귀의 발굽이 얼마나 더 견뎌낼 수 있을지 걱정스러웠다. 하남은 나와 달리 그런 걱정 따위는 하지 않는 듯했다. 그녀는 여전히 앞으로 더 앞으로만 나아갔다. 그리고 우리가 그 문 앞에 도착했을 때 그녀는 나귀를 멈추게 하고는 뒤를 돌아보았다.

"보이지 않겠지만 여기 이 밑에 돌로 만든 땅굴이 있어요. 땅굴 위에 다시 피라미드형으로 벽을 쌓고 그 위에다가 이 문을 만들었지요. 가장 남쪽에, 그리고 가장 높은 곳에. 저기를 봐요."

그녀가 가리키는 곳에 문의 흔적으로 보이는 어떤 형체가 있었다. 아마도 문 양쪽에 사자문처럼 두 개의 입상이 문을 지키고 있었을 것이다. 그 입상들은 흙먼지에 덮여 발굴을 해야만 정확한 형체를 드러낼 것이었다.

하남은 나귀에서 내려 그 문의 흔적을 향해 걸어갔다. 그곳에 이르렀을 때 그녀는 나를 향해 다가오라고 손짓을 했다. 나는 엉거주춤 그녀에게로 다가갔다.

"두 스핑크스가 여기 서 있었어요. 흙과 돌에 덮여 보이지는 않지만."

나는 그 근처에 섰다. 하남이 손으로 흙을 털어내려고 했다. 하지만 흙은 연년세세 바람과 눈, 비와 햇빛으로 그 두께가 한층 두터워져 손으로는 도저히 걷어낼 수가 없었다.

"이것 봐요, 칸. 이 흙, 그냥은 털어낼 수 없어요. 사람들은 웬만해서는 털어지지 않으니까 이 흙 속에 아무것도 없다고 믿는 거예요. 잘 들어요, 칸. 대체 여기까지 왜 온 거지요? 뭘 찾겠다는 거지요? 찾아서 뭘 하려는 거냐고요."

"하남, 솔직히 난 아직도 당신의 말을 믿을 수가 없어요. 나는 이성에서 빛을 찾으려는 학도예요. 노마드도 아니고 이야기꾼도 아니고…… 신화나 전설이 아름답고 매혹적이기는 하나 그걸 전적으로 다 믿을 수는 없는 사람이에요."

하남의 얼굴이 굳어졌다. 그녀는 나를 그대로 지나치더니 나귀를 타고 서둘러 내려가기 시작했다. 나는 한동안 그 자리에 서 있었다. 왜 나는 하남을 믿을 수가 없는가. 그랬다. 믿을 수가 없었다. 나는 내 생일조차 모르지 않는가. 하지만 모른다고 그 시간이 없는 것은 아니지 않은가. 지금 살아서 움직이는 내가 바로 그 증거가 아닌가.

아주 어릴 때 나는 헬무트에게 물은 적이 있었다. 내가 어디에서 왔는지. 헬무트는 말했다.

"칸, 다른 사람들도 다 마찬가지야. 누군가가 너 어디에서 태어났어, 하고 말해주어서 아는 거야. 탄생의 시간을 기억하는 사람은 아무도 없어. 가족이나 사진만이 그걸 증명할 뿐이지. 배내옷과 기저귀를 채우던 담요, 신발과 옷 같은 물건들이 너의 탄생을 말해주는 거라고. 나 역시도 내가 어디에서 왔는지 알 수 없어."

내가 사랑했던 개, 클라라가 새끼를 낳았을 때 네 마리 강아지의 그림을 그리고 날짜와 시간을 적어 내 방 침대 밑에 넣어두었던 적이 있었다. 녀석들이 조금 더 크면 보여주려고 했는데 어느 날 강아지들이 다 사라져버렸다. 선물로 어디론가 보내진 것이었다. 나는 방문을 잠그고 큰 소리로 엉엉 울었다. 그렇게 슬플 수가 없었다. 그 강아지들이 꼭 나인 것만 같았다. 그 강아지들 역시 태어나던 순간을 결코 기억할 수 없을 것이기에. 독일로 온 지 5년이 지난 뒤의 일이었다.

나는 황급히 유리를 재촉해서 하남이 내려갔던 길로 따라갔다. 그녀를 붙잡기 위해서였다. 마음이 급했다. 한참 동안 헤맸으나 하남은 보이지 않았다. 나귀 발이 어찌나 느린지 내려 뛰어서라도 그녀를 잡고 싶은 심정이었다. 가시나무와 돌 더미 사이에 나 있는 작은 길들 위에서 허둥거렸다. 하남을 크게 불러 보았으나 이 폐허의 정적 속에 하남의 이름은 내 혀로 되돌아올 뿐이었다.

시간은 어느새 늦은 오후가 되었다. 햇살도 누그러지고 점차 저녁으로 향해 가는 빛깔이 하늘의 구름으로부터 묻어나왔다. 바람이 부는가 싶더니 어디에선가 박하 향기가 났다. 나는 그 향기를 쫓아갔다. 뷔옥카야 발치를 흐르고 있는 하천에서 나는 향기였다. 하천을 따라 거위들이 행진을 하고 있었고 시리도록 맑은 물이 그 아래로 흐르고 있었다. 나는 하천을 따라가보았다. 물가에 야생 박하의 군락지가 있었다. 아직 꽃을 달지는 않았지만 잎을 하나 따 짓이겨서 코로 가져갔더니 5월의 어린 박하 향기가 선뜻, 내 심장으로 들어왔다. 군락지가 끝나는 곳에 하남의 나귀가 서 있었고 하남은 물가에 앉은 채였다. 나는 나귀에서 내려 그녀에게 다가갔다. 그녀는 울고 있었다. 나는 어쩌할 바를 몰라 그녀 옆에 가만 서 있었다. 내 기척을 들은 듯 그녀가 고개를 들어올리며 내게 말했다.

"아무도 믿지 않아요, 내가 하는 말을. 심지어 내 아버지도요. 어릴 때부터 지금까지 줄곧 그랬어요."

나는 그녀 곁에 앉아 그녀처럼 흐르는 물을 바라보았다.

박하향이 흐르는 그 시간, 고대이든 근대이든 현대이든 그 시간만이 우리의 시간이었다. 그녀의 말을 믿지 못한다고 해도 그녀 곁에 아주 오래 머물고 싶은 마음이 간절했고 그것만은 믿을 수 있었다.

내 생애에서 처음으로 벌어진 일이었다. 나도 모르게 그녀를 안았다. 그녀가 내 품속에 있을 때 우리가 함께 있는 이 시간이 그대로 멈춰주기를 바랐다. 나는 조심스럽게 그녀의 발에서 장화를 벗겼다. 나도 장화를 벗고는 물에 발을 담갔다. 서로를 꼭 끌어안은 채였다. 내가 입술을 가져다댄 그녀의 뺨은 너무도 뜨겁게 달아올라 있었다. 고대를 살아가던 한 석공의 아내였던 하남, 그녀 역시 지금 이 순간만은 자신이 그 하남이란 걸 잊은 모양이었다. 그리고 입맞춤의 순간, 나는 내가 어디에서 왔는지도 모르는 인간이라는 사실조차 잊었다. 그녀의 입술이 마치 내 도착지나 되는 것처럼.

이 장면을 읽는 순간 내가 떠올린 것은 아내의 외투에서 구겨진 채

힘없이 떨어졌던 종이 두 장이었다. 아내의 외투는 두 벌이었는데 그 중 하나는 좀 값이 나가는 것이라 외출용이었고, 다른 하나는 후줄근해서 가까운 장에 나갈 때나 걸치는 평상용이었다. 아내는 외출에서 돌아오면 늘 현관 옆 옷걸이에 외투를 걸어두곤 했다. 그러나 아내의 사고 이후 나는 그 외투를 보는 일이 너무도 힘들었다. 결국 옷걸이에서 외투를 끄집어내리는데 마침 종이 두 장이 주머니에서 떨어졌던 것이다. 하나는 장보기 목록이라 쓰인 종이였다.

미나리 1단, 계란 10개, 콩나물, 양말(아이들 것, 그리고 이연씨 것), 돼지고기 6백 그램, 양파, 참기름, 빵가루, 양배추, 돈가스 소스.

그리고 다른 하나는 아내가 쓴 시였다. 그 시에 나오는 대상이 나인지는 확실하지 않았지만 분명한 건 아내는 이미 죽었고, 지금 이 세상에 없다는 돌이킬 수 없는 사실뿐이었다.

인수야!

명아!

현아!

떠난 이들의 목소리를 들을 수 있는 산 자는 없다는 것을 너무나도 잘 알면서 나는 목이 터져라 아내와 아이들을 불렀다. 부르고 또 불렀다. 밤이 깊어 구름 한 점 없는 밤하늘에 총총 별이 떴다. 나는 구겨진 종이를 펴서 내가 잠이 들곤 하던 소파의 방석 밑에 집어넣었다. 지그시 눈물을 삼키니 온갖 인생의 비릿한 것이 연거푸 내 목울대를 건드리고 지나가는 듯했다. 언어는 멀리 사라졌고, 다만 인수와 아이들의 웃음만이 빗속 흐린 창문에 드리워진 바깥 풍경처럼 뿌옇게 번져나갔다. 와이퍼, 와이퍼, 내 영혼의 눈이 와이퍼를 가졌다면. 왜 사랑은 언제나 해독할 수 없는 것이어서 사랑을 알아보지 못한 자의 영혼을 방망이로 치는가.

다시 일어서서 나는 오랫동안 듣지 않던 노래를 찾았다. 오래 사용하지 않은 이어폰을 귀에 꽂으니 마치 세계의 저편에 있던 새들이 날갯짓하며 내게로 날아오는 듯했다. 그것은 기쁨이 아니라 아픈 심장을 치는 박동과도 같았다. 나는 파블로 밀라네스의 〈욜란다〉를 들었다. 이는 단순히 사랑에 대한 노래에 그치는 것이 아니라 하나의 선언이라고 노래 가사는 말하고 있었다. 창문을 열고 욜란다를 부른다는 대목에 이르렀을 때 나는 아내가 쓴 시가 들어 있는 종이를 다시금 끄집어냈다. 시의 제목은 '박하'였다.

10
배신의 내면

　프롬 교수의 부상은 다행히 심하지 않았다. 우리가 촌장의 집에 도착하자 그는 다리에 붕대를 감은 채 정원에 나와 책을 읽고 있었다. 그가 가장 좋아하는 책. 머리가 복잡할 때마다 항상 손에 들고 있던 책. 헤로도토스의 『역사』 가운데 세번째 권인, 이집트 역사에 관한 바로 그 책을 말이다. 나는 항상 그 책으로부터 바람 냄새를 맡았다. 많이 떠돌아다닌 자가 적어낸 역사는 사실인지 환상인지 늘 의심스러웠다. 헤로도토스가 적어 내려간 2백 년가량의 시간. 어쩌면 그 책은 어떤 객관적인 연대기라기보다는 2백 년이라는 시간을 사유한 한 인간의 내면 연대기일지도 모른다는 게 나의 생각이었다. 하지만 프롬 교수는 달랐다. 그는 절대적인 객관성은 신이 누구에게도 부여하지 않은 재능이라고 생각했다. 헤로도토스의 책에 나오는 수많은 오류와 주관적인 해석들은 역사를 써내려가는 데 있어 인간이 범할 수 있는 오류이며 어쩔 수 없는 인간의 불완전함 때문이라고 그는 늘 말했다. 또한 그는 그 오류를 사랑했다. 마치 헤로도토스의 불완전함에서 무슨 위로라도 받는 것처럼.

우리는 의자를 두 개 더 가져와 프롬 교수의 옆에 앉았다. 노인이 커피와 과자를 가지고 나오면서 오늘 저녁에 촌장이 집을 비울 거라고 알려주었다. 내일 저녁 무렵에나 돌아온다고도 했다. 그가 자리에서 물러나자 프롬 교수는 하남에게 촌장이 하남의 아버지를 이곳으로 모시고 올 거라고 알려주었다. 우리가 와 있으니 서로 인사를 나누자는 것이 촌장의 뜻이라고도 했다. 하남이 아무런 말 없이 고개를 끄덕였을 때 프롬 교수가 나를 쳐다보며 말했다.

"칸, 폐허에서 뭘 보긴 보았나?"

내 얼굴이 갑작스레 빨개졌다. 프롬 교수의 얼굴에 장난기 같은 것이 서렸다. 장난기를 거두고 진지해진 얼굴이 된 프롬 교수가 읽고 있던 책을 덮었다. 그리고 내가 아닌 하남에게 물었다. 그가 나에 대해 너무 잘 아는 탓이었다.

"하남도 노이만이 만든 측량도를 보았나요? 보지 못했다면 내가 가져오고. 아니지, 칸이 좀 가져다주겠나. 다리 때문에 움직이기가 쉽지 않군."

프롬 교수가 나를 바라보았다. 나는 프롬 교수의 방으로 황급히 들어가 책상 위에 놓여 있던 두루마리 하나를 가지고 나왔다. 프롬 교수가 두루마리를 쫙 펼쳤다. 하남이 그 두루마리에 그려진 측량도를 보더니 와, 하고 탄성을 터뜨렸다.

"정말 이 측량도는 정확하군요. 몇 군데를 빼고는 다 기록이 되어 있어요."

"그렇다면 칸, 궁전 터도 보았나?"

나는 고개를 내저었다. 스핑크스가 있던 자리를 보았을 뿐 내내 하남을 찾으러 다니지 않았던가. 그때 하남이 대답했다.

"궁전 터도 있어요. 왕문을 지나 북쪽으로 가면 나옵니다."

"왕문?"

"이 도시에는 서문과 동문, 북문이 있는데 동문에는 왕의 부조가 새겨져 있어서 흔히 왕문이라고들 부르지요. 아버지와 제가 이곳에서 산책을 많이 했거든요."

그 사실을 까맣게 몰랐으므로 내 얼굴은 더욱더 달아올랐다. 프롬 교수가 생각을 좀 해야겠다는 듯 고개를 들어 먼 곳을 바라보았다.

"난제로구먼. 노이만이 본 것과 일치하기는 하나 이곳이 하남이라는 결정적인 증거를 찾을 수 없으니. 비석이나 돌판 같은 것을 찾아야 하는데……"

"찾을 수 있을 거예요."

"하남, 뭐 아는 거라도 있는 건가요?"

프롬 교수와 나는 깜짝 놀라 하남을 바라보았다.

"희망적이니까요. 그래서 그렇게 말하는 거예요. 이곳은 아직 많은 사람들이 다녀가지 않은 곳이라서 찾을 수 있는 유물이 많을 거예요. 어쩌면 그 가운데 읽을 수 있는 글들이 쓰인 유물도 있지 않을까요? 읽을 수 있는 것이 나오면 제가 도울 수도 있으니 말입니다."

프롬 교수가 뭔가 짚이는 데가 있다는 듯 하남에게 긴장된 목소리로 물었다.

"이라크에서 발견되었다는 무르실리의 돌판에 적힌 쐐기문자를 해독해준 이가 혹시?"

하남이 고개를 끄덕였다.

"예. 제가 맞아요. 쐐기문자 읽는 것을 배운 적이 있지요…… 그
때."

"그때?"

"제가 지금의 저로 살기 전에요. 서기관이 당시 제 아버지였어요.
지금의 아버지는 카라카야지만."

프롬 교수는 적잖이 당황했는지 파이프를 떨어뜨렸다. 하남의 말
이 냉철한 이성주의자인 그를 당황하게 만든 모양이었다. 나도 고개
를 수그렸다. 그녀는 다시 자신의 환상 속으로 빠져들어 있었다. 내
가 그녀를 아주 많이 껴안아주지 않으면 안 되겠다는 생각을 했다.
내가 그녀를 껴안고 있는 순간만이라도 그녀가 과거 속으로 빠져들
지 않게 말이다.

"그렇다면 하남, 혹시 히타이트어도 읽을 줄 압니까?"

하남은 살며시 웃었다. 그러한 질문은 불필요한 것 아니냐는 식의
여유가 담긴 웃음이었다.

"테레지아가 그 돌판의 내용이 들어 있는 기록을 가져왔지요. 그
래서 읽어주었어요. 그런데 교수님, 궁금한 것이 있습니다. 혹시 테
레지아와 가까운 사이신가요? 테레지아는 거침이 없고 활달하고 애
인도 많지요. 하지만 언제나 쫓기는 모습을 하고 있어요. 저는 테레
지아를 참 많이 좋아해요. 언니 같다는 마음으로요. 그녀가 무슨 일
을 어떻게 하든 곁에 있어주고 싶어요. 하지만 아이한과의 관계는 걱
정이 돼요. 사랑보다 계산이 앞선다고나 할까요. 다니엘, 앙고라 파

샤, 다들 얽히고설켜서……"

프롬 교수는 아무 말 없이 파이프에 담배를 채웠다. 침묵이 길게
흘렀다. 아직 아이한과 테레지아는 폐허 도시에서 돌아오지 않았다.

"나는 테레지아를 감시할 수 없어요. 우리들의 작업을 감시하는
이가 아이한인데 어떻게 그와 함께 다니는 것을 내가 뭐라 할 수가
있겠어요. 테레지아가 우연히 뭔가를 발견하고 아이한을 설득시켜
뒤로 빼돌린다 해도 그걸 막을 수 있는 힘이 제겐 없어요. 무엇보다
다니엘이 사라진 건 정말 불안한 일이에요. 그가 만일 이곳에서 정치
적인 사항에 얽혀들면 우리도 다 함께 걸려드니까요. 무엇보다 우리
는 시간을 아껴야 해요. 나는 내일이면 폐허 도시로 돌아가 일을 할
수 있을 거예요. 하남이 다시 길을 인도해주세요."

"예. 제가 할 수 있는 일은 무엇이든요. 어쨌거나 시간이 많지 않
다는 건 사실이에요."

테레지아와 아이한은 밤늦게야 숙소로 돌아왔다. 우리가 막 저녁
식사를 마치고 난 뒤였다. 둘은 긴장한 모습으로 식당 안에 나타났다.
아이한은 무명천에 싸인 어떤 물건을 손에 쥐고 있었다. 제법 부피가
있어 보였다. 아이한이 들고 온 그것을 프롬 교수에게 내밀었다.

"프롬 교수님, 이걸 좀 보세요."

프롬 교수는 무명천을 펼쳤다. 그 안에 싸인 물건이 드러나자 프롬
교수의 얼굴이 하얗게 질렸다. 그것은 쐐기문자가 적혀 있는 돌판이
었다. 돌판의 크기는 가로가 30센티미터, 세로가 25센티미터 정도였
고 약간 검은빛을 머금은 섬록암이었으며 글자뿐만이 아니라 그림도
새겨져 있었다. 돌판은 흙을 다 털어내지 못한 상태였고 축축한 물기

를 머금고 있었다.

"이걸 대체 어디서 발견하신 겁니까?"

"우선 보세요, 아주 이상한 물건이니까⋯⋯"

테레지아와 아이한은 흥분한 듯 프롬 교수가 무슨 말이든 이어주기만을 기다렸다. 그러나 프롬 교수는 우선 그 그림을 자세히 들여다보기 시작했다. 바위 신전에서 보았던, 신의 품에 안겨 있던 왕의 모습이 거기 새겨져 있었다. 돌판인지라 바위 신전의 것보다는 훨씬 작게 그려져 있었으나 분명 같은 그림이었다.

"교수님, 뭔가 알아보시겠어요? 제 눈에는 그냥 그림에다 끌로 긁어놓은 낙서처럼 보입니다만."

아이한이 머리를 긁적이며 말했다. 테레지아는 프롬 교수가 말문을 열기만을 고대하는 사람 같았다. 하지만 프롬 교수는 말이 없었다. 그렇게 얼마간의 시간이 흘렀을까. 자리에서 일어나던 그가 비명을 질렀다. 다리를 다쳤다는 사실조차 까맣게 잊었던 모양이었다. 쐐기문자를 알아보려면 우선 돌판을 물로 씻어야 한다며 어서 빨리 씻어 말리라고 내게 당부했다. 나는 서둘러 자리에서 일어나 프롬 교수가 건네주는 돌판을 받았다. 행여나 떨어뜨릴세라 나는 가슴으로 돌판을 안았다. 그러고는 우물가로 가 물을 길어서는 그 물속에 돌판을 담가놓고, 토기 닦는 솔을 찾아서는 우물로 되돌아갔다. 솔로 살살 돌판을 문지르고 있을 때 하남과 프롬 교수가 왔다.

"뭐가 좀 보이나, 칸?"

프롬 교수는 꽤 다급해 보였다. 그를 잡고 있는 호기심의 정령이 아픈 다리로부터 오는 통증 또한 잊게 만든 모양이었다. 돌판의 글씨

사이에 낀 흙은 쉽게 헹궈졌다. 얼마나 오랜 시간 동안 돌판이 땅속에 묻혀 있었는지는 알 수 없으나 한번 바깥으로 나오는 순간 알몸이 되어버린 것은 분명했다. 잊혀졌다가 다시 발견된 기억을 들여다보고 있으려니 참, 묘한 느낌이었다.

돌판을 씻고 난 뒤 깨끗한 천으로 돌판을 닦았다. 아이한과 테레지아도 왔고 우리는 다 같이 돌판이 잘 마르기만을 기다렸다. 밤이 오고 있었다. 이상한 긴장감이 우리들 사이를 맴돌았다. 프롬 교수는 무슨 생각인지 돌판이 마르자 하남에게 해독을 부탁했다. 하남이 자신보다 훨씬 더 빨리 그 돌판을 해독할 것이라 생각한 모양이었다. 하남은 말없이 돌판을 받아든 채 우리가 작업실로 정해둔 방으로 갔다. 그리고 램프 밑에 돌판을 가져다둔 채 글자를 읽기 시작했다. 쐐기문자를 읽은 지 두어 시간쯤 되었으나 우리에겐 아주 오랜 시간이 지난 것처럼 느껴졌다. 드디어 그녀가 우리를 향해 몸을 돌렸다.

"내용이 이라크에서 발견된 돌판이랑 거의 흡사해요. 이 돌판은 부서지지 않았으니 내용이 완전하게 들어 있고요. 그런데 어디에서 발견이 된 건가요?"

테레지아가 하남의 곁으로 와서 그녀의 어깨를 안았다. 그녀의 얼굴에 흡족한 미소가 번지고 있었다.

"내가 이럴 줄 알았지. 하남, 넌 정말 보물이야. 그런데 그 돌판은 여기에서 발견된 것이 아니란다. 프롬 교수님, 이곳에서 한 20킬로미터쯤 떨어진 곳에 옛 석공들이 돌을 가져다 쓰곤 했던 바위산이 있어요. 폐허 도시를 돌아보고 난 뒤 그곳으로 찾아갔지요. 촌로들이 이 돌판을 가지고 와서 흥정을 하기에 아이한의 허락을 받고 제가 샀어요."

"여기에서 발견된 것이 아니라고?"

"네. 촌로들의 말에 의하면 바위와 바위 사이에 있는 구멍에서 발견했대요. 비가 와서 구멍을 막고 있는 흙이 씻겨나가면서 발견되었다는군요."

나, 무르실리, 바빌론을 방문한 자, 내 아버지가 나를 위하여 세웠던 수도 하남에서 태어난 자. 하지만 한 번도 하남을 보지 못한 자. 하남 근처의 거대한 바위에 글과 그림으로 왕국의 성전을 새기고 아버지가 내 탄생을 축하하던 그 밤에 아버지의 형제들이 내 아버지를 살해했네. 요람에 실려 왕국의 수도 하투샤로 와서 삼촌들에게 미움을 받으며 왕국의 그늘에서 성장한 자. 공포에 시달리며 매일 밤을 보낸 자, 복수를 맹세한 자, 석공처럼 돌을 쪼며 왕국의 성문을 세운 자, 내 죽음에 이르러서야 이제 주신 테슈브에게 안기니, 왕국의 번영은 이제 내 일이 아니며 나를 살해하려고 한 자의 일이 되리라. 하남으로 가서 태양신께 제를 올려야 마땅하지만 이제 시간은 없고 나는 갇혔다.

하남은 우리에게 자신이 읽은 내용을 들려주었다. 프롬 교수는 한동안 말이 없다가 조금 놀랍다는 듯 말문을 열었다.

"이런 내면 고백을 한 왕이 있다니 이건 사건이군. 인간의 역사 속에서 내면을 고백하는 문장이 쓰인 건 그리 오래된 일이 아니라는 설은 수정되어야 할 것 같아. 그리고 이건 진짜야. 이라크에서 발견된 것과 거의 흡사한 내용인데 이렇게 두 번씩 감쪽같이 가짜를 만들어 낼 수 있는 사람은 없으니까. 하지만…… 이상한 건 이 돌판이 발견된 곳이 여기에서 20킬로미터 떨어져 있는 곳이라는 거야. 그리고 마지막 문장을 좀 봐. 하남으로 가지 못했다고 하잖아. 이걸 어떻게 해석해야 할까? 왕은 하남으로 돌아오지 못하고 죽었다? 그리고 그 내용이 쓰여 있는 돌판은 이곳에서 20킬로미터 떨어진 곳에서 발견되었다? 그렇다면 그는 이곳에 가까이 오려다 죽은 걸까?"

"왕들은 자신에 대한 기록을 직접 남기지 않아요. 서기관이 하지요. 어쩌면 왕은 이런 내용이 새겨진 돌판을 만들라고 석공에게 시키고 죽음을 준비했는지도 모르죠. 그를 살해할 누군가가 오기 전에. 그리고 자신이 살해되었다는 사실을 후대에 알리고 싶었는지도 모르고요."

하남이 프롬 교수에게 말했다. 프롬 교수는 생각에 잠겨 있다 말을 이었다.

"내일, 우리 그곳으로 가보지요. 도대체 어떤 곳인지 궁금하군요."

5월의 마지막 날이었다. 테레지아와 아이한이 앞장을 섰고 프롬 교수와 나, 그리고 하남이 그들의 뒤를 따라갔다. 가뭄이 심해 마을 입구마다 물을 마실 수 있게 세워둔 샘물터는 바짝 말라 있었고, 소들은 그 곁을 어슬렁거리면서 목마른 눈으로 먼 산을 바라보았다. 소를 치는 이들은 샘물터에 기대어 안타깝게 짐승들을 쳐다보고만 있었다. 산과 들에는 곧 불이라도 날 듯 버석하고 마른 공기만이 서걱거렸다. 이제야 꽃이 지기 시작한 고추와 가지, 멜론도 마른 땅에서 시들시들했다.

아침 일찍 길을 떠났는데도 점심 무렵까지 테레지아와 아이한이 말한 그곳은 나타나지 않았다. 그러나 테레지아와 아이한은 느긋하게 우리 일행을 이끌었다. 아무리 가고 또 가도 마을만이 나타났고 산과 바위만이 보였다.

나는 하남이라면 그곳을 잘 알 것 같아 그녀가 앞장서주기를 바랐으나 하남은 그저 묵묵히 따라오기만 할 뿐이었다. 테레지아가 하남에게 말했다.

"하남, 아무래도 네가 찾아야 할 것 같아."

"나도 그곳이 어디인지 몰라요. 만일 알았더라면 진즉 길잡이를 했을 거예요."

"정말로 모른단 말이야? 촌로들 말에 의하면 알려진 곳이라고 하던데."

"아뇨. 정말 몰라요. 혹, 다른 곳으로 착각하는 건 아닐까요?"

"아니야. 어제 우리가 왔던 길을 되짚어서 왔다니까."

"여기는 아주 비슷한 곳들이 많아요. 이곳도 저곳 같고 저곳도 그곳 같죠. 그리고 바위들도 똑같아 보이고. 지명만 하더라도 같은 지명을 가진 마을이 여러 개가 되니까 찾기가 쉽지는 않을 거예요. 여기에서 멀지 않은 곳에 다른 폐허 도시가 있어요. 그곳이라면 제가 잘 알죠. 우리 식구들이 자주 머물렀던 곳이거든요."

하남은 건성으로 테레지아에게 말했다. 그녀의 목소리에는 얼마간 화난 기운이 들어 있었다. 프롬 교수는 나귀를 다른 방향으로 돌렸다. 나는 그가 무슨 생각을 하는지 알 것 같았다. 그는 먼저 포기하고 차라리 노이만의 폐허 도시를 둘러보려고 하는 거였다. 아이한이 프롬 교수의 옆으로 와서 조금만 더 찾아보자고 설득을 하기 시작했다. 그러나 프롬 교수는 더이상 생각을 바꾸려 하지 않았다. 도리어 그는 테레지아를 무섭게 노려보았다.

"테레지아. 내가 당신의 속임수에 넘어간 게 문제인 것 같군. 당신이 보았다는 그곳은 아예 없는 곳 아니었나? 그리고 그 돌판이 발견된 곳도 당신이 말한 곳이 아니라 우리의 폐허 도시인 게 아닌가? 그 돌판이 발견된 곳이 다른 곳이라면 앙고라 파샤에게 넘겨주기 쉬울 테지."

그 말을 듣는 내 가슴이 철렁 내려앉았다. 테레지아가 이렇게 교활한 수를 쓰리라고 미처 생각해보지 않은 탓이었다. 아무리 그녀가 산전수전을 다 겪었다고 할지라도 말이다. 그녀의 푸른 망토가 바람 속에 휘날렸다. 그녀는 천천히 모자를 벗었다. 비단으로 만든 보랏빛 라일락이 달려 있는 챙이 넓은 모자였다. 모자를 벗자 그녀의 얼굴이 얼마나 굳어 있는지 알 수 있었다.

테레지아가 말에서 내려 프롬 교수 앞으로 다가갔다. 그녀는 마음을 굳게 먹은 것 같았다. 이마에 흐르는 땀을 손수건으로 닦으며 기침을 한 번 하고 난 뒤 결심을 한 듯 말문을 열었다.

"그래요, 프롬 교수님. 솔직하게 제가 다 말씀드리죠. 이 돌판은 우리의 폐허 도시에서 발견한 거예요. 마을 촌로들이 우리에게 가져다줬죠. 우물을 파다가 발견했다고 하더군요. 내가 만약 이 돌판을 그곳에서 발견했다고 솔직히 말했으면 교수님은 아마도 이걸 파샤에게 넘기지 못하도록 기를 쓰고 말리셨을 거예요."

"어디서 무엇이 발견되든 그건 상관없소. 다만 어떤 유물도 파샤에게 넘길 수 없다는 게 내 생각이니까. 그렇다고 이 고생을 시켜가며 우릴 이곳으로 데리고 온 것이오? 파샤와의 약속이 그렇게 중요한 거요?"

"네. 처음에는 약속만 하고 아이한의 도움을 받아 이스탄불로 소식을 넣어 파샤와의 거래를 알리려고 했어요. 그런데 이제 그것마저 할 수 없게 되었네요. 다니엘이 파샤의 수중에 있어요. 앙고라의 술탄을 반대하는 비밀 결사대 요원들에게 파리에서 온 편지들을 전하다가 붙잡혔어요. 만일 반대로 술탄의 비밀 경찰에게 붙잡혔다 해도 어쨌든 우리는 이스탄불로 돌아가야 했을 거예요. 이곳에 도착하기 전날 파샤가 나에게 전령을 보냈어요. 만약 약속을 지키지 않는다면 다니엘을 비밀 경찰에게 넘기겠다고 말이에요."

아이한이 테레지아의 어깨를 감싸안았다. 프롬 교수의 입에서 저절로 끙, 하는 신음 소리가 터져나왔다.

"처음부터 다니엘은 그럴 작정으로 우리에게 접근한 거군. 우리 팀에 끼어서 제국의 비밀 경찰을 따돌리려고. 하지만 우리가 아니더라도 다니엘에게는 다른 방법이 있었을 텐데 왜 하필 우리와 연결을 했을까…… 음, 모를 일이군."

프롬 교수는 잠시 생각에 잠겼다. 그러고는 다시금 말을 이었다.

"두 마리 토끼를 한꺼번에 잡으려던 거 아닐까. 결사대와도 만나고 유물도 획득하고."

프롬 교수의 얼굴에 노기가 번졌다. 학자를 이용하려던 장사꾼에게 성이 난 건지, 아니면 장사꾼과 함께 일을 하기로 한 자신의 판단이 문제였음을 자책하는 건지 분간을 할 수는 없었지만 말이다.

"……다니엘에게도 이유가 있어요. 다니엘의 가장 친한 친구가 파리에서 결사대 일을 했죠. 그런데 얼마 전에 그 친구가 제국이 보낸 자에게 죽임을 당했어요. 다니엘은 그 소식을 전하고 파리에서의 움직임을 알려주려고…… 그리고 장사만 하더라도 그래요. 그게 뭐가 나쁘죠? 오스만 제국은 그런 유물을 관리할 능력이 없어요. 차라리 우리들이 그 유물을 유럽으로 가지고 가서 관리하고 보호하는 게 나을 거예요. 물론 그 물건들을 어떻게 유럽으로 가져가는가, 그것이 문제이긴 하지만요."

흘깃 테레지아가 하남을 향해 눈길을 돌렸다. 불안한 예감이 들었다. 어쩌면 다니엘과 테레지아가 하남의 무리를 이용해서 그 물건들을 유럽으로 가져가려고 한 것은 아닐까 하는 생각이 들었기 때문이었다. 노마드를 검문하는 경계수비소는 드물었다. 프롬 교수는 간신히 화를 참고 있는 것 같았다. 그리고 테레지아에게 물었다.

"테레지아도 처음부터 알고 있었나?"

"예."

"그런데도?"

점점 오후의 태양이 뜨거워졌고 우리가 나귀에 싣고 온 물도 거의 바닥을 드러내고 있었다. 테레지아는 뭔가 단단히 결심을 한 듯 단호하게 대답했다.

"예."

프롬 교수가 이마에 솟아오른 땀을 닦으며 말했다.

"테레지아, 나는 당신이 다 말해주길 원하오. 이제 더이상 내게 숨기는 일은 없는 건가?"

테레지아는 고개를 숙였다.

"더 있지만 그건 말할 수 없어요."

"그렇다면 지금 이 시간부터 각자 다른 길로 갑시다. 더이상 나는 당신과 함께 일을 할 생각이 없소. 오늘 짐을 싸서 내일 이스탄불로 돌아가시오."

"그럴 수는 없습니다. 다니엘의 운명이 내 손에 달려 있는걸요."

"그렇다면 아이한에게 물어봅시다. 저 돌판을 파샤에게 넘기는 걸 눈감아줄 수 있나? 제국의 감시원으로, 외국인인 우리와 동행한 사람으로서 말해보시오."

"이 돌판을 파샤에게 넘기시지요. 탈이 생기진 않을 겁니다. 얼마나 많은 유물이 불법으로 유럽에 빠져나가는데요. 누가 알겠습니까? 그리고 파샤는 제국의 사람이 아닙니까? 그러니 돌판은 유럽인이 아니라 제국인의 손에 머물게 되는 거지요. 이 정도로 파샤의 더한 욕심을 막을 수 있다면 기꺼이 감당할 만한 희생 아닐까요? 그리고 다니엘도 생각해야죠. 무엇보다 염두에 두어야 하는 건 촌장과 앙고라 파샤의 사이가 아주 나쁘다는 겁니다. 거의 원수지간이나 다름없다고 들었어요."

아이한의 거침없는 대답에 프롬 교수가 머리를 쓸며 잠시 먼 데를 쳐다보는 듯하더니 이렇게 말했다.

"그렇다면 이것으로 우리의 프로젝트는 없던 일로 칩시다. 테레지아, 이곳을 떠나시오."

그러자 아이한이 프롬 교수에게 멋쩍은 듯 대꾸했다.

208

"교수님, 그렇다고 그렇게 간단하게 일이 처리되는 건 아니지요. 우선 오늘 하루 생각을 더 해보고 결정을 하시는 게 어떻겠습니까. 아무래도 성하지 않은 다리로 앙고라, 그리고 이스탄불까지 돌아가려면 시간이 꽤나 걸릴 텐데요……"

타협하는 것은 프롬 교수의 장기가 아니었다. 그러나 프롬 교수는 지금, 망설이고 있는 모양이었다. 이 폐허 도시가 하남이든 아니든 간에 연구자로서는 좀처럼 다시 올 수 없는 기회를 주는 땅임은 분명했다. 그곳에 있는 모든 흔적들은 아직 학계에 보고되지 않은 새로운 보물들이었으니. 숙소로 돌아와 우선 목마름부터 해결하고 난 뒤 프롬 교수는 나를 찾았다. 그는 굳은 얼굴로 물었다.

"칸, 이 일을 어떻게 처리하면 좋겠나? 만일 지금 여기서 이 일을 그만두게 되면 새로운 고대 도시 하나를 우리 손에 넣을 수 있는 절호의 기회를 놓치게 되네. 아, 고민일세. 그나저나 나 말일세, 이 일에 너무 집착하는 것으로 보이지는 않는가?"

나는 프롬 교수에게 충고할 만한 입장이 아니었다. 학문적인 욕심도 있었으나 무엇보다 하남 때문이었다. 나는 알고 싶었다. 정말 하남에게 병이 깃든 것인지. 만일 그게 사실이라면 어떻게든 그녀를 서유럽으로 데려가고 싶었다. 빈이나 파리로 가면 그녀를 치료해줄 의사가 분명 있지 않겠는가. 나는 입을 꾹 다문 채 프롬 교수 앞에 가만 앉아 있었다. 내심 부끄러웠다.

"칸, 뭐라고 말 좀 해보게나. 자네 혹 하남 때문에 그러는 건 아니겠지? 내가 관여할 바는 아니지만 자네가 여기 왜 왔는지 그것부터 우선 생각했으면 하네."

프롬 교수의 부드러운 질책에 나는 무슨 말을 하든 입을 떼어야겠다는 조바심이 났다. 그때 문득 무바탈리 생각이 났다. 그러면 이 답답한 상황을 해소시켜줄 수도 있을 것 같았다. 무엇보다 폐허 도시는 그의 땅이 아니던가. 나는 프롬 교수에게 무바탈리를 기다려보는 게 어떻겠느냐고 물었다. 그도 괜찮은 생각이라며 동조했다. 이제 남은 걱정은 무바탈리와 앙고라 파샤와의 관계였다. 두 사람이 앙숙이라면, 그것이 이 지방의 세력권을 놓고 벌어지는 일이라면 사태가 어떻게 꼬일지 아무도 짐작할 수 없는 노릇이었다. 그러나 곰곰 생각해봐도 일단 무바탈리와 상의를 하는 게 그릇된 판단은 아닌 듯했다. 막연하게나마 떠올려봐도 그는 하남의 편이었으므로 우리에게 해가 되는 충고는 하지 않을 것 같아서였다.

그리고 밤이 이슥할 무렵, 무바탈리는 카라카야와 함께 집으로 돌아왔다.

카라카야.

지금 이 글을 쓰고 있는 내 눈앞에 마치 카라카야가 서 있는 듯하다. 그 첫인상을 지금도 잊을 수가 없다. 그는 그의 이름처럼 검은 바위를 닮아 있었다. 나이는 오십대 후반쯤 되었을까. 커다란 몸집, 흙빛으로 그을린 얼굴, 수염은 산발이었고 머리카락은 어깨까지 치렁치렁했는데 그 나이에도 흰머리 하나 없는 흑발이었다. 눈빛이 하도 형형해서 정면으로 바라보기 힘들었다. 수많은 사막과 산맥, 강과 바다, 도시들을 지나온 이 남자에겐 떠돌아다니는 동안 축적된 바람이 뼛속까지 들어 있는 것 같았다. 하남을 보자마자 달려와 손을 잡았다. 앙고라에서 본 지 얼마 되지 않았음에도 딸을 아주 오랜만에 본 것처럼 눈물까지 글썽거렸다. 그건 하남도 마찬가지였다. 그는 테레지아를 보고 그녀에게 다가가 포옹을 했고, 프롬 교수와 나를 쳐다보더니 손을 가슴에 대면서 목례를 했다. 그가 아이한에게 고개를 숙이자 아이한은 어쩔 줄 몰라하며 두 손을 벌려 카라카야를 안았다.

우리는 한자리에 앉았다. 이스탄불에 상주하던 독일 장교에게 독일어를 배운 무바탈리는 의사소통에 문제가 없었으나 카라카야는 독일어를 전혀 할 줄 몰랐으므로 무바탈리나 하남이 그의 말을 우리에게 통역해서 들려주어야 했다. 프롬 교수는 우선 하남이 어디에서 고대어를 배웠는지 물었다. 카라카야는 놀랍게도 노마드 학자들의 이야기를 들려주었다.

하남은 어릴 때부터 남다른 재능이 있었다고 했다. 이곳저곳을 떠돌아다니다 어느 곳에 머물든 그곳의 말을 무서운 속도로 배웠다는 얘기였다. 하남이 일곱 살이 되던 해, 카라카야의 사람들이 시리아의 스텝 지역을 지나다가 우연히 오아시스 도시 팔미라로 향하던 한 무리의 학자들과 동행하게 되었다고 했다. 다른 노마드와 달리 그들은 중년 이상의 남자들뿐이었으며 낙타의 등에는 생필품뿐 아니라 책 또한 가득 실려 있었다. 그들은 저녁이면 텐트를 치고 불을 피워 밥을 준비하는 동안 영특한 아이였던 하남에게 글을 가르쳐주었다. 그들이 하남에게 가르쳐준 것은 단순한 글이 아니라 쐐기문자였다.

알렉산드리아 도서관에는 그리스 문자로 된 두루마리뿐 아니라 고대 오리엔트에서 전해져 내려오던 많은 신화와 민담, 예언, 비문, 수수께끼와 노래들이 보관되어 있었다. 그 노래들은 신을 찬양하거나 사원에게 바치는 내용이었다고 학자들은 말했다. 그리고 그 도서관의 사서들 가운데 몇몇은 수메르어나 아카드어, 히타이트어, 우가리트어, 페니키아어, 고대 이집트어를 해독할 수 있었다. 알렉산드리아 도서관이 불탔을 때 수많은 문헌들이 불속에서 사라졌고 살아남은 사서들은 자신들의 머릿속에 남아 있는 문헌들을 다시 두루마리에 적어내려갔다. 하지만 그들은 더이상 그 문헌들을 도서관에 보관하지 않기로 했고, 노마드가 되어 책을 낙타 등에 싣고 이 세계를 떠돌아다닌다고 했다. 도서관이 있으면 그 도서관을 파괴하는 인간들 또한 생겨난다는 것을 그들은 뼈아픈 교훈으로 삼은 것이다. 그들이 팔미라로 가는 이유는 그곳에서 쉬어가며 낡아서 갓장이 떨어져나간 두루마리를 수리하고, 떨어진 갓장에 들어 있던 문장들을 복원하기 위해서였다. 하남은 그들을 참 좋아해서 함께 이동할 때는 아버지 곁보다는 그들 곁에서 더 많은 시간을 보냈고, 팔미라에 도착해서는 그들과 함께 더 머물자고 아버지를 졸랐다. 카라카야도 굳이 반대할 이유는 없었다. 상인들이 들끓는 바자에서, 물건이 넘쳐나는 그곳에서 카라카야의 이야기를 기다리는 사람들 또한 많았으므로.

그들은 학자들과 함께 거의 1년을 그곳에서 보냈다. 그 시간 동안 하남은 학자들에게 쉴 새 없이 글을 배웠다. 학자들은 귀찮은 기색한 번 내비치지 않고 노마드 소녀를 보살펴주었고, 그녀의 영특함에 감탄하며 그들이 가진 지식을 전수하기에 바빴다.

아마도 하남이 가진 경계인으로서의 삶은 팔미라에서 보냈던 시간 동안 형성된 것인지도 모른다. 아무도 사용하지 않는 죽은 언어를 배우며 정체성에 대한 혼돈을 겪은 것인지도 모른다. 나 역시 오래된 유적 사이를 거닐면서 정체성에 대한 혼돈을 느낀 적이 있었다. 삶보다는 죽음에 더 가까이 있었고, 현재보다는 과거에 한 발자국 다가서게 되는 삶이었다. 옛 건축들의 자취 속을 거닐다보면 그런 생각이 더 들었다. 마치 이 세계에 더이상 존재하지 않는 사람들의 손금을 들여다보는 느낌, 그 손금 위로 내가 걸어가고 있다는 느낌, 마치 그들의 운명 위를 나그네처럼 방랑하는 느낌. 그럴 때면 나는 현재를 사는 것도 아니고 또한 과거를 사는 것도 아닌, 다만 그 현재와 과거 사이의 시간 속에 속해 있는 기분이었다.

언젠가 팔미라를 방문한 사람에게 들은 적이 있다. 거대한 돌기둥만 남은 사원 너머로 노을이 지자 어둠은 붉은 노을 속으로 천천히 잉크처럼 퍼져나갔다고. 몹시 피곤했으나 타고 왔던 낙타에게만 물을 조금 먹였을 뿐 정작 물 한 모금 삼키지 못했다고. 모든 폐허의 시간들이 피부를 뚫고 몸속 어딘가로 영혼이 되어 들어오는 것 같았기 때문이라 했다. 그리고 그때 카라카야에게 하남의 얘기를 듣는 순간, 나에게도 미미하게 손끝이 떨리는 아픔이 찾아왔다. 어린 하남도 그 오아시스 도시의 폐허를 보았던 거구나.

밤이 이슥해지자 프롬 교수와 나, 그리고 무바탈리만이 자리에 남았다. 하남마저 테레지아와 할 이야기가 있다고 자리를 뜨고 난 뒤 카라카야는 더 많은 이야기를 들려주었다. 짐작한 대로 하남의 병에 대한 것이었다. 그 팔미라에서의 시간 동안 하남은 변하기 시작했다고 했다. 여러 시간대를 걸어다니는 병에 걸린 것이었다. 노마드들이 여러 공간과 시간을 초월하여 걷는 것은 병이 아니라 오랜 관습이었다.

사막을 건널 때, 산맥을 가로지를 때, 도시와 마을을 지나칠 때, 강과 바다를 따라 걸어갈 때, 그리고 그런 시간이 일생을 통하여 계속될 때 노마드들은 바깥의 풍경을 내면으로 끌어들인다고 카라카야가 말했다. 그는 쉬었다가 다시금 말을 이었다. 지나가는 동안 잠시 스친 인간과 가축, 곤충, 꽃과 나무의 표정은 밤에 피워놓은 모닥불에서 다시 살아나 노마드의 가슴속에 겹겹이 쌓인다고 했다. 그것은 때로는 바람이고 때로는 모래이며 결국 삶이었다. 노마드는 노마드로 태어나 노마드로 살다 죽을 때, 기억이 가장 엷은 곳에 자신을 묻는다고 했다. 삶을 떠돌았던 기억이 선명한 노마드는 죽지 못한다고 말했다. 죽음을 맞은 노마드들은 그들의 기억을 태우는 것처럼 입고 있던 옷과 지니고 다닌 모든 것들 또한 태운다고 했다. 그리고 접어놓은 모서리처럼 좁은 틈에다가 삶의 거죽인 육신을 묻는다고…… 하지만 하남에게 들어온 시간과 공간은 여느 노마드들과는 달랐다. 그녀는 그 시공 속에서 새로 생명을 받은 것처럼, 그리하여 새로운 삶이 시작된 것처럼, 결국엔 그 삶이 끝난 것처럼, 생생하게 그 모든 과정을 재현해낼 줄 알았다고 했다.

카라카야는 이 대목에서 말을 멈췄다. 그러고는 조금 틈을 두고 말했다. 이게 하남의 불행인지 축복인지 모르겠다고. 하남은 하남의 삶을 살지 못하고 자신 안에 우글거리는 많은 인간들의 삶을 살고 있고, 그런 점에서 보자면…… 카라카야는 잠시 말을 멈추었다 다시금 말을 이었다.

죽은 언어가 내 딸의 영혼 속으로 들어오면서 내 딸은 샤먼이 된 것 같다…… 샤먼을 한 번 본 적이 있다. 시베리아에서 러시아 제국

을 횡단해서 이곳 터키까지 들어온 꽤 늙은 여자였다. 무슬림의 땅에
샤먼이 들어오는 건 아주 드문 일이지만 지금은 이동의 시대, 수많
은 사람들이 이런저런 이유로 이 대륙과 저 대륙을 이동하는 것을 보
아왔기 때문에 동아나톨리아 지방의 작은 도시에서 그런 사람을 만
난 것은 그리 새롭지만은 않은 일이었다. 소문을 듣고 찾아간 카라카
야를 그녀는 검은자위가 없는 눈으로 쳐다보았다. 샤먼은 곰 가죽을
쓰고 있었다. 그녀의 고향에서 벼락을 맞고 죽은 곰의 가죽이라고 그
녀는 말했다. 그녀를 찾아간 이유는 뭔가 이야깃거리를 얻을 수 있지
않을까 해서였다. 그러나 그녀는 카라카야에게 별반 말이 없었다. 대
신 손을 잡아주었다. 아무런 말 없이 두어 시간가량 그러고만 있었
다. 샤먼은 떠도는 자의 영혼 앞에서 가장 편안함을 느낀다고 헤어질
때에야 비로소 말을 건넸다. 카라카야는 그때 샤먼의 손을 바라보았
다고 했다. 그 손은 떠도는 모든 영혼을 보듬어주는 손 같았다고 그
는 말했다.

　카라카야는 눈을 감았다. 하남의 병이 유독 깊어질 때는 바로 이곳
에 카라카야가 무리를 이끈 채 머물 때라고 했다. 이곳은 하남이 태
어난 곳이기도 했다. 카라카야는 귀동냥으로 잊혀진 옛 왕국에 대한
얘기를 들었고, 하남이 태어나기 전 이미 만삭이 된 아내와 그의 무
리를 데리고 이곳에 텐트를 쳤다. 옛 도시에 대한 이야기를 이집트에
서 들었고, 전해오는 이야기에 따르면 그곳은 비밀 수도라는 거였다.
무더운 여름이었다. 폐허 도시 앞에 펼쳐진 거대한 들판은 수확 철이
지나 텅 비어 있었다. 들판 곳곳에 불을 놓아서 하루에도 몇 번씩 매
캐한 냄새가 공기 중에 떠돌았다. 아이가 태어나자 그는 하남이라는

이름을 지어주었다. 이곳이 하남이든 아니든 그는 무작정 오래전에 잊혀져버린 도시의 이름을 지어줘버린 것이다. 그리고 다시 이곳을 찾았을 때 하남은 소녀 바위 이야기를 이곳에서 정주하는 이들로부터 들은 모양이었다. 그 이야기는 하남의 귀에 꽂혔고, 하남은 자주 넋을 놓은 채 소녀 바위 쪽에 가 앉아 있곤 했다. 텐트 기둥과 주변에 서 있는 나무에 빨랫줄을 걸어놓고 빨래를 널면서 하남은 자꾸만 폐허 도시 쪽으로 눈길을 돌렸다. 그녀는 아버지에게 자주 말했다. 나는 이곳 바위에 있는 부조라고. 이곳의 기억을 가장 마지막까지 가지고 있는 사람이라고.

왜 그런 생각을 하느냐고 안타까운 듯 카라카야가 물으면 하남은 이렇게 대답했다. 나도 모르겠어요. 다만 나는 내가 저 바위에서 나온 여자라는 것만은 알아요.

이야기꾼으로 평생 이야기를 모으고 이야기를 들려주면서 살아온 카라카야에게 딸의 병은 충격이었고, 때문에 그는 이 모든 것이 자신의 탓인 것만 같았다. 그는 자신의 이야기를 들으면서 자란 딸에게, 있는 그대로의 현실과 꾸며낸 이야기를 구분하는 법을 진즉 가르쳤어야 했다며 자책했다. 하남의 어머니가 일찍 죽고 난 뒤 카라카야는 하남을 등에 업고 돌아다녔다. 이야기를 모으기 위해 산맥을 넘는 일도 주저하지 않았고 바다 건너 미지의 섬을 향해 가는 일도 마다하지 않았으며 동굴이든 저잣거리든 파사들의 마당이든 그는 발이 닿는 대로 떠돌았다. 그렇게 주워 모은 이야기를 하남에게 밤늦도록 들려주었고, 때로 이야기 속에 어떤 아이라도 등장할라치면 하남이 그 역할을 대신하기도 했다.

돌이켜보면 참으로 즐거운 시간이었으나…… 이제 그 추억은 치명적인 시간으로 남아버렸다. 하남은 고대 언어들을 배우면서 더욱더 경계인의 지남철에 끌려간 것 같다고 카라카야는 무거운 제 속내를 털어놓았다.

카라카야는 볶은 병아리콩을 한 움큼 쥐더니 입에 털어넣었다. 콩을 금세 넘긴 후 카라카야는 내게 말했다. 지난번 앙고라에서 딸을 보았을 때 하남이 칸의 이야기를 했다고, 칸에게 자신이 누구라는 것을 말해주었다고. 그 말을 하는 카라카야의 얼굴에 짙은 그늘이 드리웠다. 내 얼굴은 붉어졌고 마음은 컴컴해졌다. 카라카야가 말했다. 만일 하남이 바위 속으로 들어가겠다고 마음을 먹은 거라면…… 그건 죽음으로 가고 싶을 만큼 경계인으로서의 삶을 놓아버리고 싶은 게 아니냐고. 만약 그 순간 칸이 곁에 머물러주길 하남이 원한다면, 칸은 하남을 도와줄 수 있겠느냐고 물었다. 그의 말을 내게 통역해준 무바탈리는 말끝을 얼버무렸다.

"어떻게 도와야 할까요?"

"물론 하남을 죽음으로부터 구해야지."

"어떻게?"

"하남을 지금 이 시간대로 돌아오게 할 수 있는 최상의 방법은 칸이 그 아이를 충분히 사랑하는 것뿐."

가슴이 쿵, 하고 내려앉았다. 나는 프롬 교수를 바라보았다. 그는 눈을 꼭 감았다. 내일 당장이라도 이곳을 떠나 이스탄불로 돌아가려던 그였다. 하지만 상황은 급속도로 달라지고 있었다. 만일 프롬 교수가 나를 데리고 이곳을 떠난다면?

카라카야는 프롬 교수를 향해 이곳에 한 달만 더 머물러달라며 통사정을 했다. 무바탈리가 앙고라 파샤와 테레지아의 거래, 그 중간에 서면 아마도 파샤를 달랠 수 있을 거라고 했다.

"여기 이 폐허 도시는 나의 영역이며 이 근방 역시 나의 영향권이라는 걸 앙고라 파샤는 알지요. 만일 그가 문제를 더 복잡하게 만든다면 제가 이스탄불로 직접 소식을 전하겠습니다. 제게도 이스탄불에서 움직일 수 있는 사람은 몇 있으니까요. 프롬 교수님 생각은 어떠십니까?"

프롬 교수는 마지못해 한 달 더 머무르겠다며 승낙의 뜻을 밝혔다.

그다음 날 카라카야는 우리 곁을 떠났다. 떠나기 전 그는 내게로 다가와 손을 잡았다. 그러고는 터키어에 능통하지 않은 나를 위하여 천천히 말했다. 만일 무슨 일이 생기면 하남과 함께 자신에게 오라고, 언제나 카라카야의 사람들이 나와 하남을 보호할 거라고. 나는 문득 카라카야에게서 한 번도 본 적 없는, 아니 기억조차 없는 내 아버지를 느꼈다. 그건 헬무트에게서 느끼는 감정과는 사뭇 다른 거였다. 고요하나 열정이 있고, 무엇보다 자신이 보호하고 사랑해야 하는 사람이 누구인지를 아는 사람 같았다. 카라카야가 나를 가볍게 안아주었을 때 나는 결심했다. 어떤 경우에서든 카라카야의 사람으로 살아야겠다고.

그날 이후 나는 퍽이나 행복한 시간을 보냈다. 우리는 매일매일 폐허 도시를 돌며 하남이 일러준 장소를 찾아갔다. 그녀가 말해준 곳에서 구리로 만든 핀이나 장신구들이 발견되기도 했고, 사람의 팔처럼 생긴 붉은빛의 도자기가 묻혀 있기도 했으며, 붉은 광택이 나는 소를 본떠 만든 성물이 발견되기도 했다. 사원 터에 널려 있는 토기 조각들을 모았고, 저녁이면 함께 토기 조각들을 물에 넣고 깨끗하게 씻어서는 잘 마르도록 놓아두었다. 내가 램프 불빛에 의지해서 다 마른 토기 조각들의 도면을 그리는 밤이면 하남은 달콤한 과자와 커피를 가져다주곤 했다. 일이 끝나면 우리는 숙소 앞 과수원에 의자를 내어놓고 오래도록 앉아 있었다. 어둠 속에서 그녀의 손을 잡고 앉아 있는 시간은 크나큰 즐거움이었다. 그녀의 손이 내 손가락을 어루만질 때 나는 이 지상을 살아나가는 이유 같은 것을 어렴풋이 알 것만 같았다. 내가 그녀의 머리카락을 쓰다듬을 때면 그녀는 나를 바라보며 말했다.

"칸, 아무래도 당신이 나를 이곳으로 데리고 올 것만 같아요. 이곳으로, 내가 살고 있는 지금의 시간으로 나 정말 돌아오고 싶어요. 이곳의 바람, 비와 햇빛 속에서 살고 싶어요."

나는 하남에게 말했다. 당신은 바로 지금 내 곁에서 그 시간을 살고 있는 거라고. 그러자 그녀가 쓸쓸히 웃었다.

"정말 나 그렇게 살 수 있을까요?"

"그럼, 하남. 우리 여기 이 순간에 함께 있잖아요. 당신은 내가 보이지 않나요?"

때로 나는 프롬 교수를 도와서 측량을 하기도 했다. 프롬 교수는 노이만이 만든 측량도를 보완했고 하천이나 길, 성벽을 보다 자세히 그려넣었다.

"칸, 나는 아직도 이곳이 하남인지 아닌지 모르겠네. 어쩌면 우리 힘으로는 밝힐 수 없을지도 몰라. 그 돌판으로부터 우리가 추론할 수 있는 것은 전무해. 이곳에서 돌판이 발견되었다는 사실 말고는 말이지. 발굴을 해봐야 알 거야. 난 지도를 작성하는 걸 좋아하지. 언제나 지도 작성자로 한평생을 살아도 좋겠다고 생각했어. 도구들을 들고 측량탁자 위에 도면지를 깔고 아직 포함되어 있지 않은 것들을 하나둘씩 기록할 때 나는 미처 발견하지 못한 세계의 구석구석을 찾아낸 것 같단 말이지. 하지만 그래, 19세기가 되면서 지구의 거의 모든 곳이 지도에 옮겨졌어. 그동안 신화의 땅이라고 불리며 전설로만 전해오던 곳들도 이제 숫자와 방위로 다 표시되었지. 우리가 사는 이 지구에 신화의 땅은 이제 다 사라진 거야. 이성의 땅만 남은 셈이라고. 나는 학자로서 그 사실을 반가워해야겠지만 어떨 때는 낙심하고 말아. 컴컴한 곳을 빛으로 다 채우면 너무 삭막하잖아. 우리는 신화를 말끔하게 벗겨놓고 그 신화의 땅을 모조리 정치와 장사의 땅으로 바꿔버린 걸세."

나는 인문학자로서 고고학에 천착하는 프롬 교수의 운명을 언제나 걱정했다. 그에게 고고학은 보물찾기가 아니었다. 그는 과거를 찾는 일이 학문으로 정립되야만 이 민족주의 시대의 망령이 걷힐 것이라고 믿는 사람이었다. 바야흐로 이 민족주의가 유럽을 집어삼킬 거라고 그는 자주 쓴 말을 내뱉곤 했다.

만일 그렇게 된다면 유럽은 전면적인 전쟁을 피하지 못할 거라고도 했다. 나는 그의 말에서 헬무트의 유언을 상기했다. 상인이었던 그의 눈도 학자의 눈만큼 예언자적이었는지 모른다. 어쩌면 나더러 돌아가라고 했던 것도 그 전쟁을 피하라는 뜻에서 비롯된 것이 아니었을까. 하지만 유럽에서 전쟁이 일어난다면 내가 다시 돌아가야 할 곳, 그곳은 과연 전쟁을 피할 수 있을까?

"하지만 칸은 이미 하남을 발견한 거 아닌가?"

장난기 어린 웃음과 함께 프롬 교수가 지나가는 말로 툭하니 내뱉었다. 나는 못 들은 척 측량기구를 수평으로 세우는 일을 계속했다. 기온이 점점 올라버려 이제 조금만 움직여도 온몸에서 땀이 줄줄 흘러내렸다. 바람이 불지 않는 날은 도면이 날아가지 않아 좋았으나 모자를 눌러쓴 머리는 감고 난 직후처럼 젖어 있곤 했다. 그러나 아무래도 좋았다. 이 날들이, 프롬 교수의 일을 돕고 하남이 옆에 있어주는 이 날들이 마냥 좋았다. 물론 마음 한구석에 불안감이 없는 것은 아니었지만 태어나서 지금껏 이렇게 사는 일이 설렌 적은 없었으므로 스멀스멀 피어오르는 불안을 마음 가장 깊숙한 서랍에 처박아두려고 애썼다. 그리고 그 서랍을 절대로 열어보지 않을 거라고 작정했다. 내 마음속에 그런 서랍이 있다는 사실조차 잊자고 다짐했다.

아이한과 테레지아는 그새 다른 분란을 일으키지 않았다. 테레지아는 자주 외출을 나갔고 아이한은 혼자 남겨졌다. 그는 홀로 있을 때면 한숨을 내뱉어가며 캔버스 위에다 곧잘 그림을 그렸다. 바위산도 그리고 우리가 일하고 있는 모습도 한 폭에 담아냈다. 그는 천성적으로 잘 웃는 사람이었지만 테레지아가 빈번히 외출하기 시작하면서 의기소침해진 것 같았다. 내색하지는 않았지만 프롬 교수도 은근히 신경이 쓰이는 모양이었다. 무바탈리는 테레지아 뒤에 사람을 붙여 내내 그녀를 감시하고 있었다. 그녀의 외출을 막을 수는 없었으므로 미리 동향을 살펴두는 게 만약의 경우를 위해서도 나을 거라고 그는 프롬 교수에게 말했다.

테레지아가 발견한 돌판은 이제 무바탈리의 방에 있었다. 그는 자물쇠가 채워진 책상 서랍 안에 돌판을 보관했고 방을 나올 때면 언제나 단단히 방문을 잠가두었다. 촌장의 집에는 언제나 묘한 긴장감이 맴돌았다. 하지만 나는 아무래도 좋았다. 하남의 옷깃이 나를 스칠 때마다 가슴은 벅찬 감동으로 차올랐고, 내가 이 세상에서 가장 가진 것이 많은 사람처럼 느껴졌다. 참으로 신비로운 일이었다. 한 여자가 이렇게 내 삶을 꽉 채우다니. 고아로 거리에서 발견된 나의 과거는 어느새 저만치로 멀어지고 오로지 한 남자로 한 여자에게 사랑받고 신뢰받는 시간을 살게 되다니. 무바탈리는 우리가 일하고 있는 곳까지 점심 도시락을 보내오곤 했는데 바위 그늘에 앉아 점심을 먹는 시간조차 그렇게 달콤할 수가 없었다.

나의 열망은 언젠가 정말 그녀를 안아보는 것이었다. 단 한 번도 여자를 안아보지 못한 나는 하남 앞에 서면 주체할 수 없이 온몸이 떨렸다. 밤에 한 양탄자에 누워서도 우리는 그저 손을 잡고 잠이 들 뿐이었다. 나는 무엇을 어떻게 해야 할지 몰랐고 다른 어떤 사람에게도 그런 처음을 물어볼 수 없었다. 언젠가 때가 되면 그만큼 서로에게 서로를 열지 않을까, 하는 막연한 기대로 나는 잠든 하남의 머리칼을 밤새 쓰다듬어주곤 했다.

아이한이 프롬 교수와 나에게 테레지아에 대한 이야기를 털어놓은 것은 우리가 다시 중요한 유물을 발견했을 때였다. 그것은 동판이었다. 그 동판은 뒤집혀 흙 속에 반쯤 묻혀 있었는데 하남이 사원 터 뒤편에서 찾아냈다. 조심스레 흙을 털어내고 동판을 뒤집어보니 그 위로 청색의 녹이 끼어 있었다. 유감스럽게도 문자가 적혀 있지는 않았지만 대신 끌로 조각한 듯한 그림과 문양이 새겨져 있었다. 그림은 어떤 축제 장면을 묘사해둔 것 같았다. 악기를 든 남자와 여자, 공중 제비를 하는 광대, 그릇 위에 수북이 쌓여 있는 과일들, 춤추는 무녀들, 그리고 석류 하나를 들고 좌대에 앉아서 그 모든 것을 다 지켜보고 있는 여신까지. 그 당시에도 사람 사는 모습은 다르지 않았을 거라는 흔적을 확연하게 보여주는 증거였다. 우리는 동판을 가운데에 놓고 둘러앉았다. 동판을 깨끗하게 닦아내야 그 안에 든 내용이 보이겠지만, 윤곽만으로도 짐작이 되는 축제 장면이 우리를 어린아이처럼 들뜨게 했다. 그러나 기쁨은 잠시였다. 아이한이 슬그머니 말을 꺼냈다.

"이 동판, 테레지아에게는 비밀로 하죠."

그가 프롬 교수에게 겸연쩍은 듯 말했다.

"왜요?"

"테레지아가 알면 또 앙고라 파샤에게……"

"아이한, 테레지아와 가까운 사이가 아니었던가?"

"가까웠지요, 얼마 동안. 하지만 테레지아의 정체를 알고부터는 그전 같지가 않습니다. 그녀는 영국 제국을 위하여 여기 정보를 수집하고 있어요. 우연히 알게 되었습니다만……"

"뭐라고요? 테레지아가 영국을 위해 일한다고요?"

프롬 교수가 자리에서 벌떡 일어났다. 아이한이 프롬 교수를 올려다보았다.

"그게 참, 저는 그런 정치적인 일하고는 아무런 상관이 없는 사람이라…… 테레지아와 가까워질 때 저는 그저 가벼운 연애이거니 생각했어요. 왜 이런 여행을 함께 다니게 되면 생기는 야릇한 친밀감 같은 거요. 그런데 테레지아는 자기가 무슨 일을 하는 사람인지 잘 알고 있더라고요. 저를 자기 편으로 만들면 일이 수월해질 거라고 생각한 모양인지…… 하지만 저는 오스만 제국의 사람이잖아요, 더구나 관리인데. 이제 더는 테레지아에게 좌지우지되어서는 안 되겠구나 생각이 들었어요."

아이한은 고개를 떨구었다. 얼마 후 그는 결심이 선 듯 자리에서 일어났다.

"이스탄불에 일단 연락을 하고 일이 더 늦어지기 전에 이곳에서 뭐가 발견되었는지 신고를 해야겠군요."

동판은 햇볕 아래 금세 뜨거워졌다. 행여나 금이라도 갈까봐 우리는 천으로 동판을 싸서 가죽 가방 안에 넣어두었다. 이 동판의 만남이 불행을 가져다주지 않기만을 나는 바랐다.

11
존재하지 않는 도서관

하남은 사위어가는 저녁빛 아래 폐허 도시에서 따온 꽃을 말렸다. 그녀의 옆모습은 아리도록 빛에 물들어 있었다. 정원에 탁자를 놓아두고 동판의 길이와 넓이, 두께를 재던 나는 손에서 일을 놓고 그녀를 한참 바라보았다. 이 세상이 끝날 때까지 저 모습을 가져갈 수 있도록 내 눈에 깊이 새겨놓고 싶었다. 너무나 짧다, 우리가 함께 지낼 시간이. 하남의 병이 깊어져서 더더욱 자신의 세계로 침잠하면 어쩌지 싶었다. 사랑한다는 말을 아직 하지 못했다. 사랑이라는 것은 그렇게 말로 확정 지을 수 있는 세계가 아니었다. 나를 사랑한다고 말하던 양아버지 헬무트에게도 한계가 있었다. 다른 의미로 날 사랑했던 형 마틴조차 내가 양아버지의 장례식에 참석하는 일마저 이뤄주지 못했다. 가끔 헬무트에 대해 생각하면 슬펐으나 한편으론 화도 났다. 왜, 그는 나를 유럽으로 데리고 왔을까. 장례식에 가서 마지막 인사조차 할 수 없게 될 나를. 그는 예측하지 못했을 것이다. 좋은 것만

주고 싶었을 것이다. 그랬을 것이다. 나도 그랬다. 그에게 좋은 것만 주고 싶었다. 하지만 뜻대로 되지 않았다. 두려웠다. 내가 하남에게 무엇을 줄 수 있을까? 바위 속으로 돌아가고 싶어하는 여자에게 한 남자가 과연 무엇을 줄 수 있단 말인가. 그래서 내 혀는 사랑이라는 말 앞에서 늘 딱딱하게 굳었다.

어느새 나는 카라카야의 무리와 하남과 함께 노마드가 되고 싶다는 생각을 점점 굳혀가고 있었다. 독일 제국으로 돌아가지 않을 것이다. 이곳에 남아서 동쪽으로, 더 동쪽으로만 갈 것이다. 대륙을 건너 이 대륙의 끝에 있다는 조선으로 가고 싶었다. 대륙의 끝이니 그곳으로 가면 쉴 곳을 찾을 수 있을 거라는 생각이 들었다. 이 낭만적인 상상은 상상만으로도 즐거워서 하남을 바라보며 나는 잠시 웃곤 했다. 그러다가 고대의 석공 생각을 했다. 하남이 자신의 남편이라고 말하던 그 남자가 부러웠다. 남편이라지 않은가. 상상이라지만 그와 하남이 나란히 누워 있었을 생각을 하니 갑자기 울컥, 치미는 것이 있었다. 또한 나는 그런 생각을 떠올리는 내가 무섭기도 했다. 그 남자는 하남의 병으로 만들어진 이가 아닌가. 그런 남자를 질투하는 나라니. 나 역시 하남에게 전염되어 시간을 뒤죽박죽으로 만들고 있는 건 아닌지 모를 일이었다. 사흘 후면 한 달이 된다. 우리가 머물겠다고 약속한 그 기간이었다.

외출을 했다가 밤이 이슥해서야 돌아온 테레지아를 우리 모두 기다리고 있었다. 무바탈리가 딸려 보낸 사람은 오늘 테레지아가 누구를 만났는지 상세하게 알려주었다. 그녀가 오늘 만난 사람의 인상착

의는 놀랍게도 다니엘을 닮아 있었다. 우리는 잔뜩 긴장을 했다. 그녀를 보자 무바탈리가 다짜고짜 말을 걸었다. 테레지아는 몹시 피곤해 보였으나 무바탈리의 표정이 너무도 단호해 보여서인지 거절하지 못한 채 응접실로 나왔다.

"테레지아. 나는 더이상 당신을 내 집에 머무르게 할 수가 없습니다. 내일 당장 이곳에서 떠나주십시오."

테레지아는 마치 무바탈리가 그 말을 할 줄 알았다는 듯 거침없이 받아쳤다.

"내일 앙고라 파샤가 이곳에 옵니다. 그가 여기에 와서 돌판을 가져가면 나도 다니엘과 함께 이곳을 떠날 겁니다. 다니엘은 이웃 마을에 있지요. 벌써 사흘 전에 파샤가 앙고라를 떠나 이곳으로 오고 있다고 다니엘이 알려주었어요."

테레지아는 술술 막힘없이 그 사실을 토로했다. 그것이 우리를 더 놀라게 했다.

"나도 일을 이렇게까지 만들고 싶진 않았어요. 자, 짐작들 하셨겠지만 저, 영국 제국을 위해 일합니다. 아마 머잖은 날 영국은 오스만 제국을 뒤흔들고 말 거예요. 그러면 이곳 오리엔트의 질서도 새로이 재편될 거고요."

"대체 언제부터 영국을 위해?"

"오래전부터요. 오리엔트 전 지역을 다니기 시작하면서부터일 거예요. 처음엔 가족들에게 쓴 편지가 시작이었어요. 제가 베두인과도 접촉이 많고 오리엔트를 잘 안다는 것을 그들이 알고 제게 접근을 한 거지요. 저는 그냥 제가 본 것, 들은 것만 적어서 보내면 그뿐이에요.

어디에 철도가 놓이는지, 민심은 어떤지, 아르메니아인들과의 동향은 어떤지, 뭐 그런저런 사소한 이야깃거리 있잖아요. 하지만 이제 그 일도 그만둬야 할 때인 것 같네요. 앙고라 파샤가 제가 스파이란 것을 눈치채고, 다니엘을 붙잡았으니 말이에요. 다니엘은 2주일 전에 파샤의 집에서 나왔어요. 물론 파샤의 감시병과 언제나 함께 다니지요. 파샤는 여기 비밀 결사대의 일을 도와주고 있으니까. 이스탄불에 반기를 들어서 이곳을 독립 지역으로 만들려고 해요……"

프롬 교수의 입가에 묘한 미소가 번졌다. 그는 아무런 말도 하지 않고 파이프를 계속 입에 물고 있었다. 연기도 나지 않는 걸 보아 빈 파이프임이 분명했다. 나는 직감적으로 우리의 평온했던 시간이 끝나가고 있음을 눈치챘다. 그 순간, 나는 무슨 일이 있어도 하남을 데리고 이곳을 떠나야겠다고 다짐했다. 무슨 일이 있더라도.

"칸, 이제 우리가 작별할 시간이 다 되어가는군. 칸은 이곳에 남을 거지?"

프롬 교수는 밤이 이슥하도록 동판을 닦고 있는 내게로 와 옆에 앉으며 물었다. 그나 나나 잠을 잘 수가 없었던 것이다. 나는 고개를 끄덕였다.

"내가 말릴 수는 없을 테니, 그 길로 가보게. 칸이 가고 싶은 그 길로."

"그런데 한 가지 묻고 싶은 게 있었어요. 왜 아까 그 순간에 웃으신 거지요?"

프롬 교수는 한동안 아무런 말을 하지 않았다. 개 짖는 소리가 멀리서 들려왔다가 사라질 때쯤 그가 말을 이었다.

"고고학을 그만두려고 생각했네. 이 시대에 고고학을 하는 것이 욕된 일이라는 생각이 들어서. 그렇게 작정하고 보니 저절로 웃음이 나오더군. 평생 이것만, 이 짓만 해왔는데 그만둔다 싶으니까 참으로 허망해서. 난 앞으로 글만 쓰려고 하네. 이를테면 반유대주의에 반대하는 글이라든가, 아니면 새로운 정치적 괴물이 탄생할 수밖에 없는 20세기를 전망하는 글이라든가, 것도 아니면 유럽인은 언제 유럽인에서 벗어나 진정한 코스모폴리턴이 될까, 하는 사색의 글이라든가, 아니면⋯⋯ 아닐세, 그만두지. 지금 생각이 그렇다는 것뿐이지 아직 확실한 건 없으니까. 하지만 고고학은 그만둘 거야. 너무 판이 더러워졌어. 그리고 점점 더 더러워질 것이 분명하고. 고고학을 하는 인간들은 사실 먼 시간 속을 여행하는 사람들인데 여행자들이 더러워지면 앞으로 일어날 일은 인간이 인간을 살육하는 것밖에 없어. 분명그럴 거야."

나는 할 말을 잃었다. 프롬 교수의 미소는 그러니까 평생을 바쳤던 자신의 길과의 작별 인사였던 것이다.

"나는 이스탄불로 돌아갈 것이네. 그리고 오스만 제국을 떠날 걸세. 독일 제국으로 돌아가면 북부, 내가 자란 항구인 함부르크로 갈 거야. 겨울이면 바람이 많이 불고 비가 참 축축하게 내리는 곳이지만, 그곳은 전 세계의 선박들이 오고 가는 곳이니까 과거를 보면서 미래를 점쳐보기엔 딱 좋은 곳이야. 혹 칸이 유럽으로 돌아오게 되면 나를 만나러 와주게. 그곳에는 포르투갈 사람이 하는 생선 요리만 파는 식당이 하나 있는데 생선 수프가 참 맛있어. 같이 먹으러 가자고.

하남을 데리고 오면 더욱 좋겠지만 그건 그때 가서 보자고. 일단은 우리 좋은 것만 생각하세나."

"그렇지만 교수님, 대학은요?"

"이별이야, 이제 그곳과도. 내가 하는 연구가 제국의 정치에 악용되는 걸 나는 더이상 참을 수가 없네."

우리는 한참 동안 마주 앉아 있었다. 그에게 묻고 싶은 것이 딱 두 가지 있었다.

"돌판이 이곳에서 발견되었다면…… 여기가 하남인가요? 돌판에는 하남에서 멀지 않은 곳에 왕이 갇힌 곳이 있다고 쓰여 있었는데 말이지요."

프롬 교수의 침묵이 다시금 길게 이어졌다. 그는 무척이나 하기 힘든 말을 준비하고 있는 듯했다.

"하남이면 어떻고 또 아니면 어떤가. 이곳은 고대 왕국이 남긴 어떤 폐허 도시, 신의 품에 안겨야 지독한 공포에서 벗어날 수 있었던 한 왕이 바위 신전을 세운 곳…… 그뿐인 거야. 뭔가를 발견하려고 하는 욕망 뒤의 욕망이 뭔 줄 아나? 발견한 그것을 지배하려드는 욕망일세. 또한 명백히 뭔가를 밝히기 위해 돌아다니는 이들은 언제나 쫓기는 모습을 하지. 나는 더이상 아무것도 궁금해하지 않으려네. 테레지아 같은 여성이 스파이인데 내가 뭘 더 궁금해하겠나. 칸, 더는 자네가 어디에서 왔는지에 대해서도 궁금증을 품지 말게. 자네, 여기 이곳에서 살고 있지 않나. 근원을 찾는 것도 이데올로기에 불과해. 인류가 아프리카에서 이동을 하지 않고 그곳에서만 살았다면 우린 어떻게 되었을까…… 그 생각을 곰곰이 해보는 게 지금의 내 과제라네."

가끔 어디로 사라졌던 것이냐는 두번째 질문에 프롬 교수는 웃었다. 그러고는 겸연쩍은 듯이 말했다.

"칸, 정말 오래도 참았군. 그게 궁금했지? 나, 며칠 동안 탄광에서 일을 했다네. 몸을 움직여야 머리도 움직이는 법이거든. 그리고 컴컴한 탄광에서 일을 하다보니 욕심이 점점 사라지더군."

나는 잠시 이무의 기록을 덮었다.

만일 다시금 책을 만들게 된다면 프롬 교수의 저작을 한번 출간해보고 싶다는 생각이 들었다. 책을 만든다는 것…… 기획한 책들에 대한 아이디어를 적어놓은 파일이 내 컴퓨터 안에 들어 있었다. 파일명은 '존재하지 않는 도서관'이었다. 그 파일명을 지을 때 몇 개의 다른 이름을 함께 놓고 고민을 했었다. '사라지지 않는 것' '이별의 불가능' 혹은 '보이지 않는 서랍' 등등. 그러다가 '존재하지 않는 도서관'을 택했다. 그 파일 안에 적어놓은 아이디어로 어떤 것들이 있었던가.

열대림에서만 사는 나무와 새들. 미래학자의 과거 읽기. 이누이트인들의 민담. 포르투갈 시인 페소아가 쓴 길고도 아찔한 시집 『불안의 책』. 실크로드에서 만난 동물들의 표정(인간들의 표정을 다룬 책은 나와 있는 편이니까). 중앙아시아를 여행하던 20세기 초 나비 채집자들의 보고서. 세계에 있는 모든 바다와 그 바닷가에 사는 사람들의 이야기. 북아프리카 원주민들의 진흙으로 만든 집을 찍은 사진집. 녹색에너지를 실현하는 몽골의 집들. 사람들이 불사의 약초라고 믿는, 전 세계의 약초를 모아놓은 책. 권력자와 성과의 관계 등등.

파일명이 무슨 예언 같았다는 생각이 지금에서야 든다. 저 아이디어들은 결국 책으로 이 세상에 태어나지 못했으니까. 그러니까 진짜 존재하지 않는 도서관이 된 셈이다. 아, 잊은 게 있다. 내 아내의 첫 시집. 아내는 간간 시를 쓰긴 했으나 어떤 지면을 통해서든 등단을 하기 위해 애쓰는 것 같지는 않았다. 다만 아내에게 시란, 호흡하기 곤란할 때 훅, 하고 안간힘을 다해 내쉬어보는 날숨 같은 거. 나는 아내에게 등단을 적극 권유하기도 했다. 아내는 말했다. 그냥 시가 모이면 내 돈 들여 내려고.

"왜?"

"내 숨인데 내가 관리해야지."

다시 내 파일에 들어 있던 아이디어들을 생각해본다. 아내의 시와 마찬가지로 그것들은 내 숨이었다. 나에게만 떨리는 세계, 그 앞에서 아주 오래전에 잊어버린 여행의 흔적을 찾은 것 같았다. 내 마음이 가려고 했던 길들. 하지만 마음속에만 나 있어 한 번도 가지 못했거나 아니면 수천 번 오갔던 길들. 아내가 쓴 시들은 아마도 그녀의 컴퓨터 안에 들어 있겠지. 나는 그녀의 컴퓨터를 켜지 않겠노라 맹세했으니…… 결국 아내의 숨은 그 어두컴컴한 컴퓨터 안에 영원히 갇혀버리겠지. 시들은 발딱발딱, 심장이 숨 쉬는 소리를 내며 컴퓨터라는 그 갇힌 세계 속에서 나오기를 거부한 채, 그러나 내 마음에는 언제나 존재하는 그 무엇으로 남겠지. 나는 그 가운데 단 한 편의 시만을 읽었을 뿐.

이무의 기록을 다시 펼치면서 서늘한 무언가가 갑자기 날 스쳐가는 것을 느꼈다. 이 기록을 처음 읽기 시작했을 때 이무가 백 년 세월을 사이에 둔 나에게 남긴 글이 아닐까 생각했었다. 그런데 읽으면 읽을수록 그건 아니었다. 차라리 이 기록은 마주니 형에게로 향하는 글 같았다. 마주니 형. 고향에서 떨어져나와 더는 갈 곳이 없게 된, 오직 갈 곳이라고는 마리타밖에 없는 형. 나는 그저 형이 이 상황을 더는 악화시키지 않는 결정을 내리기만을 바랄 뿐이었다.

12
내가 다녀갔거니 해줘

일은 우리 모두가 불안해했던 것보다 훨씬 빨리 진행되었다. 파샤 일행은 먼동이 트기 전 무바탈리의 집에 도착했고, 잠시 새벽잠에 빠져 있던 나는 쾅쾅 문 두드리는 소리에 잠에서 깼다. 누군가가 거칠게 문을 여는 소리, 남자들의 고함 소리, 비명, 심지어 총소리까지. 삽시간에 벌어진 일이었다. 그리고 내가 후닥닥 옷을 찾아 입고 있을 때 누군가 방문을 두들겼다. 하남이었다.

"올 것이 왔어요. 그 도시가 망할 때처럼 저 사람들은 우릴 다 죽일 거예요."

나는 겁에 질린 하남의 손을 잡고 프롬 교수의 방으로 갔다. 아무리 문을 두드려도 인기척이 없었다. 손잡이를 잡고 돌리니 스르르 방문이 열렸다. 프롬 교수는 방에 없었다. 창문에 길게 드리워져 있던 자줏빛 커튼이 바람에 날렸다. 우리는 방 안으로 들어갔다. 그가 일지를 쓰기 위해 방 가운데 임시로 놓아두었던 검은빛 책상은 평소와 달리 깨끗하게 치워져 있었고, 그 위에 봉투 하나만이 덩그러니 놓여 있었다. 나는 얼른 봉투를 집어들었다. 봉투의 겉봉에는 '칸에게'라는 글자가 쓰여 있었다. 급히 봉투를 뜯었다. 짤막한 편지 하나가 그 안에서 툭 튀어나왔다.

친애하는 칸에게.

우리가 이 폐허 도시를 기록한 일지와 도면은 내 침대 밑에 있네. 나에게 무슨 일이 생기면 꼭 그 기록을 독일로. 자네가 이곳을 무사히 빠져나가면 함부르크에 있는 포르투갈 식당에 쪽지를 남겨 두게. 여행은 끝났고, 인문학자로서의 내 꿈도 여기서 끝이네. 자네의 스승으로 책임을 다하지 못해 미안하네.

카를 프롬.

나는 편지를 구길 수 없어 재킷 안주머니에 집어넣었다. 이게 내 스승의 작별 인사란 말인가. 나는 하남을 꼭 끌어안았다. 그녀가 영문도 모른 채 내 품에 안겨 있을 때 언젠가 스승에게 했듯 그녀의 이마에 입을 맞추었다. 눈물이 솟구쳤다. 프롬은 어디로 갔을까. 살아 있는 걸까.

뒷문으로 빠져나가기 위해 정원을 지날 때 우리는 우물가 옆에 쓰러져 있는 아이한을 발견했다. 그의 머리를 내 무릎에 올리고 손을 잡자 아이한이 얼굴을 찡그렸다. 그의 다리에서 피가 솟구치고 있었다. 아이한은 그나마 남아 있는 기운을 다하여 말했다.

"돌판과 동판은 아직 무바탈리의 손에 있어요, 칸. 앙고라 파샤의 사람들은 숫자가 너무 많아요. 그는 무바탈리가 이스탄불에 연락한 걸 알고 있어요. 무바탈리와 그의 사람들을 쫓고 있어요. 아마도 폐허 도시로 올라갔을 거예요. 다니엘과 테레지아가 앙고라 파샤의 편이 되어⋯⋯"

"프롬 교수는 대체 어디에⋯⋯"

"그건 나도 잘 몰라요. 칸, 폐허 도시로 어서 가세요. 그곳에는 숨을 곳이 많을 거예요. 하남이 아무도 모르는 길을 잘 알고 있을 거예요. 난 괜찮아요. 이스탄불에서 온 관리니까 앙고라 파샤도 날 쉽게 죽이지는 못할 거예요."

"그래도 이렇게 두고 나 혼자 갈 수는 없잖아요."

그러자 아이한이 쓴웃음을 지었다. 얼마간의 후회 같은 감정이 그의 얼굴에 묻어나는 듯했다.

"내가 여자한테 늘 정신을 놓는 놈이라⋯⋯ 하지만 테레지아가 그렇게 독할 줄은 몰랐어요. 몇 번 자고 그러면 다 알 줄 알았는데 그게 아니더라고요. 자, 어서요, 어서 빨리 가세요. 파샤의 사람들이 이곳으로 되돌아오기 전에요."

하는 수 없이 나는 아이한을 그곳에 둔 채 프롬 교수의 방으로 향했다. 침대 밑에서 일지와 도면을 찾아서는 가방 안에 집어넣었다. 마구간으로 가보니 말도 나귀도 남은 것이 없었다. 아마도 앙고라 파샤의 남자들이 몰고 가버린 모양이었다. 하남은 민첩하게도 빵과 말린 과일을 쌌다. 담요를 두 개 준비하는 것도 잊지 않았다. 그러고는 내 손을 잡았다.

"칸, 동쪽 길로 가요. 그곳에 아무도 모르는 길이 하나 있어요. 폐

236

허로 들어가는 길이에요."

다시금 뒷문으로 간 우리들이 막 문을 빠져나오려는 순간, 누군가 우리를 막아섰다. 테레지아와 다니엘을 앞세운 다섯 명의 남자였다. 테레지아가 앞으로 나섰다.

"칸, 당신을 해칠 생각은 추호도 없어요. 다만 우리에겐 하남이 꼭 필요해요. 하남만 이곳에 남겨두고 이제 그만 떠나시죠. 앙고라 파샤가 다른 마음을 먹기 전에 말이에요. 간첩 혐의를 당신들에게 씌우는 일 따위는 식은 죽 먹기니까."

그때 하남이 내 손을 꼭 움켜쥐었다. 나는 하남 앞으로 가 섰다. 절대로 하남을 그들에게 내줄 수는 없었다. 그 순간 앙고라의 남자들이 우리를 향해 장총을 겨누었다.

"하남, 이리로 오라고. 아니면 칸이 위험해진다니까."

테레지아가 하남을 위협했다. 하남은 그 자리에 선 채 꼼짝하지 않았다.

"왜 당신들에게 하남이 필요한 거죠?"

그러자 다니엘이 길게 기른 수염을 쓰다듬으며 말했다.

"하남이 이 폐허 도시에 대해 누구보다 잘 아니까. 어느 곳에 보물이 숨겨져 있는지도 잘 알 것이고 말이지. 연구실에서 공부만 죽어라 하는 인간들은 다 그래. 비겁하고 옹졸하고. 막상 결정적인 순간이 오면 글쎄, 젤로 먼저 도망을 친다니까."

다니엘이 남자들에게 신호를 보냈다. 남자들은 발버둥치는 하남을 끌어냈다. 그렇게 테레지아와 다니엘은 하남을 데리고 어디론가 사라졌다. 남자들에게 끌려가면서도 하남은 비명조차 지르지 않은 채 나를 그저 바라보기만 했다. 다만 바라볼 뿐이었다.

나는 그 자리에 털썩 주저앉고 말았다. 막막했다. 가방에 든 권총과 칼이 생각났지만 무장한 저 남자들을 무슨 수로 이길 수 있단 말인가. 나는 한참 동안 망연자실한 채로 뒷문에 앉아 있었다. 사랑하는 이를 지키지 못한 인간이라는 자책이 나를 거의 졸도 상태에 이르게 했다. 그로부터 얼마나 지났을까? 누군가 내 어깨를 잡아 흔들었다. 고개를 들고 보니 검게 그을린 얼굴의 낯모르는 남자였다. 뭐라고 저항할 새도 없이 남자는 나를 일으켜 세웠다. 그리고 무작정 손을 잡더니 나를 끌어당겼다. 어디론가 함께 가자는 얘기였다. 내가 남자의 손을 강하게 뿌리치자 그가 말했다. 카라카야.

"카라카야?"

"에베트(evet, 예)."

그제야 뜻이 통했는지 남자가 환한 웃음을 지었다.

"카라카야가 당신을 기다리고 있어."

그는 아주 느릿느릿 내게 말했다.

"어디에서?"

"일단 따라오도록."

그가 나를 데리고 간 곳은 폐허 도시 밑에 엎드려 있는 마을로부터 걸어서 반 시간가량 걸리는 외진 마을이었다. 마을 앞으로 작은 개울이 흐르고 있었고 여자들이 나와 물을 긷고 있었다. 개울을 지나니 다시금 작은 집들이 나왔고 좁은 골목을 빠져나왔을 때 커다란 마당을 가진 흙집들이 나타났다.

이 마을의 집들은 죄다 진흙으로 지어져 담과 지붕은 하나같이 부드러운 곡선을 이루고 있었는데, 마치 상앗빛을 띤 작은 산봉우리들이 여기저기 솟아 있는 모양새였다. 집집마다 창밖으로 널려 있던 빨래들이 아니었다면 그곳이 주거용임을 몰랐을 수도 있겠다는 생각을 하고 있던 즈음 그가 눈에 들어왔다. 카라카야가 무리들과 함께 마당을 내다보며 집 앞에 서 있었던 것이다. 내가 들어서자 카라카야의 사람들이 한 발짝씩 뒤로 물러났고 카라카야는 한걸음에 달려나왔다. 그는 이미 일어난 일을 다 알고 있다는 듯 나를 부둥켜안았다.

"들어와, 칸."

그는 내가 알아들을 수 있도록 최대한 천천히 말했다. 나는 그가 이끄는 대로 집 안으로 들어가 카라카야가 시키는 대로 짚풀 위로 양탄자가 깔린 방에 앉았다. 그는 상심한 듯했으나 그렇다고 낙담한 것까지는 아니었다. 노련한 노마드인 그의 머릿속에 지금쯤 얼마나 많은 경험들이 되살아나고 있을까. 위기의 순간마다 펼쳤던 다양한 전략들이 지금쯤 얼마나 견고하게 다져지고 있을까.

카라카야는 무바탈리 걱정은 하지 말라고 했다. 폐허 도시에는 몇 개의 굴이 있는데 그 굴의 존재에 대해서는 무바탈리와 그를 수행하는 몇몇 사람들 말고는 아는 이가 없다고 했다. 아마도 무바탈리는 앙고라 파샤와 그의 일당들이 철수할 때까지 그 안에 숨어 있을 거라고 했다. 그게 아니라면 때를 살펴 그 굴에서 나온 뒤 파샤의 일당을 쫓아낼 거라고.

카라카야는 앙고라 파샤의 우둔함을 비웃었다. 폐허 도시는 무바탈리의 것이고 누구보다 그곳을 잘 아는 그를 당해낼 재간이 없을 거라고도 했다. 그렇다면 문제는 하남인데……

온 마음이 하남에게 쏠렸다. 테레지아와 다니엘에게 끌려간 그녀
에게 지금 무슨 일이 벌어지고 있을까. 내가 그렇게 묻자 카라카야가
내 손을 잡으며 이렇게 말했다. 오늘 저녁에 무바탈리의 집으로 가
자. 그들이 하남과 함께 그곳에서 밤을 보낼 것이 분명하다. 그들이
그 집을 습격한 것처럼 이번에는 우리가 그들을 습격하자.

부끄러운 고백이지만 나는 백면서생에 불과했다. 누군가를 습격하
고 누군가를 구출하는 일을 상상조차 해본 적이 없었다. 내가 꿀 다
문 입으로 가만 앉아 고개를 숙이고 있자 카라카야가 말했다.

"칸, 우리와 함께 노마드로 살 생각이라면 반드시 배워야 할 게 있
어."

그는 내가 혹시 알아듣지 못할까봐 천천히 아주 또박또박 말을 이
어나갔다. 노마드는 타인을 먼저 공격하는 법은 없으나 누군가 자신
들을 해치려 할 때 스스로를 지켜낼 수는 있어야 한다고. 총이나 칼
을 쓰는 것은 노마드가 기본적으로 배워야 하는 기술이라고. 당장은
불가능하겠지만 하남을 구하고 난 뒤에는 왠지 나도 노마드처럼 살
아갈 수 있을 것만 같았다. 때에 따라서는 남을 공격할 수도 있고, 맨
주먹으로 이 세상에 맞서야 할 때 당당히 주먹을 휘두를 수도 있을
것만 같았다. 나는 주먹을 불끈 쥐었다. 그 누구도 아닌 하남이다. 카
라카야와 함께 반드시 그녀를 구해내기로 결심했다.

우리는 밤이 오기만을 기다렸다. 그리고 어둠이 찾아왔을 때 카라
카야가 모은 열 명의 사람들과 함께 길을 나섰다. 그들은 단도와 총
으로 무장한 채였다. 나도 마찬가지였다. 총과 칼에서 금속의 차가움

이 느껴졌다. 어쩌다 이렇게 무장을 한 채 이곳까지 오게 되었을까. 막막한 두려움도 잠시, 무바탈리의 집에 도착하기 전 카라카야가 사람들로 하여금 각각 둘씩 조를 지어 촌장의 집 주위로 흩어지게 했다. 그들은 담을 넘어 집 안으로 들어갈 것이고, 카라카야는 문 앞으로 가 앙고라 파샤의 경비원들을 잔뜩 교란시킬 작정이었다. 마지막으로 카라카야가 내게 말했다.

"칸, 자네는 뒷문 쪽으로 나 있는 담을 넘어 뒷문을 열어두어야 해."

내가 알아듣지 못할까봐 그는 다시 한번 또박또박 일러주었다. 그리고 권총을 쓰지 말 것을 당부했다. 만일의 경우에는 총이 아니라 칼을 쓰라고 아주 천천히 내 눈을 들여다보며 말했다. 내가 고개를 끄덕이자 그가 잠시 나를 안아주었다. 그러고는 촌장의 집 대문을 향해 걸었다. 나는 카라카야가 시킨 대로 뒷문이 나 있는 담장 쪽으로 잽싸게 뛰어갔다. 뒷문 앞에도 경비원들이 서 있었다. 들키지 않기 위해 몸을 낮추고는 긴 담장을 돌아갔다. 아무래도 뒷문 가까이에서 담장을 넘다가는 경비원들에게 쉽사리 발각되고 말 것만 같았다. 몸을 낮춘 채 담장 벽에 기대어 움직이고 있을 때 순찰을 도는 다른 남자들이 보였다. 정문과 뒷문에만 경비를 배치했을 거라는 생각은 참으로 순진한 착각이었던 것이다. 그들이 내게 다가왔다. 나는 허리춤에 차고 있던 칼을 꼭 쥐었다. 하지만 아주 가까이 다가왔을 때 찔러야지 했던 나의 결심은 그대로 무산되었다. 그들이 장총을 겨눈 채 다가왔던 것이다. 하는 수 없었다. 나는 이를 앙다물고 두 손을 든 채 그들을 향해 걸어나가기 시작했다.

바로 그때 그들 뒤로 두 명의 노마드 남자들이 나타났다. 비명을 지를 새도 없이 입이 틀어막힌 경비원들이 잠시 후 앞으로 고꾸라졌다. 카라카야의 남자들이 따라오라며 손짓을 했다. 얼떨결에 나는 그들 뒤로 바싹 따라붙었다. 카라카야의 남자들은 놀라울 정도로 잽싸게 움직였다.

우리는 담장을 넘어 무바탈리의 집 안으로 들어갔다. 남자들은 나를 뒷문 쪽으로 보냈다. 경비원이 뒷문을 지키고 있으면 어떻게 하느냐고 손짓을 다해 물었으나 그들은 가라는 손짓만 할 뿐이었다. 뒷문으로 가 빗장을 열고 조심스레 문을 여니 그 앞에 있던 경비원들도 쓰러져 있었다.

다시금 문을 닫고 돌아서는데 정문 쪽에서 뭔가 소란스러운 소리가 났다. 집 안에서 일제히 램프가 켜졌다. 나는 과수원의 나무에 기대어 테레지아와 다니엘이 하남을 앞세운 채 걸어나오는 것을 보았다. 그들 역시 장총으로 무장을 한 상태였다. 하남을 보자 내 가슴이 마구 뛰었다. 파샤의 남자들도 집 안에서 우르르 뛰어나왔다. 어림짐작으로도 열은 족히 넘어 보였다. 정문이 열리자 경비원들이 카라카야를 집 안으로 데리고 들어왔다. 테레지아와 다니엘은 카라카야 앞에 서게끔 하남을 밀었다. 사람들 가운데 부녀가 마주하는 순간이었다. 카라카야가 하남을 부둥켜안자 다니엘이 곧 그 둘을 떼어놓았다. 카라카야가 한 발짝 다니엘 앞으로 나서는가 싶었지만 장총 앞에서는 뒤로 물러설 수밖에 없었다.

긴장이 팽팽하게 밤공기를 가르고 있었다. 먼저 그 긴장을 깬 사람은 앙고라 파샤였다. 말로만 듣던 파샤를 난생처음 보았다. 파샤는 의외로 키가 작았으나 떡 벌어진 어깨와 단단하게 뭉친 근육으로 주위 사람들을 압도했다. 그를 본 사람들이 뒤로 물러나기 시작했다. 파샤가 카라카야에게 무슨 말인가를 건넸으나 나는 알아들을 수 없었으므로 몹시 답답하고 안타까웠다. 그는 테레지아에게 고개를 돌리더니 그녀에게도 무슨 말인가를 했다. 테레지아가 고개를 흔들었다. 파샤는 하남에게도 말을 건넸다. 답답해서 미칠 노릇이었다. 도무지 알아들을 수가 없었으나 간간 무바탈리라는 이름과 동판, 돌판이라는 말이 들리는 듯했다. 폐허 도시, 은신처, 빌어먹을 자식이라는 말도 알아들을 수 있었다. 짐작이지만 무바탈리의 행방을 묻고 있는 듯했다. 파샤는 부하들을 불렀다.

부하들이 카라카야와 하남을 앞세운 채 걸어나가기 시작했다. 테레지아와 다니엘은 말을 데리러 마구간으로 향했다. 잠시 후 나는 그들이 폐허 도시로 올라가는 것을 보았다. 카라카야의 남자들이 내 주위로 모여들었다. 우리도 폐허 도시로 뒤따라 올라가야 할 것이었다.

우리는 그들과는 다른 길을 택해 폐허 도시로 향했다. 그 길은 소녀 바위 곁을 흐르는 하천 쪽을 따라 나 있었는데 자연 제방이 있어서 사원 터 쪽으로 오르고 있는 그들을 관찰할 수 있었다. 사원 터에서 그들은 뷔윅카야 쪽으로 방향을 틀었다. 그들이 막 뷔윅카야 앞 하천 건너의 큰 바위 앞에 도착했을 때였다. 느닷없이 탕, 하는 총소리가 나더니 다니엘이 말에서 떨어졌다. 다시금 총소리가 울리더니 이번에는 파샤의 남자들 가운데 둘이 쓰러졌다. 테레지아가 말을 몰아 뷔윅카야 반대 방향으로 달리는 것이 눈에 들어왔다. 파샤의 남자들은 모두 땅에 엎드려 있었다. 바위 위에서 말을 타고 내려오는 사

람들이 보였다. 그들의 선두에 선 무바탈리가 보였다. 나는 자연 제
방에서 내려와 뷔윅카야 쪽으로 뛰어갔다. 카라카야의 남자들과 함
께였다.

"이연."

"왜요, 마리타?"

"이연은 우리가 참 싫겠어요. 이런 칙칙한 이야기를 가져서."

"아니에요."

"인간은 스스로의 이야기를 선택할 수 없어요."

"그래요. 누구도 그럴 수는 없는 거지요."

마리타는 웃으며 삶은 하얀색 아스파라거스가 담겨 있는 접시를 내
쪽으로 당겨주었다. 그녀가 약속했던 음식이었다. 처음 먹는 나로서
는 맛이 어떨까, 싶었다. 의외로 먹을 만했다. 봄을 한껏 머금고 있는
맛이라고나 할까. 감자와 햄도 있었고 아스파라거스에 곁들여 먹는다
는 노란빛의 홀란데이즈 소스도 있었다. 마주니 형이 와인을 한 병 땄
다. 정원에 의자와 탁자를 내놓고 먹는 저녁은 단출했지만 정이 넘쳤
다. 5월 말의 해는 아주 천천히 졌다. 자줏빛 잎들을 가진 일본산 벚
나무가 휘어져가는 저녁 햇살 속에서 명랑하게 환하게, 그렇게 흔들
렸다.

"형. 정말 그러려고?"

식사가 끝난 뒤 와인잔을 놓고 앉았을 때 내가 형에게 물었다. 형은
히죽, 웃었다. 그래, 인마. 그렇게 할 거다.

드디어 형이 신문기자를 만나기로 했다는 것이다. 마리타는 처음 형이 위협당하고 있는 진짜 이유를 듣고는 며칠 동안 형과 단 한마디도 나누지 않았다고 했다. 형은 마리타의 요가 교실이 열리고 있는 곳에 가서 그녀를 기다렸지만 본 척도 하지 않고 집으로 돌아갔다고 했다. 전화를 받지 않는 건 물론이었다.

그리고 오늘에서야 마리타가 아스파라거스로 가득 찬 장바구니를 들고 형과 나를 찾아왔다. 신문기자를 만나기로 했어. 아무런 말 없이 밥을 먹던 우리에게 형은 별말이 아니라는 듯 툭하니 던졌다. 그러고는 감자를 으깨 우물우물 입으로 가져갔다. 마리타는 포크로 햄을 찌르다가 형의 얼굴을 바라보았다. 그리고 형에게 다가가 볼에 살짝 입맞춤을 해주었다. 형은 민망한 듯 입에 문 감자를 뱉어내더니 큰기침을 하고 급히 집 안으로 사라졌다. 다시금 나타난 형은 눈이 빨겠다.

"부탁이 있어. 내가 신문기자를 만나기 전에 우리 셋이서 여행이나 한번 갔다 왔으면 하는데. 한 일주일만."

"어디로?"

"이스탄불."

"형. 진짜로 갈 거야? 혼자서? 다른 동료들은 어떻게 하고?"

"그들과 의견이 합쳐지지 않으면 나 혼자라도 해야지. 안 그러면 마리타는 날 떠날 거야."

"떠나? 마리타가 어디로? 형을 여기 두고 어디 갈 데라도 있는 거야?"

"아프리카로 가겠대. 그곳에서 봉사를 할 거래."

"아프리카? 아프리카라니! 뭐 봉사가 나쁘다는 건 아니고······ 두 사람 다 왜 그렇게 철이 없어? 무슨 얘기만 하면 다들 그렇게 극단적인 결론들만 내리냐 이 말이지. 마누라 잃고 자식 보낸 나도 이 정원에 앉아 아무렇지도 않게 아프리카, 아니, 아스파라거스를 먹는데."

그때 마리타가 수건으로 손을 닦으며 정원으로 나왔다. 그녀는 환하게 웃고 있었다.

"이연, 우리 이스탄불로 가요. 나, 요가도 쉬고 같이 가서 많이 걷고 많이 먹고 많이 웃다가 오고 싶어요."

많이, 많이, 많이를 강조하는 그녀의 말 속에는 어떤 불안 같은 게 묻어 있었다. 나는 잠자코 와인을 마셨다. 형은 나에게 말했다. 혹 나에게 무슨 일이 생기더라도 계속 이곳에 살아주라. 네 집이나 마찬가지라고 생각해줘. 그때 내가 준 열쇠 있잖아, 네가 가지렴. 언제든지 와서 집처럼 지내. 넌 내 동생이니까.

그래, 형. 우린 영원히 DNA 검사, 하지 말자. 형이 환하게 웃어서 나도 참 좋았다. 아주 오랜만에 마음에 볕이 드는 것 같았다.

"그리고 마리타, 마리타는 막 불평하고 그러는 애는 아니지만 혹, 내게…… 만일 내가 그 아이 곁에 없게 되면 네가 자주 살펴줄래?"

"그래. 나, 마리타랑도 DNA 검사는 절대로 안 할게."

비행기 표와 호텔을 예약하고 난 뒤 형은 이런저런 일로 분주했다. 일주일 후에 떠나기로 되어 있었는데, 그 시간을 이용해 살아온 지난날에 대한 뒷정리를 하는 것 같았다. 도서관에서 빌려온 책도 다 챙겨 돌려주었고, 우편물 정리도 잊지 않았으며, 정원에 웃자란 장미 가지도 잘라주었다. 오랫동안 외출을 하는 날도 있었으며, 또 하루는 집에 틀어박혀 서재를 치우기도 했다. 나는 형이 하고 싶은 대로 하게 내버려두고 뮌스터 근방의 도시들을 혼자 쏘다녔다. 쾰른에 가서 대성당을 보고 오기도 했고, 뒤셀도르프에 있는 하이네의 집을 구경하기도 했으며, 본으로 가서 박물관을 둘러보고 오기도 했다. 지방 철도를 타고 무작정 아무 역에나 내려 역 앞에 있는 중국집에서 혼자 앉아 밥을 먹는 날이 있었으며 그런 다음 오래 거리를 산책한 적도 있었다. 어느 날은 조금 더 먼 곳으로 다녀오기도 했다. 항구도시 함부르크가 내가 간 곳 중 가장 먼 거리에 있는 도시였다. 나는 베를린으로 가고 싶었지만 형이 말했다. 그곳은 우리 나중에 같이 가자. 며칠을 돌아다녀도 볼 게 많은 도시야, 베를린은. 그래서 나 혼자 함부르크로 가서 항구를 드나드는 전 세계의 배들을 구경했다. 이무의 기록에 나오는 프롬 교수의 포르투갈 식당을 찾아 항구의 골목을 기웃거리기도 했다. 내가 한 일주일의 여행 동안 아내와 아이들도 동행했다.

"여보, 저 옷, 참 곱다. 어머, 신예 디자이너 거라서 비싸지도 않네. 저거 나 하나 살까? 우리나라에는 론칭도 안 해서 저 옷 입은 사람은 나밖에 없을 텐데."

인수가 이렇게 말하면 큰놈 명이는 이렇게 말했다.

"아빠, 저 남자랑 저 여자는 부끄럽지도 않나봐요. 왜 대낮에 저렇게 안고 막 저러는 거죠? 쪽팔리게?"

작은놈 현이는 그랬다.

"아빠. 배고파. 우리 저거 먹으러 가자. 아까 먹은 돈가스 비슷한 음식, 다 내려갔어요. 그런데 이 나라는 콜라 리필도 안 되고 물 한 잔 마셔도 돈 다 내야 해?"

나는 아이들을 안아주었고 아내의 어깨도 감싸주었다. 함께 솜사탕을 먹기도 했고 걸으면서 하늘을 올려다보기도 했다. 그러다 갑자기 옆에 아무도 없다는 생각이 들면 후미진 곳 담장에 기대어 조금 울기도 했다. 다시 광장으로 나오면 보리수들이 붉은 꽃과 흰 꽃을 단 채 환하게 흔들리고 있었다. 아내와 아이들이 곁에 없는 것을 실감할 때 나는 살아갈 수 있을 것이다. 진정 그들이 내 곁에 없다는 걸 인정해야만 살아남을 수 있을 것이다. 하지만 그들은 내 몸 한가운데로 들어와 아주 단단한 영혼의 집을 지어버린 듯했다. 차마 그 집을 부술 수가 없었다.

아마도 뒤셀도르프였을 것이다. 도심을 걷는데 아주 늙은 거지 둘이 눈에 띄었다. 남자와 여자였다. 그들은 손을 꼭 잡은 채 앉아 있었다. 노동을 하기에, 지붕이 있는 집을 얻기에 좀 늦었다 싶은 그들이었는데 손을 꼭 잡은 채로 서로에게 기대 있었다. 나는 5유로짜리 지폐를 그들의 깡통에 살며시 넣어두었다. 그러고 돌아서는데 그들이 그렇게 부러울 수 없었다. 가슴에 무언가 꽉 막힌 것이 숨통을 더 조이는 듯했다. 아내가 말했다. 이연씨, 다 괜찮아질 거야. 다, 다, 다…… 내가 말했다. 인수야, 그만 돌아와. 아내는 앞서 걸어가다 한번 뒤돌아보았다. 이연씨, 그만 가. 우리도 갈게. 아이들이 말했다. 아빠, 안녕. 나도 함께 가자, 얘들아. 아내가 말했다. 이연씨, 우린 향기로 남을 거야. 그 향기를 맡으며 이연씨는 멋진 길을 다시 가는 거야.

다시 기차를 타고 뮌스터로 돌아올 때 나는 생각했다. 내 속에 아내와 아이들이 살고 있는 향기 가득한 집이 분명 들어 있을 거라고.

기차 안에는 맥주를 박스째로 들고 있는 이들도 있었다. 아마도 축구 클럽의 팬인 모양이었다. 고함에 가까운 노래를 부르고 춤을 추며

구호를 외치는 걸로 봐서 응원하던 클럽이 이긴 모양이었다. 축구공을 빙그르르 돌리고 있던 남자가 홀로 앉아 있는 내게 오더니 영어로 말을 걸었다.

"우리랑 함께 즐길래요?"

영문도 모르면서 나는 그만 고개를 끄덕여버렸다. 남자는 내게 맥주병을 건네더니 사람들이 고함을 지르고 있는 곳으로 날 데리고 갔다.

"여행자야. 아마도 중국에서 온. 우리 승리를 축하해주려고 해."

"어서 와요!"

그들은 거의 혀가 꼬부라진 목소리로 날 중앙으로 이끌었다. 맥주를 마시던 내게 그들 중 누군가 목도리를 둘러주었다. 나는 그들과 같은 목도리를 목에 두른 채 어색하나마 그들처럼 발을 굴렀다. 그리고 또 누군가는 내게 모자를 씌웠다. 맥주가 한 병 두 병 늘어날수록 내 목소리는 커져갔고 어느 순간 그들과 함께 노래를 부르고 있었다. 가사는 알아들을 수 없었지만 멜로디는 익숙했다.

〈클레멘타인〉이었다. 축구 팬들이 왜 그런 슬픈 노래를 응원가처럼 부르는지 알 수는 없었지만 익숙한 노래였으므로 나는 고래고래 한국어로 소리를 질러대기 시작했다. 그들과 한 무리가 되어 기차가 흔들릴 지경까지 발을 구르며 춤을 추었다. 남자들이 무리를 지어서 놀면 꼭 짐승의 무리가 엉겨서 우는 것처럼 보일 때가 있는데 내가 속한 집단이 바로 그랬다.

기차역에서 헤어지면서 나는 형에게서 배운 대로 어색하나마 이렇게 인사했다. 아우프 비더제엔(Auf Wiedersehen, 다시 보자), 그들 가운데 하나가 아쉬웠는지 나에게로 되돌아왔다.

"얼마나 오래 머물러, 여기에?"

"그렇게 오래는 아냐. 왜?"

"다음주에 큰 경기가 있어. 네가 우리와 같이 가길 원한다면……도르트문트 대 레버쿠젠. 아주 유명한 더비야."

"정말 고마워. 하지만 다음주에 나는 여기에 없어. 미안해. 너의 친절은 잊지 않을게."

남자는 손을 흔들며 일행들과 사라졌다. 나도 손을 오래 흔들었다. 잊지 않을 거라고? 나는 돈 포켓, 그 말을 되씹었다. 그 말이 가슴을 치고 들어왔다.

기차역을 빠져나와 천천히 걷기 시작했다. 얼마나 걸었을까. 어느 순간 시내로 접어들었고 돔이 서 있는 광장에 이르게 되었다. 광장에는 불이 환히 켜져 있었다. 높이 솟아오른 돔의 지붕을 올려다보았다. 오렌지빛 조명이 광장과 돔을 비추고 있었다. 두 개의 첨탑에 걸린 하늘에는 구름 한 점 없었다.

멀리 떠 있는 별들을 보면 세계는 정말 불가해하게 보였다. 한 인간에게 이런 비극이 일어났는데도 세계는 멀쩡하고 우주는 언제나 우주인 채로 있다. 어느 천문학자가 한 말이 불쑥 생각났다. 한 별이 폭발하기 전까지 그 별에겐 폭발을 예측하는 멜랑콜리가 있었지요. 그 멜랑콜리가 바깥으로 터져나와서 별은 폭발했고 우주는 팽창되었어요. 우주의 팽창은 그러니까 별들의 멜랑콜리가 이끌어낸 결과인지도 모릅니다…… 이런 말은 진짜일까, 아니면 가짜일까? 모르긴 몰라도 그 말을 했던 천문학자 역시 어지간히 앓으면서 살았겠구나 싶었다.

하지만 높고 높구나, 너희들이 있는 곳은. 둥근 상을 사이에 두고 너희들이랑 밥 한 끼, 같이 먹었으면…… 그러나 나는 안다, 이제 그럴 수 있었던 날들은 다 지나가버렸다는 것을. 물론 이 생에선 말이다.

다음 생에선? 스티븐 호킹이 말했다지. 죽음 뒤에는 아무것도 없다고. 나는 고개를 흔들었다. 내가 여기에 있는데 내 아내와 아이들은 무(無)로 돌아갔다고? 아무것도 아니라고? 아무것도 없는 그곳에는 진짜 아무것도 없을 것 같아 나는 울분이 터져나왔다. 스티븐 호킹 씨! 인간들이 왜 자꾸 다음 생을 말하는지 알아요? 다음 생이라는 건 구체적인 생이 아니라 희망이라는 추상적인 생이에요. 그 희망을 뭉개지는 말라고요! 그 영민하고 불우한 사람에게 미안하다는 생각이 언뜻 들었지만, 호킹 씨의 말을 수락할 만큼 절망은 호락호락 나를 떠나주지 않았다. 절망이 떠나지 않으면 어쩌지? 나는 갑자기 호기로워졌다. 에라, 싶었다. 집어치우고 싶은 욕망 뒤에 불쑥 떠오르는 어떤 그림자 같은 것, 살아갈 이유를 찾아야 할 것 같은 미미한 무엇이 나타났다. 목 뒤로 싸늘한 것이 스쳐 지나갔다. 그러자 견딜 수가 없어졌다. 망할 놈의 절망! 네가 날 떠나지 않으면 내가 널 떠날 거야! 인수랑 애들이 사는 집을 내 맘속에 넣고 내가 널 떠날 거란 말이다!

아직 못다 한 말이 많이 남았던지 나는 돔 앞에 서서 혼자서 고래고래 고함을 질렀다. 행인들이 나를 흘깃거리고 지나갔다. 나는 아랑곳하지 않은 채 하고 싶은 말을 큰 소리로 다 내뱉었다. 그러다 순찰을 돌던 경찰관이 와서 나를 저지하기에 이르렀다. 패스포트를 보여달라고 했다. 막상 내가 순순히 배낭에서 패스포트를 꺼내자 이 시간에 소음을 일으키면 안 된다고, 자꾸 그러면 연행하겠다고 겁을 줬다. 나는 순순히 광장을 빠져나왔다. 간만에 고래고래 소리를 질렀더니 속이다 후련해진 듯했다.

  마주니 형의. 아니. 우리의 집으로 돌아오니 형이 현관에 불을 켜둔 채 나를 기다리고 있었다.
  "어쭈, 꽤 마셨네. 해장하셔야겠어. 마리타가 끓인 갈비탕 있는데 그거 데울까?"
  "마리타의 갈비탕? 아니. 오늘은 그냥 라면 먹을래."
  "달걀도 넣어줘?"
  "응. 두 개."
  "라면 먹고 이연아. 짐 싸. 우리 내일 떠난다. 이스탄불로. 잊었니?"
  "잊기는. 내가 그걸 어떻게 잊어. 돈 포겟이다. 형."
  "너, 약 먹었냐? 기분, 괜찮아 보인다."
  "아니, 약이 아니라 술 먹었지. 어, 그게 똑같은 건가, 지금 상황에선? 돈 포겟이라니까. 그냥, 그게 그렇게 좋은 거라니까."
  "알았어. 여권이나 돈 포겟 해라. 그리고 모자는 있니? 아니면 공항에서 하나 사자. 햇볕이 꽤 뜨거워, 그곳은."
  "아, 햇볕이 그렇게 뜨거우면 바다에 가면 되잖아. 수영하자, 형. 당장이라도. 여기 어디 밤늦게까지 하는 수영장 없어? 아님 눈이라도 펑펑 내리든가! 아님 홍수라도 나든가! 아님 태풍이라도 불든가!"
  형이 수상하다는 듯 날 살피더니, 나직이 말했다.
  "이연아. 이리로 좀 와봐."
  내가 머뭇거리자 형이 다가왔다. 형은 나를 꽉 껴안았다. 나는 형의 가슴에 머리를 묻고 울었다. 형은 오랫동안 날 안고 들먹거리는 어깨를 잡아주었다.

"형. 아무것도 없대. 죽음 뒤에는 아무것도 없대. 나쁜 사람들이야, 과학자들은. 그렇게 모진 말을 해!"

"……"

"모진 인간들이야! 나쁜 놈들! 피도 눈물도 없는 놈들! 기계 같은 놈들! 나만큼, 아내와 아이를 배반한 나만큼!"

"라면 먹자, 이연아. 그리고 함께 짐 싸자. 내일, 아니면 모레 것도 아니면 1년…… 그만큼 지나면 네 마음속에서 식구들이 0.0001프로쯤 빠져나갈 거야. 그리고 또 0.0001프로, 0.0001프로씩. 아주 천천히. 깊이 들어 있던 사람들인데 시간이 아주 많이 걸리겠지. 하지만 0.0001프로씩, 그렇게 천천히."

아직 치유되지 않은 상처를 만져주는 모든 손은 짜다. 내가 그 손에 담긴 진심을 느끼더라도 말이다. 형의 손도 아직 나에게는 그렇게 짰다.

노마드 생활은 내 생애에 있어서 가장 행복한 시절이었다. 한여름에 시작된 방랑은 방랑이 아니라 삶이었다. 그 나날 속에 내가 그녀와 함께 맡았던 바람 냄새, 마른 풀 냄새, 나귀와 양들의 비릿한 짐승 냄새, 꽃 냄새, 이 모든 것들은 내 살갗에 잘 저장되어서 이 기록을 하고 있는 지금도 그 냄새를 맡는다. 뭐랄까, 하남이 호흡했던 모든 순간들을 나는 가슴에 꽉 안고 사는 것이다.

하남과 나는 카라카야와 식구들 앞에서 간소한 결혼식을 올렸다. 무바탈리가 하남과 카라카야뿐 아니라 우리 모두를 구한 그날, 우리는 그길로 동쪽으로 떠났고 유프라테스강이 보이는 어느 강가에서 결혼식을 올렸다. 아이한은 이스탄불로 동판과 돌판을 들고 떠났는데 무슨 생각이었는지 우리의 결혼식 때 와주었다. 테레지아와 다니엘은 오스만 제국에서 추방되었다고 했지만 프롬 교수의 소식은 들리지 않았다. 아이한은 결혼식이 끝나고 난 뒤 다시 이스탄불로 떠나면서, 독일 제국에 가면 프롬 교수를 찾아보겠다고 약속했다. 나는 막연하게나마 프롬 교수를 다시 만날 수 없을 거라는 생각을 했다. 내가 노마드로 떠도는 이상, 그가 고고학 작업을 다시 시작하지 않는 이상 우리는 마주칠 수가 없을 것이므로.

그를 떠나보낸 우리는 우리의 길을 떠났다.

내 신부는 더이상 시간의 먼 길 속에 헤매지 않고 내 옆에 있었다. 우리가 며칠 쉬기 위해 텐트를 칠 때도, 다시 양과 당나귀를 데리고 길을 떠날 때도 그녀는 내 옆에 있었다. 밤이면 모닥불을 피워두고 카라카야의 이야기를 들었다. 카라카야의 이야기들 대부분은 행복한 결말을 가지고 있었다. 유럽의 많은 이야기들이 불행하게 끝나는 것과는 사뭇 달랐다. 행복한 결말을 좋아하는 속물 시민들을 위해 연극의 마지막을 항상 고쳐 쓰곤 했다는, 헬무트의 집을 들락거리던 한 극작가의 토로가 생각났다. 그는 귀족층보다 힘이 더 세어지고 있는 산업시대의 주역인 속물들에 대해서 항상 욕을 했으나, 사실 현실이 누추하고 불행한데 이야기까지 그러면 누가 이야기를 듣겠는가. 모닥불 빛이 은은하게 하남의 얼굴을 비출 때 나는 그녀의 손을 잡았다. 그 상태가 천년만년 지속되어도 아무 상관이 없을 것 같았다.

그녀가 커다란 솥이 올라 있는 불 앞에 쪼그리고 앉아 수프를 끓이거나 평평하고 넙적한 판을 올리고 빵을 구울 때 나는 그 냄새들을 맡으며 빨래를 줄에 널었다. 치즈를 만드느라 그녀가 양젖을 젓고 있을 때 나는 그녀 옆에서 우유가 응고되는 것을 바라보았다. 날씨가 사나워지는 것도 부드러워지는 것도 좋았다. 다, 충만하고 심지어 넘쳐났다. 자주 씻지 못해 몸에서 냄새가 나도 모래바람에 입술이 갈라지고 손이 말라도 다, 괜찮았다. 며칠씩 계속되는 행군으로 잠이 모자라고 콜레라가 도는 지역을 지날 때 물을 가려 먹느라 입안이 소태처럼 쓰더라도 다, 좋았다. 나는 하남 옆에서 걷고 있었고 그녀도 내 옆에서 걷고 있었다.

가을로 접어들자 하남은 아이를 가졌다. 카라카야는 그 소식을 듣고 눈물이 글썽글썽해져서는 열만 더 낳아라, 덕담을 했다. 나는 드디어 집을 가지게 되었다. 노마드의 길 위에 지어진 집을. 아이가 태어나면 양을 한 마리 잡자고 카라카야는 내 손을 잡았고, 나는 벅차올라서 아무 말도 하지 못한 채 카라카야에게 내 손을 맡기고 있었다.

깊은 동쪽으로 이동하던 중에 카라카야는 동남 아나톨리아의 깊숙한 산에서 중앙 아나톨리아 지방으로 돌아갈 것을 결정했다. 하남 때문이었다. 그는 하남이 아이를 낳을 때까지 우리가 무바탈리의 집에서 지내기를 원했다. 우리를 그곳에 떨구어놓고 무리는 다시 남쪽으로 이동할 것이며 아이가 태어나기 전에는 돌아올 것이라고 했다.

다시 우리가 폐허 도시가 보이는 마을로 돌아왔을 때 첫눈이 내려서 마을은 은빛으로 덮여 있었다. 멀리 보이는 뷔윅카야에도 눈이 덮여 거대한 눈 기둥이 서 있는 것 같았다.

"칸, 여기로 우리 다시 왔네요."

큰 바위를 보며 하남이 웃음을 지어 보였는데 그 순간, 이상한 예감이 스치고 지나갔다. 혹, 그녀의 병이 다시금 돌아오면 어쩌지. 나는 하남의 허리를 감싸안았다.

"여기서 아이를 낳고 함께 움직일 만하면 아버지에게 이집트 쪽으로 가자고 하자. 노마드의 아이는 사막을 제일로 먼저 만나보아야 한다고 하잖아."

하남은 고개를 끄덕였다.

"그래요, 사막으로. 검은 바위가 있는 계곡을 지나 달빛이 흐드러지게 깔려 있는 사막으로 가요. 아이가 그곳을 보면 좋아할 거예요. 사막만큼 태양이 그렇게 붉게 지는 곳은 없어요."

무바탈리가 내어준 방에서 나는 아이를 기다리며 지난여름에 프롬 교수와 내가 작성한 폐허 도시의 기록들을 살폈다. 기록 속에는 여기가 하남일까, 하는 모든 망설임이 들어 있었다. 기록의 마지막 장에는 프롬 교수의 견해가 적혀 있었다. 그는 이곳이 하남이 아닐 거라고 적었다. 왜냐하면 이곳은 너무나 큰 도시였다. 즉, 이 큰 도시에는 수많은 인구가 이 도시를 부양하기 위해서 살았을 것이다. 상하수도 시설의 흔적과 도로망, 그리고 건축물의 거대함 등등은 이 도시를 건설하기 위해 수많은 사람들이 들락거렸을 것을 추정하게 한다. 그 수많은 사람들이 이 도시의 비밀을 지켜낼 수 있었을까?

언젠가 이곳을 발굴하는 날이 온다면 우리는 더 많은 것을 알게 될 것이지만 한 왕의 출생, 혹은 정치적인 분쟁 때문에 세워진 도시는 이 도시보다 훨씬 더 작아야 한다. 하지만 왜 이곳이 하남이라는 소문이 그 수많은 세월 동안 전해졌을까? 비밀이란 말 때문은 아니었을까? 그 말의 신비함 때문에 아주 작았을 비밀 수도는 커지고 커져서 이런 거대한 폐허를 비밀 수도라고 믿게 만든 것은 아닐까? 그리고 카라카야 같은 이야기꾼들이 이곳저곳을 떠돌며 한 이야기에도 사람들은 영향을 받았을 것이다. 비밀 수도라는 말이 가진 이미지는 이 폐허 도시를 먹여살린 양식이었다. 이미지들은 떠도는 모든 것들을 응축하여 실재로 재현해놓는데 이 폐허 도시가 하남이라는 가설이 가장 좋은 예다. 이곳은 하남이 아니고 하남이라는 이미지이다. 영원에 대한 사람들의 열망을, 시간이 섬세하게 재구성해놓은 실제로 존재하는 이미지.

나는 프롬 교수의 기록을 덮으며 그의 장난기 어린 눈이 생각났다. 그가 나에게 말하는 것 같았다. 칸이 찾은 것이 진짜 하남이에요. 폐허 도시의 이름이 뭐든 어때요. 그가 보고 싶을 때마다 나는 그의 기록을 끄집어내어서 읽고 또 읽었다. 이 인문학자는 더이상 연구실에 앉아 있지 않을 것이니 아마 여행자가 되지 않았을까. 함부르크에서 항구로 들어오는 배들을 바라보면서 어쩌면 그는 먼 길을 떠날 생각을 하지는 않았는지. 남아메리카나 아프리카나. 아닐 것이다. 폭력이 난무하는 식민지의 얼굴 때문이라도 그는 그곳에 가지 않을 것이다. 그러나 이 세기 초에 폭력이 없는 곳이 어디 있을까? 내가 고향을 잃은 것 역시 폭력의 산물이었을 거라는 짐작이 든다.

임신 말기로 넘어가면서 불행히도 내 예감은 적중하고 말았다. 다시 하남의 병이 도진 것이다. 아이가 배를 툭툭 찬다며 함박웃음을 지어 보이던 그녀가 말했다. 한밤중이었다.

"시간이 되돌아오고 있어요. 이 아이가, 잊혀진 시간을 데리고 나에게로 오고 있어요."

나는 그만 눈을 감아버렸다. 그 말을 했을 때 나는 그녀가 다시 길 위에 서 있다는 걸 알아차렸다. 정확히 우리가 이 폐허 도시에서 일하고 있을 무렵이었다. 그녀가 내게 여기저기를 보여주며 바위로 들어가고 싶다고 말했던 그 무렵이었다. 뷔워카야 쪽을 바라보며 그녀가 그런 말들을 하는 시간이 많아지자 나는 그녀에게 물을 것이 많음에도 이를 악물고 말하지 않았다. 내 물음들이 그녀의 병을 더 깊게 할 것 같았다. 옆모습을 보아도 뒷모습을 보아도 그녀는 이미 다른 시간대 속을 하염없이 걸어가는 듯했다. 어떤 시간 속을? 나는 모른다. 다만 그녀가 이렇게 말했을 때,

"칸. 날 도와줘요. 내가 가고 싶은 곳으로 가게 해줘요."

곁에 누워 그런 말을 하는 그녀가 밉기도 했고 안쓰럽기도 했다. 그녀의 배를 쓰다듬어주면서 나는 말했다.

"당신은 이곳에 있어. 당신이 있고 싶은 곳에. 내 옆에. 사막으로 가자. 아이를 데리고."

그녀의 얼굴에는 슬픈 웃음 같은 게 서려 있었다.

"칸, 미안해요. 내가 당신을 많이 사랑해주지 못한 것 같아요. 하지만…… 처음부터 당신만이 나를 그곳으로 데려가줄 걸 알았어요. 그래야 이곳에 있을 수도, 그곳에 있을 수도 없는 나의 슬픔이 끝나

요. 그 슬픔이 끝나야 나는 다시 살아갈 수 있어요."

　나날이 기온이 올라갔다. 라마단이 시작되기 직전이었다. 라마단 기간 동안에는 결혼식을 올리는 것이 금지되어 있으므로 하루가 멀다 하고 결혼식이 있었다. 현악기와 타악기의 구슬픈 음악이 하루 종일 마을을 채웠다.
　"칸, 다른 시간들이 내 마음속에서 일렁일 때마다 죽을 것 같아요."
　하남이 숨도 못 쉴 것처럼 부른 배를 하고 결혼식의 음악 속에서 그렇게 말할 때 나는 겁이 났다. 왜, 왜……
　"제가 너무 나빠요. 당신을 이렇게 외롭게 하다니."
　병이 조금 물러나면 그녀는 이런 말을 하기도 했다. 하지만 그건 아주 잠깐이었다. 그녀는 말라갔다. 아이를 위해서도 뭘 좀 먹으라고 무바탈리는 그녀를 위해 귀한 소고기로 만든 타쉬 케밥을 만들어주기도 했으나 그녀는 거의 먹지 못했다. 나는 그녀의 입에 케밥 속에 든 고기와 감자를 골라 넣어주었다. 마지못해 받아먹으며 그녀는 조금 웃기도 했다.
　"칸, 이런 당신을 두고 내가 또다른 곳으로 가게 되면 참 슬플 것 같아요."
　"가긴 어딜 가? 아이가 태어나면 우리 둘이서 잘 키우자."
　"아이…… 그래요. 잘 키워요, 우리."

　무바탈리가 불러준 산파가 오고 출산 준비를 하느라 바쁠 때였다.

나는 과수원에서 기다리고 있었다.

태양이 무서울 정도로 쨍쨍하던 날이었다. 과수원에 있는 사과나무에서 아직 채 익지 않은 작고 푸른 사과들이 떨어졌다. 진통이 길었다. 내가 사과 떨어지는 소리만 들어도 움찔할 동안 하남이 지르는 비명은 뜨거운 햇빛을 가로질러 폐허 도시로까지 향했다. 그리고 어느 순간 비명 소리가 그쳤을 때 하얀 정적이 집 안을 뒤덮었다. 불길한 예감이 칼이 되어 심장을 찔렀다. 산파가 문 앞으로 나와서 나를 불렀다.

"피를 많이 흘려서…… 아이가 다리부터 나와서……"

"……"

"그게 참…… 미안해요."

산파가 울면서 내 두 손을 잡았으나 나는 그 자리에 주저앉고 말았다. 나는 방 안으로 들어가려고 했으나 산파가 막았다.

"보지 마세요. 그냥 보내주세요."

내가 할 수 있는 단 하나의 일은 아이와 하남의 시신을 소녀 바위 가까이에 묻어주는 것뿐이었다.

여자아이였다. 나는 무바탈리와 함께 하남을 묻었다. 카라카야가 폐허 도시에 도착하기 전이었다. 더운 날씨라서 우리는 카라카야를 기다릴 수 없었다. 하남을 묻고 나는 무바탈리에게 업혀서 돌아왔다. 식음을 전폐한 지 일주일 만에 겨우 자리를 털고 일어났다. 떠날 때가 되었다는 것을 직감적으로 알 수 있었다. 그 이유는 꿈에 하남을 보았기 때문이었다. 그녀는 내 꿈속에서 어디론가 가고 있었다. 아이는 그녀의 품에 안겨 있었고, 그 둘과 동행하는 사람은 내가 아니라 다른 어떤 남자였다. 꿈을 꾸면서 나도 모르게 중얼거렸다. 석공이다! 그 고대의 시간을 살았던 하남의 남편. 그리고 그녀를 소녀 바위에 부조로 새긴 남자! 말할 수 없는 질투감에 사로잡혀 잠에서 깨고 나니 나는 울고 있었다. 목이 메어 소리를 죽이면서.

그다음 날 먼동이 트기 직전, 나는 폐허 도시로 올라갔다. 짐을 다 챙겨서였는데, 딱 한 번 소녀 바위를 보고 난 뒤 길을 떠날 작정이었다. 사원 터를 지나면서 뷔윅카야를 보았다. 저 거대한 바위는 자연이므로 숱한 것들을 보고 겪고 난 뒤에도 의연하게 그 자리에 있을 것이다. 무의지로서 늙어가는 자연이 부러웠다. 흔적만 남기고 사라진 사원과는 사뭇 다른 모습이었다.

소녀 바위 앞에 갔을 때 아침 해가 떠오르고 있었다. 아직은 어스레한 빛 속에 서 있는 소녀 바위 정면에 갑자기 부조 하나가 떠올랐다. 석류를 들고 긴 망토를 걸친 여자의 모습이었다. 부조 속 여자의 눈동자에는 푸른 터키석이 박혀 있었다. 그것은 하남의 눈동자와 비슷한 빛이었다. 드디어 그녀는 이 부조 속으로 들어갔구나! 나는 무표정한 그 부조 앞에서 한참을 서 있었다. 아침 해가 이 폐허 도시를 완전히 점령하고 난 뒤에야 나는 부조를 두고 그곳을 떠났다.

모든 사랑의 추억은 마음의 벽에서 부조로 살아가는 것이다……
폐허 도시로부터 완전히 멀어졌을 때 나는 중얼거렸다.

그리고 혼자 사막으로 걸어갔다. 사막에 겨울이 왔을 때 나는 팔미라로 향했다. 그곳 상인들에게 우리들이 언제나 지니고 다니며 일했던 기록을 넘길 것이다. 그리고 내가 사막에서 적어내린 이 기록도.

내가 모든 것을 잃었다고 카라카야에게 말했을 때 그는 말했다. 원래 아무것도 가진 게 없었던 거야. 나는 그에게 대답했다. 하남이 전부였어요, 제게는. 그가 또 말했다. 다시 다른 문이 열릴 거야. 인생에는 문이 많아. 문이 열리면 또다른 비밀 하나가 그 문 안에 있을 거고.

나는 그 말을 믿을 수 없었다. 나는 모든 것을 다 잃었다. 이제 사막의 길만이 남았다. *나는 다시 태어나고 싶다, 너에게로 가기 위해.* 그리고 누군가 이 기록을 읽는 사람이 있다면 다시 태어난 나일 것이다. 어쩌면 그 사람도 모든 걸 나처럼 다 잃었을지도 모르겠다. 다시 길을 나서 사막에 도착했다. 사막은 나를 맞아주는 것도 그렇다고 내치는 것도 아닌 채 언제나 그 모습 그대로였다. 태양은 작열하고 바람 또한 뜨겁다. 일렁거리는 햇빛 너머에는 아무도 없다. 이제 그곳으로 들어가서 사라질 일만이 남은 것 같다. 하지만 아직 살아 있는 나는 물주머니를 살핀다. 내 낙타가 짊어지고 가는 물주머니는 그리 크지 않았으므로 서둘러 오아시스 쪽으로 낙타를 몬다. 팔미라여, 오아시스 도시여, 안녕.

이스탄불의 자욱한 해풍 속에는 우수에 사로잡힌 문명의 얼굴이 들어 있다. 여행자들은 그 우수를 보러 이곳까지 오는 건지도 모른다. 명랑하고도 유쾌한 여행자들은 어쩌면 자신이 본 것이 우수인지도 몰랐다가 이 도시를 떠나고 난 아주 오랜 후에야 그 우수에서 나는 해풍의 냄새를 느낄지도 모르겠다.

이무의 기록은 여행자들로 들끓는 이스탄불에서 읽기를 끝냈다. 아, 그녀가 죽었구나, 아이와 함께. 드디어 소녀 바위 속으로 들어갔구나.

262

착각이 들었다. 내가 바로 아이와 아내를 잃고 사막 속으로 사라져 간 이무라는 생각이 들었다. 사막으로 사라지지 않고 이 좁은 해협 속으로 사라져가도 괜찮지 않을까, 싶었다. 그런 생각을 할 때는 별로 눈물도 나지 않고 둔중한 무엇으로 얻어맞은 것처럼 그냥 얼떨떨했다. 그래, 도시야, 나 우울증이다, 어쩔래. 에잔이 울려퍼지고 있었다. 에잔 속으로 갈매기들이 날아갔다. 보스포루스를 오가는 둔중한 배들은 태양에 물든 물결을 천천히 밀고 나갔다.

형과 마리타는 이스탄불 모던 아트 작품들이 전시된 터키 현대미술관으로 가고 난 혼자 해협 가장자리를 천천히 걸어서 이무가 처음 이스탄불로 와서 묵었다던 베벡까지 산책을 했다. 베벡은 정말 부자들이 모여 사는 곳이었다. 나무도 울창하고 집들도 참 좋았다. 다만 이무가 잤던 곳은 없었다.

벤치에 앉아서 이무의 기록을 덮는데 한 남자가 다가와 바구니에 든 것을 보여주었다. 홍합에 쌀을 채워넣어 만든 음식이었다. 마침 시장기가 돌아 홍합 두 개를 사서 항구를 바라보며 천천히 먹었다.

달큰한 홍합 살이 씹히자 나는 아내가 그렇게도 잘 끓이던 홍합죽이 생각났다. 참기름 향이 가득하고 잘게 썬 채소가 씹히던 그 따뜻한 음식. 먹던 홍합 껍질을 쓰레기통에 집어넣으며 불현듯 깨달았다. 아, 가봐야 할 곳이 있다. 앙카라. 그리고 이무가 방문했던 그 폐허 도시. 지금은 히타이트 왕국의 수도로 밝혀진 그 폐허 도시로. 목에 무언가가 꽉 차서 나는 한두 번 헛기침을 하고 다시 돌마흐바체 쪽으로 걷기 시작했다.

호텔로 돌아오니 형과 마리타가 차를 마시며 로비에서 나를 기다리고 있었다. 우리는 저녁을 먹기 위해 거리로 나왔다. 어디로 갈까? 생선을 먹어야지, 이곳에서는. 맥주도 한잔 마시고. 에페스라는 터키 맥주 괜찮아, 생각보다. 형이 제안하는 대로 바다가 잘 보이는 식당으로 들어가서 음식을 시켰다.

　"이스탄불 어떠니, 이연아?"

　"좋아. 그런데 형, 이 이무의 기록 혹시 형이 쓴 거 아냐?"

　뜨거운 돌판에 담겨나온 구운 아귀를 먹다가 형이 나를 바라보았다.

　"그래 보이니?"

　"잘 모르겠어…… 그런데 그런 생각이 자꾸 드네."

　마리타는 쿡, 웃었다.

　"마주니가 이제 이무의 고스트 라이터라고?"

　"이연아. 그건 아니고…… 너도 오리지널 봤잖아."

　"봤지. 하지만 난 독일어를 못하니 거기 뭐라고 쓰여 있는지 어떻게 알아볼 수 있었겠어?"

　형은 잠자코 아귀를 먹어치웠다.

　"그나저나 기자들에게는 뭐라고 할 건데?"

　"있는 대로 말하려고. 일이 일어난 순서대로."

　마리타가 바다 쪽으로 고개를 돌렸다. 한참 동안 침묵이 흘렀다. 마리타는 흰 빵을 뜯어서는 먹고 있던 생선 수프에 집어넣었다.

　"이연, 우리 내일 바자에 들릴까요? 나, 쿠션을 두어 개쯤 사고 싶어요. 그리고 이연에게 양탄자 하나 선물할게. 한국으로 갈 때 비행기 말고 양탄자를 타고 슝, 날아가라고."

마리타는 말을 멈추었다. 목이 멘 모양이었다. 그녀는 냅킨으로 눈을 닦았다.

"마리타. 어, 왜 반칙을 하고 그러냐? 그러지 않기로 했잖아."

형이 마리타의 어깨를 쓰다듬었다. 마리타는 곧 웃음을 찾았다.

"이연. 미안해. 나, 좋아서 눈물 난 거예요. 이제 한국으로 가면 만날 사람이 생겨서. 그곳엔 아무도 없거든요. 관광객이야, 나, 내가 태어난 곳에서."

"마리타. 우리 장인, 좋은 분이에요. 마리타를 보면 반가워할 거예요. 그 마을에는 음식을 참 잘하는 할머니 한 분이 계신데, 군산댁이지, 아마. 된장 고추장부터 김치, 나물, 이런 거 다 제대로 배울 수 있어요. 마리타 한국에 오면 내가 데리고 갈게요. 막 잔소리하시면서 가르쳐줄 거야. 그래야 내가 다음에 독일에 오면……"

나는 큭큭, 웃었다. 제대로 된 음식이라고 말하려다 그만둔 것이다. 마주니 형이 다 알았다는 듯 나에게 꿀밤을 먹였다.

"진짜로? 이연의 장인도 내가 만나볼 수 있는 거야? 참 좋네. 나, 당장이라도 가고 싶어요. 이상해. 아무것도 없는 듯한 저편에서 좋은 사람들이 나타나 날 부르는 것 같아요. 이왕이면 한국식 이름도 하나 가졌으면 좋겠어."

"장인에게 지어달라고 하죠. 우리 장인, 이름을 아주 잘 짓는 멋쟁이예요."

바닷바람 속에서 뱃고동 소리가 들렸다. 마치 이 도시의 멜랑콜리 속에서 누군가가 누군가를 부르는 소리 같았다. 알 수 없었다. 저 소리가 나에게 애타는 목소리로 들리는 이유를. 마리타를 데리고 가서 장인에게 소개를 하면 장인은 아마 그녀를 위해 가장 멋진 밥상을 차려줄 터였다. 그 밥상 위에 양하 장아찌가 올려져 있음, 정말 근사하겠다.

호텔 방에 누워서 형과 나는 맥주 한잔을 더 마셨다. 이스탄불은 아직도 시끄러웠다. 아마도 축구 경기가 열렸던지 사람들은 거리에서 경적을 울리며 환성을 질렀다. 독일 사람들만큼이나 축구에 미친 사람들이 터키인들이라고 하더니 정말 그런 모양이었다. 호텔 창문을 열어놓고 그런 열광적인 사람들의 목소리를 듣는 것도 나쁘지 않았다. 그 열기 속에는 살아 있다는 환호와 좋아서 죽겠다는 비명이 들어 있었다. 나는 그 환호에 감염되고 싶었다. 멜랑콜리에 사로잡힌 인간들은 좋을 때는 너무 좋아서 저렇게 기를 쓰고 좋아한다.

"형, 아주 한국으로 돌아오지그래?"

형은 마시던 맥주잔을 탁자 위에다 올려놓으며 씩, 웃었다.

"이연아. 네 생각엔 내가 그곳으로 돌아가면 좋을 것 같니?"

"글쎄, 어떨까…… 나도 잘 모르겠네. 그런데 형은 왜 독일에 살려고 했어?"

다시 사람들의 환호성이 들려왔다. 자지러지는 경적 소리도 함께. 형은 잠시 눈살을 찌푸리더니 머리를 긁었다.

"글쎄, 이렇게 말하면 폼 잡는 것 같아서 뭣하지만 내 영혼의 어떤 표정이 여기에 입양되어 있는 것 같아서. 소녀 때, 아무도 보호해줄 수 없었던 내 영혼의 일부가 공포에 떨면서 여기 있었잖냐. 너라면 이곳을 떠날 수 있었겠니? 우는 사람이 아무리 추해 보여도 인간이면 그 사람 앞을 떠날 수가 없는데…… 하물며 내 일부가 우는데. 사람들은 떠나지, 우는 사람이 지겹다고, 추하다고. 더 날쌘 감각에게로, 신나는 인생의 바람을 불어넣어줄 다른 바람에게로, 아니면 아주 성실하게 작고 이쁜 것들을 사랑하면서 평범한 일상을 견디면서들 살아가지. 난 마리타를 보면서 어쩌면 우린 뱃속부터 얼굴을 맞대고 있었거나 발을 맞대고 있었는지 모른다고, 생각했어. 사실이 그랬을지도 모르고. 우리는 쌍둥이일지 모르니."

형과 마리타가 독일로 다시 떠나고 난 뒤 나는 버스를 타고 앙카라로 왔다. 밤을 새워 달리는 버스였다. 졸다 깨다 하기를 반복하니 앙카라였다. 나는 부스스 일어나 버스에서 내렸다. 터미널에서 물 한 병을 사서 마시고는 택시를 탔다.

그리고 앙카라의 박물관 앞 벤치.

인수야. 내 주머니에 넣어온 박하를 읽는다. 노래 가사 같구나. 언젠가 우리는 언 강을 함께 걸었던 적이 있었지. 너의 발이 얼음 속에 갇혀 있어서 나오지를 못했어. 이연씨! 하고 너는 나를 불렀지. 나, 구해줘. 그때 네가 나를 바라보던 표정. 그 표정만이 영원이야. 내가 이 지상을 떠돌면서 몇 번의 연애를 하고 몇 번의 술을 더 마신다고 해도 그때 오지 못하는 발로 나를 향해 서 있던 너의 표정, 그것이 영원이었어, 내 맘에는.

인수야, 나는 생각한다, 너만을 너만을. 너를 생각하는 순간, 나는 영원을 사는 거고 그 생각 속의 박하 향기가 하남과 아이를 묻던 이무의 숨결과 함께 흘러오는 것이다. 나는 이걸 영원의 향기라고 부르겠다. 인수야, 너의 수목장이 진행될 때, 우리가 사랑에 빠졌을 때 했던 그 말을 나는 속으로 중얼거렸지. 고마워. 나를 너의 생에 허락해주어서. 미안해. 더 많이 잘해주지 못해서.

이연씨, 이거 먹어봐. 갓김치 맛있네.

80년대 후반, 언제쯤이었다. 너는 내 입안에 그 달큰하고 쓴 갓김치를 젓가락으로 집어넣어주었지. 거리에서는 시위가 벌어지는지 최루탄이 공중에서 음침한 위성처럼 폭발했지만 그 순간, 그 순간만은 아무것도 생각나지 않았지. 난, 너의 손에 들린 가냘프게 떨리는 젓가락을 내 눈에 아프도록 넣어두었지. 아프도록. 그리고 생각했어. 이 순간만은 너, 그리고 나, 영원히 기억하겠구나. 우리의 영혼이 어떤 파탄으로 가더라도…… 그리고 여기 이 더운 햇빛 속, 박물관 앞에 앉아 나는 중얼거린다. 인수야, 그리고 나의 사랑하는 두 아들아, 우리 언제, 다시 만나면 뜨겁게 손을 내미는 거야. 우리의 인연은 지금부터 진짜 시작되는 거야.

장인에게 전화를 했다. 앙카라 버스 터미널에서였다.

"어, 어디야? ……여기 왔어? 아니지? 자네, 이제 오나?"

나는 우선 헛기침을 했다. 그리고 약간의 침묵을 두고 말했다.

"엽서 받으셨어요?"

"아직 받지 못했네. 보냈나?"

"예."

"곧 도착하겠지. 자네, 돌아오나?"

"저…… 꼭 한 군데만 더 보고 갈게요."

"어디?"

"가서 말씀드릴게요…… 아버님."

장인은 길게 침묵하셨다.

"그래. 알았어. 긴 이야기는 긴 이야기이지. 오늘 내 마당에는 아무도 오지 않는군. 그 흔한 바람도 없어. 잘 지내게. 자네가 오면 먹일 것도 좀 있고 하고 싶은 말도 좀 있지만…… 자네 이름이 이연이잖아, 이 생에 못하면 다음 생에 하지 뭐, 우리 시간은 무한정, 무작정으로 많으니까. 하지만 꼭……"

전화가 툭, 끊겼다. 꼭, 그다음은 무슨 말이었을까? 아마도 꼭 돌아오라는 말이 아니었을까? 나는 이무처럼 사막으로 사라지지 못할 것이다. 아직도 이 지상에는 몇몇, 내가 사랑하는 사람들이 있다. 꼭 손을 잡아야만 하는 사람들이 있다. 폐허 도시로 데려다주는 버스에 앉았을 때 그럭저럭 견딜 만한 날이 오지 않으면 어쩌나 싶었던 불안감이 약간은 사라졌다. 약간, 아주 약간은.

이연의 트위터에서

장소: 존재하지 않는 도서관

자기 소개: 존재하지 않는 도서관을 존재하게 하기 위해 살아갑니다.

돌아왔습니다. 책을 만들기 위한 아이디어가 들어간 파일을 열고 이제 시작합니다. 만들고 싶은 책 가운데 하나. 결코 만들지 못할 책. 하지만 단 하나의 시, 혹은 노래 가사로만 존재하는 책. 제목은 박하.

우린 서로에게 상처를 주었는지 모르지
아침에 일어나면 내 목을 누르는 슬픔
그저 지나갔으면 했지만

매일의 손님이야, 이 슬픔은
왜 그런지 나도 몰라
아마도 내 아침의 버릇이겠지

네가 쓰러졌는데도 난 몰랐고
내가 우는데도 넌 몰랐지
꼭 우린 모르는 사람들 같았지만

우리가 사랑하는 건
단 하나, 빛나는 우리 인생의 별

살아가는 거야, 서로 사랑하는 우리,
상처에서 짓이겨진 박하 향기가 날 때까지

박하 향기가 네 상처와 슬픔을 지그시 누르고
너의 가슴에 스칠 때
얼마나 환하겠어, 우리의 아침은

어디에선가 박하 향기가 나면
내가 다녀갔거니 해줘

작가의 말

내가 『박하』를 쓰기 전, 너는 이 지구의 어느 길 위에서 나에게 메일을 보냈다.

언제나 그랬듯, 메일에는 네가 어디에 있다는 말은 들어 있지 않았다. 너는 네가 어디에 있는지 결코 발설한 적이 없었다. 다만 짧은 글에는, 잘 지내? 조금 쉬다가 다시 간다, 라는 말 정도. 괜찮아. 다 말하고 나면 종이에 쓸 말은 남지 않을 테니. 괜찮아, 어디인지는 모르지만 넌 어딘가에 있을 테니. 네가 엽서를 보내던 시절, 나는 어렴풋하게 네가 어디에 있는지를 알았는데, 메일의 시대에는 도통 네가 어디에 있는지 모르겠다.

나는 네가 있는 곳을 생각해보기도 하고, 네가 자상하지 않아서 섭섭하기도 했다. 조금만 더 길게 쓰지, 싶은 메일도 있었지만 그럼 어때, 1년에 한 번 혹은 두서너 번씩 소식이 오긴 하잖아.

그랬다. 나는 항상 멀리 있었고 너 역시 그래서 우리는 이 생애에서 몇 번이나 만났던가. 그런데도 너는 잊혀질 만하다 싶으면 짧은 소식을 전해왔다. 나는 그게 우리의 인연이거니 생각했는데 참, 다시 생각해보니 이런 행운이 또 있을까. 내가 그리워하는 너는 언제나 너의 소재지를 밝히지 않으니 그게 힘이었다. 있는 듯 없는 듯한 인연을 붙들고 괴로운 것도 괴롭지 않은 것도 아니었던 시간에, 글을 쓰기 위해 오렌지빛 램프를 켜며 책상 앞으로 돌아온 나날들.

책을 한 권 다 쓰고 난 뒤 생각을 해보면 모든 글쓰기의 내면에는 가질 수 없는 것을 가지고 싶어하는 욕망이 도사리고 있다는 생각이 든다. 적어도 나의 경우에는 그렇다. 19세기 말과 20세기, 그리고 우리가 사는 지금 21세기, 모두를 통틀어서 상처 없는 바람을 안고 간 사람은 없었겠지. 그리고 그 상처의 바람은 가질 수 없었던 것들을 가슴에 품고 헤매는 바람이 아니었을까.

모든 아포리즘을 반성해. 결국 아포리즘 속에는 지혜를 구하겠다는 의미 없는 노력이 들어 있기 때문이지. 결국 가질 수 없는 것을 어떻게 해야 가질 수 있는가, 적어도 그 욕망과 어떻게 거리를 둘 수 있는가, 하는 절망의 표현이리라는 혐의 때문이지.

이제 쌀을 말갛게 씻고 물을 부어 밥을 할 때.
글을 쓰는 동안 잊고 있었던 밥솥에는 그 전에 했던 밥의 누룽지가 꺼멓게 말라 있네. 그 누룽지를 오래 불려. 밥솥에 흰 쌀이 다시 담길 때 그리고 밥이 익어갈 때 아마도 가질 수 없었던 모든 것들의 회한은 다시 한번 끓어오르겠지.

　지난봄은 참으로 겨웠어. 꽃이 피는 것도 지는 것도 잎들이 돋아나오는 것도 참 버거웠어. 나이가 들어갈 때 사람들은 어떻게 눈물을 관리하고 사는지 참 궁금했던 봄이었지. 그리운 것도 구체적이지 않아서 메일로 벗들을 괴롭히기도 했고. 구체적이야, 이 그리움은 구체적이야, 하면서 애먼 사람들을 성가시게 하기도 했고. 아마 그들은 알거야. 내가 뭔가에 시달리고 있었다는 걸. 나를 이해해주었을 거야. 시달릴 때만큼 마음에 성실할 때가 없다는 걸 너무나 잘 아는 사람들이므로. 하지만 미안해, 다만 곁에 있어주어서 고마워. 그대들이 시달릴 때 나도 그대들 곁에 있을게요, 꼭 그러기를 바라요.

　계절이 다 바뀌어도 한 마음속에 끝내 지워지지 않는 생애의 순간들이 있다는 걸 알아. 그리고 그 순간 속에는 사람들이 있었지. 기어코 길을 나섰을 때 나의 곁에 있었던 두 사람. 그리고 아주 오랜 시간이 지난 후 먼 길을 돌아 나를 방문했던 친절한 여행자들. 나의 어설픈 여행에 동반하여 이 글을 오래 들여다보고 있었던 나의 시인, 김민정. 편집부의 싹싹한 동생 같은 그녀들. 그리고 문학동네 여러분. 내가 가질 수 없었던 많은 것들과 이제 작별을 하는 것을 잘 지켜봐주셔서 감사합니다.

연재가 진행되는 동안 오전 10시를 기다리고 있었던 문학동네 카페의 벗들에게는 큰절도. 보이지 않고 들리지 않는 많은 것들을 보이게 듣게 해준 이들이 그분들이야. 이 고마움은 이루 말할 수 없네요. 고마워요. 잊지 않을게요.

그리고 질문 하나.
너는 어디에 있니?

그 질문을 나는 너에게 하는 질문인 줄만 알고 있었는데 『박하』가 끝나니 결국 그 질문은 이렇게 고쳐 표현해야 맞다는 걸 알겠네. 나는 어디에 있을까? 그 대답을 나는 아마도 영원히 할 수 없을 거라는 생각을 하는 늦가을. 비 오는 서울 밤거리를 오래 걷다가 얼마나 이곳은 나에게 낯선가, 생각했지. 그런데도 얼마나 익숙한가, 라고도 생각했어. 낯섦과 익숙함, 이 두 극 속에 우리가 있는 곳과 우리가 동경하는 곳이 있지 않을까, 싶다. 그리고,

다시 떠날 수밖에 없다는 생각이 드는 새벽에 다시 너의 메일을 읽는다. 그 짧은 글에는 이런 문장이 있다.

"엽서를 살 수 있어서 우표를 붙힐 여유도 있어서 그리고 거리 어느 모퉁이에 우체통이 있어서 마음이 아주 짠해질 때, 또 쓸게."

아, 내가 아무리 너를 부인해도 너는 있다.

얼마나 생은 아프도록 눈부시고 좋은가. 네가 어느 거리에서 아주 가끔이긴 하지만 나를 생각하니. 그리고 이 글이 쓰이는 동안, 고백한다, 너를 생각해보지 않은 순간은 한 번도 없었다. 다만 네가 누구인지 나는 몰라서 글 속의 길은 좁고 가팔랐다.

2011년 11월,
허수경

문학동네 장편소설
박하
ⓒ 허수경 2011

1판 1쇄 2011년 12월 15일
1판 2쇄 2023년 11월 1일

지은이 허수경
책임편집 이수영 | 편집 김민정 정세랑
디자인 윤종윤 유현아 | 독자 모니터 엄정현
저작권 박지영 형소진 최은진 서연주 오서영
마케팅 정민호 서지화 한민아 이민경 안남영 왕지경 황승현 김혜원 김하연 김예진
브랜딩 함유지 함근아 고보미 박민재 김희숙 박다솔 조다현 정승민 배진성
제작 강신은 김동욱 이순호 | 제작처 영신사

펴낸곳 (주)문학동네 | 펴낸이 김소영
출판등록 1993년 10월 22일 제2003-000045호
주소 10881 경기도 파주시 회동길 210
전자우편 editor@munhak.com | 대표전화 031) 955-8888 | 팩스 031) 955-8855
문의전화 031) 955-3576(마케팅) 031) 955-2679(편집)
문학동네카페 http://cafe.naver.com/mhdn
인스타그램 @munhakdongne | 트위터 @munhakdongne
북클럽문학동네 http://bookclubmunhak.com

ISBN 978-89-546-1668-3 03810

www.munhak.com